国家社会科学基金重大项目「中国近代日记文献叙录、整理与研究」（项目编号：18ZDA259）阶段性研究成果

江苏省「十四五」时期重点出版物出版专项规划项目

中国近现代稀见史料丛刊【第十一辑】

孔广陶日记

（清）孔广陶 著

覃嘉欣 整理

张剑 徐雁平 彭国忠 主编

本辑执行主编 徐雁平

凤凰出版社

图书在版编目（CIP）数据

孔广陶日记 /（清）孔广陶著；覃嘉欣整理.

南京：凤凰出版社，2024. 12. --（中国近现代稀见史料丛刊）. -- ISBN 978-7-5506-4381-9

Ⅰ. I264.9

中国国家版本馆CIP数据核字第2025KS3820号

书　　　　名	孔广陶日记
著　　　　者	（清）孔广陶
整　理　者	覃嘉欣
责　任　编　辑	韩凤冉
装　帧　设　计	姜　嵩
责　任　监　制	程明娇
出　版　发　行	凤凰出版社（原江苏古籍出版社）
	发行部电话025-83223462
出　版　社　地　址	江苏省南京市中央路165号，邮编：210009
照　　　　排	南京凯建文化发展有限公司
印　　　　刷	江苏凤凰通达印刷有限公司
	江苏省南京市六合区冶山镇，邮编：211523
开　　　　本	880毫米×1230毫米　1/32
印　　　　张	8.375
字　　　　数	218千字
版　　　　次	2024年12月第1版
印　　　　次	2024年12月第1次印刷
标　准　书　号	ISBN 978-7-5506-4381-9
定　　　　价	68.00元

（本书凡印装错误可向承印厂调换，电话：025-57572508）

存史鑑今

袁行霈题

袁行霈先生题辞

「音实难知，知实难逢，逢其知音，千载其一乎！」（《文心雕龙·知音》）今读新编稀见史料丛刊，真有治学知音之感也。

傅璇琮谨书

二〇一二年

傅璇琮先生题辞

殚精竭虑旁搜远绍

重新打造中华文史资

料库

王水照 二〇二三年一月

王水照先生题辞

少唐比部性好讀書喜遊覽平生
倜儻有大志宇藏數十萬卷節槩
其中榮利之遇淡如此同治庚午赴
京北試主余家次慨然曰此行入
都非為功名計亟間嘗繙覽載籍
所識名山大川洞天福地心竊嚮往

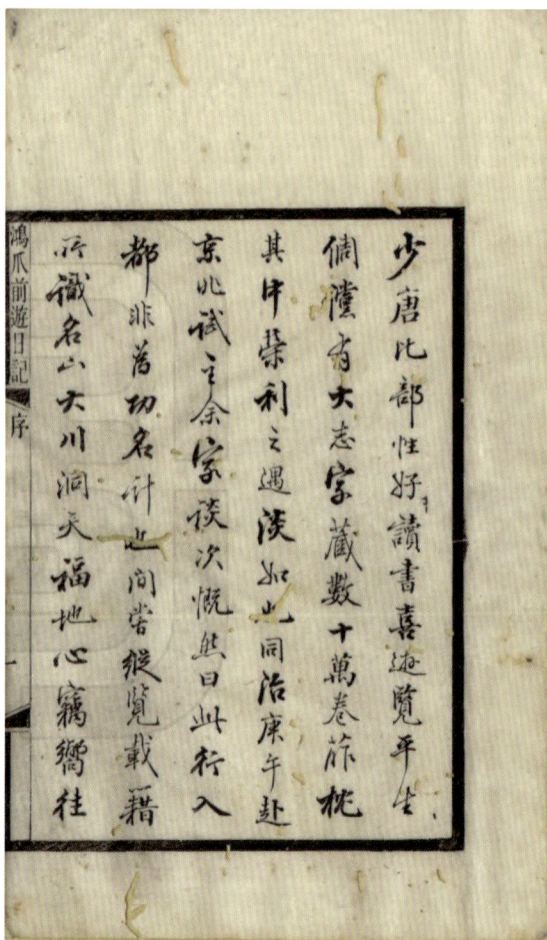

《鸿爪前游日记》光绪壬辰（1892）本叶衍兰序

鴻爪前遊記卷之一

南海　孔廣陶少唐述

同治九年庚午五月

廿六日晴先是番禺葉茂船衔桂約同赴京兆試余年將不

惑久澹名心唯四方有志蓄二十年以親在不遠遊中間家

計糾纏私願未逐今則稍暇擬將航海北遊馳車南返極汪

洋溟渤之觀攬秦晉燕齊之勝稍抒胸次計亦良佳隨往戚

好話別夜下舟往鳳城

廿七日晴抵大良屬龍法唐家

《鸿爪前游日记》光绪壬辰（1892）本卷首

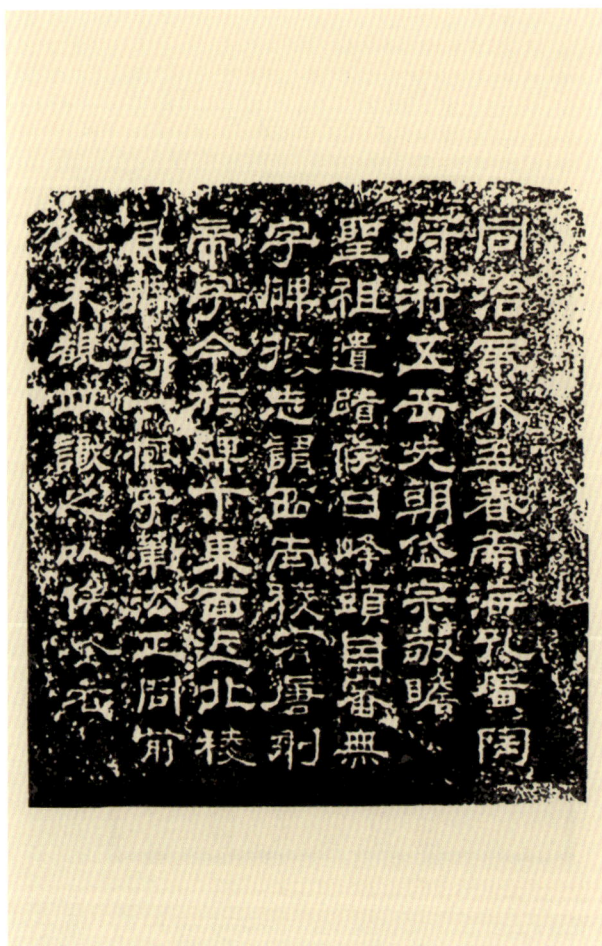

孔广陶朝岱宗题刻拓本（选自《泰山石刻大全》）

《中国近现代稀见史料丛刊》总序

在世界所有的文明中,中华文明也许可说是"唯一从古代存留至今的文明"(罗素《中国问题》)。她绵延不绝、永葆生机的秘诀何在?袁行霈先生做过很好的总结:"和平、和谐、包容、开明、革新、开放,就是回顾中华文明史所得到的主要启示。凡是大体上处于这种状况的时候,文明就繁荣发展,而当与之背离的时候,文明就会减慢发展的速度甚至停滞不前。"(《中华文明的历史启示》,《北京大学学报》2007年第1期)

但我们也要清醒看到,数千年的中华文明带给我们的并不全是积极遗产,其长时段积累而成的生活方式与价值观具有强大的稳定性,使她在应对挑战时所做的必要革新与转变,相比他者往往显得迟缓和沉重。即使是面对佛教这种柔性的文化进入,也是历经数百年之久才使之彻底完成中国化,成为中华文明的一部分;更不用说遭逢"数千年来未有之变局""数千年未有之强敌"(李鸿章《筹议海防折》),"数千年未有之巨劫奇变"(陈寅恪《王观堂先生挽词序》)的中国近现代。晚清至今虽历一百六十余年,但是,足以应对当今世界全方位挑战的新型中华文明还没能最终形成,变动和融合仍在进行。1998年6月17日,美国三位前总统(布什、卡特、福特)和二十四位前国务卿、前财政部长、前国防部长、前国家安全顾问致信国会称:"中国注定要在21世纪中成为一个伟大的经济和政治强国。"(徐中约《中国近代史》上册第六版英文版序,香港中文大学出版社2002年版)即便如此,我们也不能盲目乐观,认为中华文明已经转型成功,相反,中华文明今天面对的挑战更为复杂和严峻。新型的中华文明到底会怎样呈现，又怎样具体表现或作用于政治、经济、文化等层面，人们还在不断探索。这个问题，我们这一代恐怕无法给出答案。但我们坚信，在历史上曾经灿烂辉煌的中华文明必将凤凰浴火，涅槃重生。这既是数千年已经存在的中华文明发展史告诉我们的经验事实，也是所有为中国文化所化之人应有的信念和责任。

不过，对于近现代这一涉及当代中国合法性的重要历史阶段，我们了解得还过于粗线条。她所遗存下来的史料范围广阔，内容复杂，且有数量庞大且富有价值的稀见史料未被发掘和利用，这不仅会影响到我们对这段历史的全面了解和规律性认识，也会影响到今天中国新型文明和现代化建设对其的科学借鉴。有一则印度谚语如是说："骑在树枝上锯树枝的时候，千万不要锯自己骑着的那一根。"那么，就让我们用自己的专业知识与能力，为承载和养育我们的中华文明做一点有益的事情——这是我们编纂这套《中国近现代稀见史料丛刊》的初衷。

书名中的"近现代"，主要指 1840—1949 年这一时段，但上限并非以一标志性的事件一刀切割，可以适当向前延展，然与所指较为宽泛的包含整个清朝的"近代中国""晚期中华帝国"又有所区分。将近现代连为一体，并有意淡化起始的界限，是想表达一种历史的整体观。我们观看社会发展变革的波澜，当然要回看波澜如何生，风从何处来；也要看波澜如何扩散，或为涟漪，或为浪涛。个人的生活记录，与大历史相比，更多地显现出生活的连续。变局中的个体，经历的可能是渐变。《丛刊》期望通过整合多种稀见史料，以个体陈述的方式，从生活、文化、风习、人情等多个层面，重现具有连续性的近现代中国社会。

书名中的"稀见"，只是相对而言。因为随着时代与科技的进步，越来越多的珍本秘籍经影印或数字化方式处理后，真身虽仍"稀见"，化身却成为"可见"。但是，高昂的定价、难辨的字迹、未经标点的文本，仍使其处于专业研究的小众阅读状态。况且尚有大量未被影印或数字化的文献，或流传较少，或未被整合，也造成阅读和利用的不便。因此，《丛刊》侧重选择未被纳入电子数据库的文献，尤欢迎整理那些辨识困难、断句费力、裒合不易或是其他具有难度和挑战性的文献，也欢迎整理那些确有价值但被人们习见思维与眼光所遮蔽的文献，在我们看来，这些文献都可属于"稀见"。

书名中的"史料"，不局限于严格意义上的历史学范畴，举凡日记、书信、奏牍、笔记、诗文集、诗话、词话乃至序跋汇编等，只要是某方面能够反映时代政治、经济、文化特色以及人物生平、思想、性情的文献，都在考虑之列。我们的目的，是想以切实的工作，促进处于秘藏、边缘、零散等状态的史料转化为新型的文献，通过一辑、二辑、三辑……这样的累积性整理，自然地呈现出一种规模与气象，与其他已经整理出版的文献相互关联，形成一个丰茂的文献群，从而揭示在宏大的中国近现代叙事背后，还有很多未被打量过的局部、日常与细节；在主流周边或更远处，还有富于变化的细小溪流；甚至在主流中，还有漩涡，在边缘，还有静止之水。近现代中国是大变革、大痛苦的时代，身处变局中的个体接物处事的伸屈、所思所想的起落，借纸墨得以留存，这是一个时代的个人记录。此中有文学、文化、生活；也时有动乱、战争、革命。我们整理史料，是提供一种俯首细看的方式，或者一种贴近近现代社会和文化的文本。当然，对这些个人印记明显的史料，也要客观地看待其价值，需要与其他史料联系和比照阅读，减少因个人视角、立场或叙述体裁带来的偏差。

知识皆有其价值和魅力，知识分子也应具有价值关怀和理想追求。清人舒位诗云"名士十年无赖贼"（《金谷园故址》），我们警惕袖手空谈，傲慢指点江山；鲁迅先生诗云"我以我血荐轩辕"（《自题小像》），我们愿意埋头苦干，逐步趋近理想。我们没有奢望这套《丛刊》产生宏大的效果，只是盼望所做的一切，能融合于前贤时彦所做的贡献之中，共同为中华文明的成功转型，适当"缩短和减轻分娩的痛苦"（马克思《资本论》第一卷第一版序言）。

《丛刊》的编纂，得到了诸多前辈、时贤和出版社的大力扶植。袁行霈先生、傅璇琮先生、王水照先生题辞勖勉，周勋初先生来信鼓励，凤凰出版社姜小青总编辑赋予信任，刘跃进先生还慷慨同意将其列入"中华文学史史料学会"重大规划项目，学界其他友好也多有不同形式的帮助……这些，都增添了我们做好这套《丛刊》的信心。必须一提的是，《丛刊》原拟主编四人（张剑、张晖、徐雁平、彭国忠），每位主编负责一辑，周而复始，滚动发展，原计划由张晖负责第四辑，但他尚未正式投入工作即于2013年3月15日赍志而殁，令人抱恨终天，我们将以兢兢业业的工作表达对他的怀念。

《丛刊》的基本整理方式为简体横排和标点（鼓励必要的校释），以期更广泛地传播知识、更好地服务社会。希望我们的工作，得到更多朋友的理解和支持。

2013年4月15日

目　录

前　言

　　孔广陶(1832—1890),字鸿昌,一字季子,号少唐,广东南海县罗格村(今属广东省佛山市禅城区)人,家谱载为孔子第七十代孙①。孔广陶是晚清广东地区著名的藏书家,被誉为清末广东四大藏书家之一②。他拥有不少藏书处,其中以岳雪楼和三十有三万卷堂最为

---

　　① 据〔清〕孔广镛、〔清〕孔广陶合刻的《南海罗格房孔氏家谱》载,孔子第三十八代孙孔戣曾在广东任节度使,其曾孙孔昌弼于唐末因躲避祸乱而迁居至广东,元时孔细祖讲学罗格庄并定居,至此有了孔广陶家族这一脉。今日观之,孔广陶家族是否为孔子后裔尚有争议,然〔清〕孔毓珣《大清雍正重修南海罗格房孔氏家谱原序》(〔民国〕孔昭度等修《南海罗格孔氏家谱》卷之首,民国十八年[1929]诗礼堂铅印本,页三十七):"迨康熙丁卯(1687)岁,家叔彝仲公讳兴琏作令番禺,征其谱牒,差人赍送曲阜。宗主检查藏库老谱,相符无异,遂钤盖印篆于谱,专委管理林庙举事厅。"也即南海罗格房孔氏所修之族谱,得到了曲阜的认可。此外,孔广陶之父孔继勋曾在科考之后前往曲阜:"道光丙戌(1826)科大挑二等,选授化州学正,绕道谒孔林,观先圣礼乐祭器,得宗谱条贯以归。"(〔民国〕孔昭度等修《南海罗格孔氏家谱》卷之十二《孔炽庭编修许宜人合传》,页十)可知孔氏所刻家谱渊源有自。在日记中,孔广陶也记录了自己游历曲阜的经历,他得到了孔子七十五世裔孙孔祥珂、时任族长孔衍福的热情接待。因此,我们认为血缘之亲疏与否难成定论,但孔广陶家族早已将孔子后人的身份刻入家族基因之中,孔子后裔成为孔广陶家族一个重要的文化标签。
　　② 如〔民国〕伦明著,杨琥点校《辛亥以来藏书纪事诗》(北京燕山出版社,2008年,页14)指出孔广陶岳雪楼与伍崇曜粤雅堂、潘仕成海山仙馆、康有为万木草堂,合称"粤省四家"。

闻名①。孔氏的收藏分为字画和书籍两方面,在字画方面,他藏有大量唐宋珍品,如为苏轼旧藏、鲜于枢递藏、经翁方纲鉴定的《五代贯休降龙罗汉像轴》。在书籍方面,他的藏书多达三十三万卷,并形成了一定的特点:藏有宋元古本、海外汉籍和名家旧藏,同时还收藏了大量武英殿桃花纸初印本、《永乐大典》抄本、《四库全书》抄本。

作为一位藏书家,孔广陶有着自觉的编目意识,留下了《岳雪楼书画录》《三十有三万卷堂书目略》等目录,记载了自己所藏书画、书籍的情况。另外,他还利用自己的藏书,对《北堂书钞》进行了详细的校勘工作并将其付梓,孔刻本《北堂书钞》被学界视为目前传世的最佳版本。除了目录著作和校勘作品外,他还为后世留下了一部日记,即《鸿爪前游记》。

关于书名,有称《鸿爪前游记》者,也有称《鸿爪前游日记》者。此书牌记、目录和版心题名均作《鸿爪前游日记》,《续修四库全书总目提要(稿本)》著录亦作此名②。然书内除卷二、卷四卷端作《鸿爪前游日记》外,卷一、卷三、卷五、卷六卷端均作《鸿爪前游记》,目前所见稿本卷六卷端、书前叶衍兰之《序》亦作《鸿爪前游记》。据牌记可知刊刻时间为孔广陶逝世两年后(1892),据叶衍兰《序》可知此书为孔广陶长子孔昭宗刊刻。因此,此书成书时当以《鸿爪前游记》为名,《鸿爪前游日记》或是刊刻时所取之名。

此书今传世版本主要为刻本,共六卷,藏于中国国家图书馆、北

---

① 其中,岳雪楼为孔广陶之父孔继勋修建:“道光乙酉(1825)赴都,冒雪游南岳。登祝融峰绝顶,与隐者明鉴上人订交。归筑岳雪楼,以藏书画图籍。”(〔清〕孔广镛等修,《南海罗格房孔氏家谱》卷之十二《显考炽庭府君行述》,同治四年[1865]诗礼堂刻本,页四)孔广陶修建了三十有三万卷堂,并将岳雪楼的收藏推上了巅峰。

② 中国科学院图书馆整理《续修四库全书总目提要(稿本)》,齐鲁书社,1996 年。

京大学图书馆、广东省立中山图书馆、中山大学图书馆等地①。日记起止时间为同治九年五月廿六日（1870 年 6 月 24 日）到同治十年五月十七日（1871 年 7 月 4 日），其中同治十年四月廿五日（1871 年 6 月 12 日）前为逐日而记，之后仅记六则（分别为同治十年[1871]五月初五日至初六日二则、初九日一则、十三日一则、十六日至十七日两则）。

　　在日记中，孔广陶详细描绘了同治年间普通士子参考科举考试的全过程，沿途之颠簸、考试之不易，尽在其中。此外，他还将三山五岳的壮丽景色与各地的风土人情融汇于文字之中，带领我们一同游览中原大地的大好河山，告诉我们这片土地上的人们曾经是如何生活着的。那些被历史尘封的过往，在日记中娓娓道来，再次变得有血有肉。以下拟就日记的情况及价值稍做介绍，以俟方家教正。

一、日记的成书背景及刊刻情况

（一）成书背景

　　最迟于同治四年（1865），孔广陶便有《鸿爪日记》一书，共二十卷②。

　　孔广陶惯以"鸿爪"指称对于日常的记录，这一点在日记中多有所体现：

---

　　①　目前，中国国家图书馆官网"中华古籍资源库"可在线阅读此书，网址为：http://read. nlc. cn/allSearch/searchDetail？searchType＝1002&showType＝1&indexName＝data_403&fid＝312001069561。稿本目前仅见第六卷，不知去向，2015 年秋季由广东崇正拍卖有限公司进行拍卖，网址为：https://www. artfoxlive. com/product/93851. html。

　　②　〔清〕孔广铺等编《南海罗格房孔氏家谱》卷之十四《艺文》，页二十六。

> 夜,捡点零物,四鼓始就寝。留别句云"春明我亦留鸿爪,驹隙匆匆卅七年"句。(同治九年六月初三日)
>
> 今以持赠,并录《游文殊院作》于下,以志鸿爪。(同治九年十二月初四日)

孔广陶的父亲孔继勋便有写日记的习惯,其《北游日记》一书,记录了道光壬辰年(1832)至道光丁酉年(1837)在京生活的情况。关于此书的具体情况,孔广陶介绍称:

> 自道光壬辰(1832)至丁酉(1837)六年无阙。其中记廷试召对者,纪君恩也;记师友缔交者,重古谊也;记论文作字者,律课程也;记舟车风雪者,志行路也。恭读之下,如对音容,遗范之存,知所遵守①。

《鸿爪前游记》之所记也主要集中在科举、交游、诗作、旅途等内容,与《北游日记》在内容上有着极大的相似性。可以说《鸿爪前游记》的写作,一定程度是孔广陶受到了父亲影响而进行的书写活动。

关于具体的成书过程,孔广陶在日记中写道:

> 夜出所携稻米炊粥,剪烛删订游记。(同治十年三月初五日)
>
> 披衣遽起,挑灯濡笔,纪以长古。(同治九年闰十月初二日)

在游览风景名胜的颠沛旅途中,孔广陶及时记录下了自己当天的所见与所感。在随走、随记、随改的过程中,孔广陶完成了《鸿爪前游

---

① 〔清〕孔广镛等编《南海罗格房孔氏家谱》卷之十四《艺文》,页十六至十七。

记》一书。

　　关于此书的成书时间,叶衍兰在《序》中提到:"甲戌(1874)复抵京,出《鸿爪前游记》六卷示余。"可知,早在同治十三年(1874)孔广陶便已完成此书的写作,还把日记带到北京给叶衍兰观看。因此,孔广陶写作此日记,并非只是"笔而记之,聊备遗忘"①。他在写作此书时,有着一定的读者意识,此思想在日记中也有流露,如:

　　　　据《志》,谓西南棱有唐刻"帝"字,今于碑下东面近北棱再辨得一"极"字,笔法正同,前人未睹,并志之,以俟鉴者。(同治十年一月廿八日)
　　　　余谓《檀弓》数以不近人情之事妄加先圣,其实两篇皆诋訾圣门而作,当屏出四十六篇之外。知我罪我,纪之以俟公论可也。(同治十年二月初三日)

可见,孔广陶写作此书,并非仅为了记录自己的想法,更希望能有读者与之对话。儒家所谓立德、立功、立言三不朽,此可称为立言之努力也。

　　(二)刊刻情况

　　其一,日记的刊刻时间。上文介绍,早在同治十三年(1874)孔广陶便将此书带到北京给友人观看,但日记的刊刻却晚了近二十年。据牌记可知,《鸿爪前游记》在光绪十八年(1892)仲春才刊成于三十有三万卷堂。
　　其二,日记的刊刻者。《序》中有所交代:"哲嗣静航农部,能读父书,少唐遗著诗文,悉编校以付剞劂。此书先成,以序属余。"此处"静

---

　　① 〔清〕孔广陶《鸿爪前游记》卷六,同治十年(1871)五月十七日。

航"，即孔广陶长子孔昭宗①。孔广陶于光绪十六年（1890）离世，也就是说《鸿爪前游记》一书为孔广陶去世两年后，其长子孔昭宗为之编刻而成。孔昭宗还特地请清代词坛"粤东三家"之一的叶衍兰为此书作序。

其三，日记的刊刻地点。在日记的卷末，题有"羊城西湖街富文斋刻字"，也即此书的刊刻地为羊城西湖街的富文斋。在孔广镛、孔广陶共同完成的《岳雪楼书画录》一书中，卷末也有同样的刻书地点，可知孔氏的刻书活动与富文斋关系颇密。

二、日记中所见孔广陶书事活动

孔广陶出生于世代藏书之家，祖父孔传颜建有"濠上观鱼轩"，藏书四万余卷；父亲孔继勋建有"岳雪楼"，藏大量珍贵书画典册；叔父孔继骧建有"滚雪楼"，专门收藏金石字帖。在父辈的影响下，孔广陶亦积极投身于书事活动。梳理孔广陶的人生脉络，我们会发现他的收藏活动经历了收藏字画到收藏书籍的转变，其中书籍的收藏活动主要集中在孔氏的后半生，而他书籍收藏量的急剧增加恰就发生在《鸿爪前游记》中所记的北上之旅中。

（一）北上前的藏书情况

其一，孔广陶北上前的藏书量。

孔广陶出生在藏书世家，在日记中，孔广陶也对家族藏书历史进

---

① 〔清〕孔昭宗，榜名孔昭仁，为李氏所生，出嗣于孔广陶之兄孔广猷。孔昭宗"字理和，号静航，罗格村文宗人。清国子监生，同治十二年（1873）乡试九十二名举人，初授儒林郎詹事府主簿、内阁中书，后官至奉政大夫、户部山西司郎中。助父孔广陶编校《北堂书钞》"（广东省南海市南庄镇地方志编纂委员会编《南海市南庄镇志》，广东人民出版社，2009年，页708）。

行了追忆：

> 吾家自先大父、先太史收藏，历三世，卷几十万，中间兵燹蠹蚀，散逸过半。咸丰甲寅(1854)后，随时补辑，又添至十二三万卷。(同治十年正月初九日)

通过这段记载，我们可知孔氏家族曾经拥有几十万卷的藏书。然而因两次鸦片战争、天地会起义等动乱在广东接二连三爆发，孔广陶家族被迫辗转逃难。在颠沛流离之中，孔广陶家族旧藏的几十万卷散逸过半。尽管孔广陶随时补辑，到1854年时他的藏书量也不足十三万卷，离后来的三十有三万卷还有着一定的距离。

其二，孔广陶北上前的藏书楼。

我们今日得知孔广陶有藏书楼名曰"三十有三万卷堂"，但由前文可知，孔广陶的藏书量在同治十年(1870)时只有十多万卷，其藏书楼最初的名字不可能为"三十有三万卷堂"。通过日记的记载，我们可以推测，或许在"三十有三万卷堂"之前，孔广陶将其藏书处命名为"十万卷楼"。

孔广陶在游览各地途中曾获图一幅：

> 午磁州王丹麓司马承枫闻余至，特来相晤。年六十三，工书画，精鉴别，一见若平生欢。即索素箋，绘《十万卷楼图》以赠。(同治十年二月十四日)

王氏所绘之图冠以"十万卷楼"之名，也许提示着孔氏北上之前藏书楼的原始名称。除此之外，日记中还记录了一首苏廷魁写给孔广陶的赠诗，也可以作为旁证：

> 早汴差至，得苏河帅赓堂夫子诗函，云："粤山追荐忆缠绵，

情绪纷披日下笺。一第艰于游五岳,英才何以慰衰年? 尝闻太璞完为贵,始信精钢炼益坚。十万卷楼珍在席,好凭家业岭南传。"(同治九年十一月初八日)

从《十万卷楼图》到"十万卷楼珍在席",我们可以推知,或许在"三十有三万卷堂"之前,孔广陶曾将其藏书处命名为"十万卷楼",此名也契合此时孔广陶的藏书量。无论是"十万卷楼",还是"三十有三万卷堂",都与孔广陶的书籍收藏量有着密切关系。

(二)北上获书情况与书籍的运输方式

通过上文的介绍,我们可知孔广陶在此次北上之前的藏书量仅为十万余卷。经过本次北上之旅,孔广陶藏书的数量获得了飞跃性的增加。

关于本次北上的总体获书情况,孔广陶在日记卷末总结道:

> 归装载有古书九万五千余帙,使苟侥幸一时,则不才者又何以能得此也哉? 夫出行万里,归读万卷,昔人每以自豪独是。(同治十年五月十七日)

由此可知,孔广陶此次北上一共获得了九万五千多帙书籍,可谓收获颇丰。因此,本次北上的获书对于孔广陶的藏书事业而言,意义重大。孔广陶自己也感慨道:"今更得此,不独稍还旧观而已。"①也即到同治十年(1871)时,孔广陶的藏书量已经从十万余卷增加到二十余万卷,离后来的三十三万卷不远矣。

此外,孔广陶还在日记中交代了这批近十万卷的书籍运回粤地的途径:

---

① 〔清〕孔广陶《鸿爪前游记》卷三,同治十年(1871)正月初九日。

饭后检所收书籍,分装三十捆,约九万余卷。暂贮邑馆,托
友人俟开冻后,交夹板船寄粤。(同治十年正月初九日)

也即孔广陶将自己北上所获的书籍共打包成了三十捆,全部通过海
运的方式从北京寄回了广东。

(三) 北上获得藏品的途径

孔广陶此次北上收获了"古书九万五千余帙",同时还获得了不
少碑帖拓本。以下从日记中所见的孔广陶通过购买、获赠、钩摹与向
拓三个途径获得藏品的情况加以介绍。

(1) 购买

在日记中,多有孔广陶买书的记录,仿佛一购书清单。具体言
之,同治九年(1870)七月初六日、九月初一日、九月廿二日、九月廿
八日、十月十一日、闰十月十九日、闰十月廿八日、十一月初一日、
十一月初三日、十一月三十日、十二月廿八日等均有他的购书记
录,可见孔广陶购买活动之活跃。上述的购书活动,大部分都是孔广
陶在北京进行的,其中也有部分是在上海、河南等路途之中发
生的。

在日记中,孔广陶还对北京的书肆情况进行了介绍:

都中古书之聚甲宇内,元明刻本、影钞旧本所在多有,宋椠
偶或一遇。至纸色熏染,伪印鉴藏,坊贾时时为之,是在人之精
鉴而已。(同治九年十一月三十日)

可见,同治年间北京地区的书籍市场非常兴盛,不过质量却良莠不
齐,既有宋、元、明旧本,亦有书商伪造之书。所以他在购买时会加以
挑选:

> 有送来书画二十余种,无足观者。(同治九年八月初二日)
> 午与叔赓遍游书肆,无佳本可购。(同治十年二月十五日)

据日记记载,我们可知孔广陶购书的地点,主要是"隆福寺""琉璃厂"等地:

> 入城。隆福寺前买书,此间多好本。(同治九年十一月廿四日)
> 偕兰台昆仲过琉璃厂,以烧造琉璃瓦御窑在此故名,而莫盛于书坊、骨董、扇联诸店。(同治九年七月廿五日)
> 午友人约至琉璃厂火神庙一游。凡珠玉、玩器、书籍、字画,五光十色,真赝杂陈,应接不暇。(同治十年正月初九日)

不过孔广陶很少在日记中提及自己所买之书的具体名称、版本等信息,少有的提及之处,大概都是他所看重者。试举两例:

> 得李朴园先生光庭批点北监板《廿一史》,持论精确,得未曾有。翻阅至暮,始由哈达门出。先生宝坻人,乾隆举人,官知府,诗有"名留身后何须计,饮酒看书过此生"句,其襟怀亦可概见。(同治九年十一月廿四日)

按,李光庭,字朴园,天津宝坻人,乾隆六十年(1795)举人,"道光初黄州知府,听断明决,政理刑清,未久以病去任,黄人思之"①。孔广陶翻阅李氏批点本直至暮色方离去,可见他对此书的喜爱之情。

此书亦著录在孔广陶的藏书目录中:"《北监二十一史》二千五百七十七卷,李朴园评点,明万历二十一年(1593)至三十四年(1606),

---

① 《黄州府志》卷之十三《秩官传》,光绪十年(1884)刻本,页三十六。

内缺《三国志》,以南监本补足。"①据此我们可知孔广陶购得了此书,同时亦可知他所得李光庭批点本《北监二十一史》并非北监足本,其中所缺《三国志》以南监本补足。

　　除了史书,孔广陶还购买了拓本:

　　　　是日偶得宋拓《青华阁帖》第三卷,姚姬传先生藏本,颇称罕物。(同治十年正月初六日)

"姚姬传"即姚鼐,字姬传。姚氏曾作《青华阁帖三卷绍兴御刻皆二王书后有释文余颇辨其误复跋一诗》,对此帖进行考证。钱东垣也曾撰《青华阁帖考异》,指出或为明人以二王帖集出之伪作。或因其为姚鼐旧藏本,故孔广陶仍认为非常珍贵。

　　(2)获赠

　　获赠也是日记中提到的孔广陶获得藏品的途径之一,主要分为朋友赠送和路途中所结识之人赠送。其一,朋友赠送。如:

　　　　潘谱琴太史得《韵华轩菊谱》二本,分赠余一。共载五百四十四种,得以按谱而稽云。(同治九年九月廿三日)

"潘谱琴"即潘祖同,字谱琴,江苏吴县人,为潘祖荫之从兄,有藏书楼"竹山堂"。潘氏与孔广陶为同好之友,赠以《菊谱》一书,亦书林一雅事②。

_____

　　① 〔清〕孔广陶《三十有三万卷堂书目略》,收于《四库未收书辑刊》编纂委员会编《四库未收书辑刊·拾辑·伍册》,北京出版社,1997年,页66。
　　② 除了为同好之外,孔、潘二人书籍交往背后更有着家族间千丝万缕的关系。据日记记载,我们还能推知孔广陶家族与潘氏家族为世交。孔广陶在日记中提到了与潘曾莹、潘曾绶、潘祖同三人的交往活动。同治九年(转下页)

其二,路途中所结识之人赠送。如:

> 周览毕,乃定诘朝行。夜,道人以石刻及嵩参见赠。(同治十年二月廿三日)
>
> 午馔毕,察视道人分拓汉碑残字十余纸,奈无精楮轻烟,负此古碣。(同治十年三月十三日)

前一条材料为孔广陶游览嵩山时所记,后一条为孔广陶在华山时所记。两处均为道人所赠,赠送为石刻的拓本。孔广陶对碑刻极其喜爱,道人也算是投其所好,惜其质量不佳。

(3)钩摹与向拓

钩摹与向拓则是日记中所见孔广陶获得藏品的另一个重要途径。如孔广陶在京时得观王庭筠诗迹:

> 得观王庭筠诗迹,见所未见,因钩摹而藏之。(同治九年闰十月十四日)

王庭筠为金代著名诗人、书画家,陶宗仪称其"仪观秀伟,善谈吐,书法宋米芾,论者谓其胸次不在芾下"[①]。由"见所未见",可知孔广陶的欣喜之情,因此他选择以钩摹的手段获得了摹本。钩摹的手段除

(接上页)(1870)十二月初四日,潘曾莹到孔广陶处观看五代贯休《罗汉轴》。同治十年(1871)正月初十日,孔广陶拜访潘曾绶,并称其为"绂庭世叔"。另外,潘曾绶之子潘祖荫出生于北京米市胡同,与孔广陶出生地、同治九年(1870)进京租寓处,孔广陶之兄孔广镛寄居处为同样的地点。两家结交,当与孔广陶之父孔继勋有关,潘曾绶在 1835 年 4 月 22 日、8 月 30 日、9 月 5 日、12 月 17 日、1936 年 1 月 21 日、4 月 27 日、6 月 28 日日记中,共七次提到了孔继勋,孔氏曾送礼给潘氏,二人多次共同看戏,关系友好。

① 〔元〕陶宗仪《书史会要》卷八,文渊阁《四库全书》本,页三。

了适用于难得之珍本外，也适用于匆忙的路途：

> 偶步坊间，遇蔡忠惠《宾客帖》真迹，匆匆摹得一纸，乐甚。
> （同治十年正月廿四日）

此为孔广陶去往泰山途中所获。"蔡忠惠"即蔡襄，字君谟，谥忠惠。由"乐甚"二字可知孔广陶极其喜好此帖，因得匆匆钩摹以藏之而十分喜悦。

孔广陶还通过向拓的方法获得了书画藏品。如：

> 夜又借观郭子饶双钩筠清馆五字不损《兰亭》……因挑灯展素，向拓而藏之，倘得良工寿石，乌知不复还旧观也。（同治九年十一月十九日）

此为孔广陶借观友人所藏定武本《兰亭》，此本历来被视为刻石中的最好版本，有三个原石拓本：一为元代吴炳藏本，为"湍、流、带、左、右"五字未损本；一为元代柯九思藏五字已损本，现藏台北"故宫博物院"；一为元代独孤长老藏五字已损本，现藏日本东京国立博物馆。孔广陶所借观者为五字未损本，因其珍贵，孔广陶挑灯进行向拓，得到了一个珍贵的《兰亭》摹本。

通过以上介绍可知，孔广陶此次北上所获藏品，大体上通过购买、他人赠送、钩摹与向拓这三个途径获得，其中以购买为主要途径。

（四）日记中所见孔广陶其他书事活动

其一，日记中所见孔广陶的书画字帖交游圈。

在此次北上之前，孔广陶的收藏以珍贵的书画字帖为主，我们可以通过《岳雪楼书画录》窥见其藏品之精与多。在日记中，孔广陶为我们介绍了他与同好们的交游情况。

一方面是别人借观孔广陶的藏品，除了前文提到的潘氏家族外，如：

> 顾子山观察来索观家藏《兰亭》，云近收一种，"崇"无三点，仿佛"天师庵"石。然非见，未敢遽定也。（同治九年闰十月廿三日）

"顾子山观察"即顾文彬，号子山，有藏书楼"过云楼"。顾文彬因新得"崇"无三点版本的《兰亭》，故来找孔广陶借观岳雪楼所藏之《兰亭》。这一交往活动，亦见于顾文彬之日记：

> 五月二十日，晴。复见宋拓《定武兰亭》卷，笪江上藏本，后归高江村，稀世物也，索价百金，急携之归，志在必得①。
> 闰十月廿四日，晴。往拜唐壬森……孔广陶。少唐出示旧拓《兰亭》，据云唐拓，实则宋拓，亦未见确，又国学本及吴荷屋翻刻定武两种②。

可知顾氏所得《兰亭》为宋拓本，孔广陶家藏本《兰亭》则共有三种版本：宋拓本、国学本和吴荣光翻刻定武本，二人因同喜《兰亭》而进行了交往活动。

另一方面则是孔广陶借观别人之藏品。因孔广陶为外出，随身携带的家藏本不算太多，故而日记中记载的也主要是孔广陶借观别人的藏品。据孔广陶记载，我们可知他曾与叶衍兰、苏廷魁、顾文彬、

---

① 〔清〕顾文彬《过云楼日记》，苏州市档案局（馆）、苏州市过云楼文化研究会编，文汇出版社，2015年，页27。
② 〔清〕顾文彬《过云楼日记》，页58。

伦梦臣、瑛桂、周寿昌、杨颐等人有着交往活动。其中大部分人为孔广陶同乡,如广东番禺人叶衍兰为与孔广陶一同进京赶考的好友叶衍桂之兄,广东高要人苏廷魁为孔广陶之师。另外,则为孔广陶外出所结识者,如顾文彬在自己的日记中记载了与孔广陶的相识情况:"闰十月廿四日,晴。往拜唐壬森……孔广陶。"①

　　我们仍以顾文彬为例,看看孔广陶在日记中是如何介绍自己与顾文彬的交游情况:

　　　　借观顾子山观察文彬《醴泉铭》,乃谢希曾藏本,有周天球、张叔味二跋,殆南宋拓。可方伍氏粤雅堂本,而不及玉泓馆顾氏本。(同治九年九月廿八日)

上文提到顾文彬借观孔广陶所藏之《兰亭》,孔广陶则先在顾文彬处得睹旧拓《醴泉铭》,认为顾文彬的藏本十分珍贵,并将其与伍崇曜之粤雅堂、顾从义之玉泓馆藏本作比较。顾文彬与孔广陶二人均喜好收藏,顾氏有《过云楼书画记》,孔氏有《岳雪楼书画录》,因此二人虽不曾相识,亦能在京一见如故。

　　其二,日记中记录了孔广陶的藏书偏好:

　　　　若武英殿板桃花纸初印者,鄙意以为驾宋刻之上,遇则必收。独客囊羞涩,未能多购为憾耳。(同治九年十一月三十日)

孔广陶清楚地表明了自己对殿本的偏爱之情。此次北上,孔广陶也购得大量殿本南归。

　　其三,日记中记录了孔广陶计划刊刻《阙里广志》一书的经过:

---

① 〔清〕顾文彬《过云楼日记》,页58。

旋晤邑令家闰舟司马昭浃。司马颇有政声,前以《阙里旧志》残蚀,属校重梓。《旧志》乃明弘治时陈学使镐创辑。而余近得康熙间云间宋乐丞际诸人添修至二十卷,名曰《广志》,体例小异,中增入我朝典礼,更称详备。《四库提要》已收入存目者。爰议定重镌宋氏本。(同治九年五月廿八日)

昔先太史曾手拓十三碑而归,陶幸继踵祖庭,抚摩古墨。因念北上时与闰周大令重梓《阙里广志》,原欲全拓庙林遗碣,扩而充之。惜不能久留,为之低徊叹息,以俟后缘而已。(同治十年二月初二日)

可知,一开始是孔昭浃嘱咐孔广陶校刻《阙里旧志》,后孔广陶得获康熙间宋际等人所编的《阙里广志》,他认为此书较《阙里旧志》更为完备,因此打算重刻《阙里广志》。当孔广陶旅行至孔庙时,便萌生了将孔庙中所有的碑刻收入新刻《阙里广志》中的想法,惜旅途匆忙,未能如愿。

由以上述讨论,可窥此次北上孔广陶书事活动之活跃。一方面他收获颇丰,通过购买、获赠、勾摹等途径获得了近十万卷藏书。另一方面,借由对书画字帖的共同爱好,孔广陶出门在外这一年还形成了广泛的交游圈,得以睹见不少佳藏。日记中留下的孔广陶书事活动片段,有助于我们更加深入地了解孔广陶的收藏活动。

四、孔广陶笔下的中国晚清社会

上文从孔广陶藏书家身份的角度对日记价值进行了探析,日记这一特殊体裁能够帮助我们串联起关于孔广陶的更为详细的书籍往事,我们才得以详见同治九年(1870)到同治十年(1871)间孔广陶的书籍获得、书籍运输、书籍交往等情况。此外,孔广陶还在日记中记载了自己的科举经历,以及一路所见的奇异见闻、风土人情,为我们了解清代同治年间普通民众最真实的社会生活提供了鲜活的材料。

（一）一个普通士子的科举经历

《鸿爪前游记》完整地保留了孔广陶参加科举考试的全过程，为我们微观地了解科举制度是如何真实地发生、科举活动又是如何具体地影响到个人，提供了绝佳的材料。

（1）赶考——舟车困顿始进京

远在粤地的孔广陶，为了参加科举考试，必须经历漫长的路途才能达到北京。他需从广东航行至香港，乘船沿东南一带海岸线北上，经过福建、浙江、上海、山东等地，在天津紫竹林登岸，后再由陆路、水路才能到达北京。孔广陶为参加考试，不止一次北上。第一次北上时，因"天津教案"事件被迫南返，直到第二次出行他才终于到达了北京，所以其北上之路颇为波折。

长路漫漫，孔广陶在路途中经历了不少颠簸。航海之苦如：

> 酉初风渐起，夜竟成飓，雨电交驰，舟极掀簸之苦。但闻行李倾覆声、同舟呕吐声。余与莫船暗中摸索，抱床而卧。虽蹈险危，强持镇定。比至天明，直不知雨透重衿矣。（同治九年七月初九日）

海上风浪较大，人随船动，遇到雷雨交加更是触目惊心，满船的乘客与行李均在雨夜中不安地摇晃着。孔广陶在船上虽强作镇定，然内心之慌乱又怎能尽去？

陆路之苦如：

> 午刻始得一车，与莫船先行入都。由通之东门出西门，约石路六里，不胜荦确之苦。（同治九年七月十九日）

孔广陶于同治九年(1870)六月初四日出发,六月廿一日归省,再于六月廿八日出发,至此时的七月十九日,离最初出发的日子已经过去了四十五天,第二次出发的路途也已经进行了二十日,精疲力尽时分又遇上了六里石路,可以想见赶路之辛苦。虽然路途遥远,时有风险之事,但进京赶考之路也有其快乐的一面:

> 此次同乡者胡、游、李、石四人及江苏殷宿海源、福建陈藻英某、江西程明轩某、罗翼亭鹏、浙江徐宇人韬,皆赴京兆试者。……同舟聚谈,颇不寂寞。(同治九年七月初八日)
>
> 泊舟,四野无人,幸乡试同帮船众,亦不孤。(同治九年七月十六日)
>
> 同帮者过舟夜话,亦不负此清宵。(同治九年七月十七日)

由以上诸例,可知考生们结伴而行,一路上互相作伴,进京之路十分热闹。

(2)考试——"长安花好为谁看"

孔广陶"由佾生捐国学生",也就是说他是以监生的身份进京参加科举考试的。因此他需要先通过国子监的考试,才能获得参加乡试的机会。不过据孔氏的口吻,通过国子监考试的难度不算太大,"惟误押官韵者不收"。

通过国子监的考试后,孔广陶的乡试之路才算正式拉开了序幕。在参加考试前,考生还需赴顺天府署领卷填纳并上交。孔广陶于初四日完成了交卷,并于初五日去庙里进行了祈福、占卜活动:

> 闻正阳门月城内关帝庙久著灵验,肃诚一拜,卜得九二下下签,不知所谓,不敢强解。大约科名前定,安命俟天,不可强求,从吾所好而已。(同治九年八月初五日)

孔广陶对于"下下签"比较坦然,认为皆为天意,不可强求。初七日出牌,"共一万三千余人,同乡三百五十有奇"。可见参加科举考试人数之多,想要考中并不容易。初八日考生均在外侯点,点至方可进入考场。

　　孔广陶详细记载了进入考场考试时候的诸多直观感受。他于初八日午刻先从外砖门进,然"行潦泥泞,肩摩毂击,几无着足处",功名之路人来人往,从来都好比过独木桥。未刻时分,"点至本省,厂下应名给签"。在进考场的门口,"有同乡京官立此相送"。考生经过搜检、过三次龙门后,才能正式进入考场。同治庚午科乡试考场分为南皿、北贝、中皿和云号,其中云号为特编,因"近滇地弄兵,赴试者少,另编云号,以示体恤"。

　　孔广陶于初九日开始答题,初十日交卷,"侯收卷官阅过,不误乃出"。

　　科举考试的时间比较紧凑,前一场结束的第二日便开始了下一场,孔广陶于十一日便又开始了第二场考试。依旧是侯点,而后进入考场。然而此次的考场环境大不如昨日之西文场,孔广陶不幸分得蓬号,考试体验感极差:

> 长廊空阔,四无障蔽,内设柳木长椅桌,每坐二人,逼侧不堪。复为先到者据其大半,不得已向巡绰官索得短板,分赠同乡数人。余得四片,布于号军灶边,作席地计。三面以油幔张之,绵袄为裀,盘膝而坐。夜湿土上蒸,冷砭肌骨。(同治九年八月十一日)

孔广陶详细记载了第二场考试时,场地的逼仄与夜晚的寒冷。蓬号地方狭窄,且两人一桌,难以施展,孔广陶又因在考场中迷路到得较晚,同桌之人留给他的空间更是十分狭小。无奈之下,他只得以短板布于军灶边,盘膝席地而坐。一个生长在极南之地的人,在八月份的北京,哪怕以绵袄为裯,也仍旧被冻得左右不是,此次考试体验感实在不佳。所幸有友人赠以藏香数寸,伴他渡过湿冷的漫漫长夜。孔广陶于十一日开始答题,十三日交卷回寓。

　　十四日便又开始了第三场考试,也即此次考试的最后一场,因此早在交卷的前一日大家的情绪便已经躁动万分。孔广陶重点记述了考试临近结束时,考生们躁动的心情:

　　　　是时歌声、笑声、豁拳声、管弦声、既醉而高谈雄辩声,远近相接,如殷雷不绝。须臾月上,则逾垣升瓦,破栅登楼,沛然莫之能御,监临亦无如之何矣。(同治九年八月十五日)

孔广陶在此处为我们展示了长期受到备考压力的考生们在解放前的狂欢体验。此时为戌刻,日暮时分,大部分考生已经差不多完成了考卷,考生们也从紧张的考试氛围中逃离了出来,各种欢乐的声音混为一体,热闹非凡。更有甚者,乘着月色登高放纵,监考之人也奈何不得。可见考试对人的压抑、考完后的极度快乐,古今一也。但热闹是别人的,尚未完成考卷的孔广陶只是一个旁观者,他并未加入狂欢的阵营:"夜二鼓少睡,五鼓起,写策二首。"卯刻,出场者便已八九,又过了四个时辰,孔广陶才交了卷回到寓所。

　　在考试过程中,也出现了不少小插曲,为我们了解古代科举考试过程提供了鲜活的材料。如一则为初九日有人病倒:

　　　　是日号内有病者,捡送药丸二枚,而监临遣人扶出巷外候脉,并给药剂,加惠之至。(同治九年八月初九日)

还有对于火灾的记录:

　　　　号尾有爇艾绳者,忽然及布帘,梦中呼醒之,犹可扑灭,险

甚。（同治九年八月十一日）

仲秋时分，仍有蚊子，故而有人将艾叶搓成的绳带进了考场，点燃以驱蚊蝇，但睡着之后却不慎点燃布帘，一时起了火灾，幸而不曾扩大，终是扑灭了。因着前一日之险，十二日也受到了影响，"因谣传火灾，在贡院巡绰诸官频呼'火烛'以警人"。

（3）发榜——几家欢喜几家愁

三场考试终于结束，但考生们的心依旧是悬着的，社会活动也不曾停下。八月十六日刚考完，十九日孔广陶便到南海会馆进行了团拜活动。至廿四日，又有"乡试食梦，在本邑馆演春台部，约六十余人。"

考试选拔的环节也依旧在进行着，孔广陶于八月廿八日再次入城，参加检验："先验实缺人员，次及余等。五人为一班，呼名应一'到'字。以次横立帘下，唱名与年岁，毕，依次退。"九月初五日"掣签，分刑部"。九月初八日孔广陶得知自己"分在福建司学习"。

直到九月初十日，孔广陶才得知了此次科举考试的结果：

> 午后走报纷纷，至夜索然。身在孙山之外，遂余五岳之游，布袜青鞋，行当自兹始耳。

从同治九年（1870）六月初四日出发算起，已经过去了近百日，这场科举考试才算是彻底结束了。发榜之日虽然热闹，但结果却是几家欢喜几家愁，有人幸运地考取功名、光耀门楣，也有人终其一生不得见榜、郁郁寡欢。孔广陶的态度倒算坦然，日记中不见牢骚。虽然如此，我们仍能通过日记的记载，窥探到孔广陶内心的失意。他对儿辈们的关注便能显露些许：

> 是日得接家中寄来仁儿、伍甥场文，皆清适可望。（同治九

年九月初八日)

　　得粤中试录，知儿辈亦不售，为之怅然，期望意尤觉不易去怀也。（同治九年十月初三日）

可知，孔广陶自己在参加科举考试时，也十分关注儿辈们的科举之路，当他得知儿辈们也未能考中时，惆怅之意顿时弥漫开来。这惆怅，大概也有着孔广陶自己那一份。

　　孔广陶游历山水之旅，至此才算是真正迎来了开端。有趣的是，当他游玩了一圈，于同治十年（1871）四月二十日回到北京时，刚好赶上了春榜时分。孔广陶卸车于南海馆，此处乡人咸集，孔广陶也与同乡参加科举考试者进行了会谈，“得者贺而失者慰，周旋久之”。遇到有人询问自己的情况时，则“交问游踪，约述梗概而已”。

　　通过日记的记载，我们得以深入了解孔广陶的科举体验，他成为了一个活生生的人，不再只是一则简略的史料，如《大清缙绅全书》记载：“花翎郎中、福建司行走孔广陶少唐，广东南海人。”[①]我们将其与孔广陶的日记对读，两种材料的区别不言自明。可见《鸿爪前游记》一书有助于打破史书的平面化介绍，还原更加鲜活、立体的历史人物，而这也正是日记体裁的独特价值所在。

　　（二）孔广陶视角下的“天津教案”

　　《鸿爪前游记》一书为我们提供了亲历者孔广陶视角下的“天津教案”。孔广陶在日记中为我们描绘了“天津教案”事件的发生对普通民众的生活造成了哪些影响。

　　孔广陶第一次北上时，刚出发到香港，便听说津门民众与教会人员发生了冲突：

----

　　① 《大清缙绅全书》，同治十二年（1873）荣禄堂刻本，页五十二。

> 晴。午间闻上海信,传津门民、番交恶。(同治九年六月初
> 七日)

虽然听闻津门有动乱,孔广陶还是选择了继续北上。到了上海后他
遇到了旧友苏元瑞,话谈之间,方得知津门确实发生了冲突,法国教
堂被拆毁:

> 适苏桂舲比部元瑞假归相遇,七年阔别,同作竟夕谈,并述
> 津门果有拆毁法国教堂事云。(同治九年六月初十日)

此时,孔广陶才开始有些紧张,于是第二天便开始打听消息,可惜未
得确信:

> 晴。访探津门消息,未有确耗。(同治九年六月十一日)

直到三天后,在上海静观其变的孔广陶才得到了明确的消息:

> 午客来,言扬州、金陵、福州教堂亦几生事。夜得信,知初十
> 日法国兵船二艘至大沽……日间大沽不易出入,车路间有不虞
> 云云。漏四下,惺然不寐。忽有奔告,谓此地法国界内,悉调番
> 兵截守,沿江轮船发动火机,土人将复有津门之举矣。友人等力
> 劝南归,以俟消息,不得已从之。(同治九年六月十四日)
>
> 人情甚为汹涌,午后遂匆匆下船。计粤省距上洋,航海约二
> 千七百余里,虚此一行,殊觉意沮。(同治九年六月十五日)

面对着有可能波及全国的动乱,孔广陶的恐慌无疑代表了当时普通
士子的一般心态。此时朝廷正派曾国藩前往天津与法国进行交涉,
而法国的兵船已经开到了大沽,敌强我弱,曾国藩亦进退两难。一时

之间危言耸起,人心惶惶。孔广陶在友人的劝解下,迫于形势,最终放弃了北上。待孔广陶南返至香港时,又得知广东省的教堂也发生了动乱:

> 巳刻抵港,知省中教堂亦几滋事。(同治九年六月十九日)

教堂事件牵一发而动全身,整个中国都为之一动荡,可见"天津教案"影响之大。孔广陶虽然回到了广东,但却不曾放下北上之志,因此到家后也一直打探天津的消息:

> 又探悉法人与津约毋暗攻害,俟彼国书至再定,遂决意再行。夜嘱家人添备伙食。(同治九年六月廿六日)

得知两国约定和平处理后,孔广陶便立刻起了北上之意。哪怕同行之人有所动摇,他也依旧坚定如初。在第二次入京的路途中,孔广陶也记录了不少关于天津教案的蛛丝马迹:

> 饭后闻天津如常,教堂已代修复。(同治九年七月初五日)
> 遇津门来船,举火号,取信,停片刻。(同治九年七月十一日)
> 是日欲访海光寺,已驻兵勇,不得入。(同治九年七月十三日)
> 午经望海楼,已遭夷火。(同治九年七月十四日)

从六月初七日听闻天津出事,到七月初五日教堂代为修复,在这一个月的时间里,国家经历了动荡,孔广陶的北上之旅也经历了一波三折。虽然"天津教案"结束了,但天津教案在中国的影响却一直没有消退,直到三个月后,中国的教堂依旧发生了混乱:

午刻得家书,知佛山镇教堂亦几滋事。(同治九年十月初四日)

矛盾并非简单地发生与结束,战争的余波会延续良久,在全国更是成牵一发而动全身之势态。

从《鸿爪前游记》中,我们一方面可以看出"天津教案"对于全国的广泛影响,另一方面也可以看到,大历史事件是如何以一种具体而微的方式影响到普通人的生活的。"天津教案"本是一场有关宗教的动乱,可是因为天津本身是一个重要的交通枢纽,所以这场动乱对于南北交通也产生了重要的影响。孔广陶的北上科考之旅也因此受到了很大的影响,这为我们认识"天津教案"的影响提供了更为生动的视角。由孔广陶的经历我们也可知,个人命运难以脱离国家之安危,每个人都好似一粒沙,被时代的洪流裹挟着往前走。

(三)孔广陶对同治时代的多重观察

孔广陶辗转于京师、山西、山东、河南、陕西、山西等地,游历了盘山、五台、恒山、泰山、嵩山、华山等山,山川之瑰伟,景物之奇丽,民俗之缤纷,尽收其眼底。孔广陶在日记中记载了他在旅途路上所见到的民俗风情,为我们了解同治年间人们的生活提供了无比鲜活而又真实的材料。以下择部分进行介绍。

(1)同治时代的洋现象

清末是一个新旧交替的时代,洋人的到来让中国被迫打开国门,人们的生活也纷纷洋化。孔广陶在日记中记载了不少洋化现象。

其一,洋人在基础设施和具体的生活用品上给中国带来的变化。基础设施者如洋楼、洋灯。孔广陶于同治九年(1870)在上海停留,并在日记中记录下了他在上海的见闻:

戌刻停轮江畔。洋楼沿岸,骈矗如弓,前蓄石堤,潮汐荡激。

> 堤上分植槐、柳，间以煤气灯。万星争耀，高下映彻，士女嬉游，繁盛过于香港。（同治九年六月初十日）

当孔广陶到达上海时，先是被沿岸的洋楼吸引了目光。接着孔广陶描绘了沿岸的风景，指出上海比香港更为繁盛。自《南京条约》签订后，上海作为开放的通商口岸之一，容纳了越来越多的外国人，上海亦领先全国成为一个国际化的都市，城市建设也逐渐洋化。当孔广陶到达天津时，也同样见到了洋楼：

> 泊紫竹林。堤上洋楼十余座，舟楫麕集。（同治九年七月十二日）

《北京条约》签订后，天津亦成为通商口岸之一，此处的紫竹林是法国的租界地。也即从广东海路入京会经由上海和天津，而这两地的岸口，都已经被洋人占领，修满了洋楼。

此外，孔广陶在日记中还提到了洋人的灯船和镜灯：

> 申刻入江苏界。洋人以巨艘泊海心，每夜悬高灯识水道，名曰灯船。（同治九年六月初十日）
>
> 遥望鸡笼山，如初旭乍升，光射数百里，乃洋人镜灯，前次所未睹者。戌刻见灯船。（同治九年七月初四日）

前一条材料为孔广陶第一次北上时所见，后一条为第二次北上所见。可知，在海岸口洋人会专门用一艘船停在海面上，并点灯以照明水道，为中国所无。洋人之镜灯，孔广陶则形容光亮如太阳。

具体的生活用品则如洋藤椅、洋车和洋人千里镜。洋藤椅的使用如：

> 幸先购洋藤椅,牢系以绳,抱持斜卧。头目昏然,饮食不进,
> 然无呕吐。(同治九年七月初一日)

此为孔广陶进京时在轮船上的记载,他提前备好了一把洋藤椅,以便在轮船上能够斜卧,由此条材料亦可见进京之艰难。

在上海逗留期间,孔广陶还和友人乘坐洋车,游览上海:

> 饭后与桂舲、荑船共乘洋人马车,沿江遍游。(同治九年六
> 月十三日)

可知在同治九年(1870)时,洋人马车是上海地区重要的交通方式之一。

在孔广陶游历山水时,也有洋货的身影:

> 余更携得洋人千里镜,纤毫辨晰,比前人所记,差觉有间。
> (同治十年正月廿八日)

此时孔广陶正在泰山观日出,他拿出了早已备好的洋人千里镜。在山顶的他借由千里镜,将日出之美尽收眼底。从洋椅、洋车到洋镜,我们都能感受到洋货已经渗透到了同治时代民众们的生活之中。

其二,洋人在思想传播上给中国带来的变化。孔广陶在路途中曾偶然遇到了传教士传教现场,并将其记录下来:

> 归途遥望,城北高楼,下绕群屋,乃洋人传教,聚男女五百余
> 人。(同治十年正月十七日)

此时孔广陶刚出京不久,行至河北沧州时,遇到了人山人海的传教现场。通过孔广陶之笔,我们可以得知同治年间外国传教士在中国进

行传教活动的具体方式。

(2) 同治时代的贸易活动

孔广陶对贸易活动的关注,与其盐商世家的出身息息相关。孔广陶之高祖父孔毓泰为广东地区的大盐商,孔广陶家族继承了盐商事业,世代参与盐业经营直至民国,并实现了政商结合、家族联姻,规模十分庞大。商人的身份让孔广陶敏锐嗅到了商业气息,在日记中记载了不少同治年间的商业贸易活动。

我国古代的商业在宋代便已经有所发展,到了晚清更是进一步繁荣。在孔广陶的日记中,我们多能见到商品贸易的记载,如:

> 又至正阳门外,其月墙东、西搭盖棚房,居之成肆,曰荷包巷,曰帽巷,实则百货云集。……阛外曰棋盘街,略购时尚之物寄粤。(同治九年八月二十日)〔北京〕

此时孔广陶刚刚考完三场考试,仍在北京等待科举考试的最终结果,等待之余在城中闲逛。通过他的描述,我们得知同治年间正阳门外贸易之兴盛,东、西两列均有棚房相连,百货云集,俨然一副今日商业街的模样。孔广陶也购置了一些新鲜的物品,寄给远在广东的家人。

除了北京贸易兴盛,山西的商业活动也十分发达,尤以大同为代表:

> 入南门抵四牌楼,毂击肩摩,百货云集,布帛店肆,辉煌尤甚。觅寓于鼓楼大街之东,土人诩其繁富,谓之小京师不愧也。(同治十年四月十一日)〔山西〕

大同地处内地与塞外的交界处,交易兴盛,自明代以来便十分繁荣富庶。孔广陶行至此处,也被人来人往、百货云集、金碧辉煌、热闹非凡的景象震撼到了。

除了大同,边界地带其他的贸易地点也引起了孔广陶的兴趣:

> 穿城东出,余每见边外城郭阛阓,贸易浩穰,较内地转胜,殆以精华所聚,此外仍不免荒凉耳。(同治十年四月十三日)〔山西〕

这里记载的是山西天镇县界的情况,此地位于山西、河北、蒙古三省的交界处。虽然边地环境较为恶劣,但贸易活动却十分活跃,给孔广陶留下了深刻的印象。

孔广陶还在日记中记录了一些有关贸易活动的奇异见闻:

> 左、右峻壁削立,道狭仅容轨,而橐驼不绝。负而出者,土茶洋布;负而入者,狐皮氍毹。时又驼运西征军装,来往牵避,殊滞于行。(同治十年四月十九日)〔北京〕

此时孔广陶在返程路上,为行至八达岭所见。一方面我们可知骆驼在当时、当地承担着非常重要的运输功能。另一方面,我们也可知往来之货物极具特色,长城内外民俗殊异,交易的货物有土茶洋布,也有狐皮氍毹。孔广陶甚至还看见了西征所用之军装,也是通过骆驼进行驮运。

通过上文所述,我们已经能够感受到同治年间各地贸易活动之频繁。除此之外,孔广陶还对所经之地的庙会给予了特别关注。

同治九年(1870)十月十九日,孔广陶行至河北之娘娘庙,称"殿宇、廊庑莫不规制敞丽,创自成化间。岁以三月朔百货贸易于此,名曰神会,一月而毕,届时四方士女云集。殿前刊碑数百,悉烧香会题名,其盛可想见"。可见此处神会长达月余,往来朝拜烧香的人们,也会在此进行贸易,十分热闹。

庙会贸易的重要货物,日记中也有介绍。如同治九年(1870)九

月廿一日,孔广陶到北京的精忠庙观赶了早集:

> 庙前榷场广数十亩,每日客贩毕至,以皮衣、绸绫为大宗。一望五色眩目,优劣杂陈。至辰巳间而散。骡马市及前门内大街二集,其聚会不及此之多。(同治九年九月廿一日)

由"广数十亩"可知场地之广阔,此庙前的集会为每日均有,售卖的货物有皮衣、绸绫等。另外,游览四岳的孔广陶还对岳山的庙会盛景作了介绍:

> 忽见岳顶黛鬟双峙,游人蚁队如线,皆援羊肠壁径升。询之,知逾岭背达庙,可近数里。然亦恰庙会,何所遇之适逢也。……门内南建龙王庙,北建三元官。庙中百货杂陈,士女骈沓,是为庙集,诸岳皆然。……未几人声鼎沸,星火漫山,则明日神会,如吾粤之赴安期岩者。(同治十年四月初七日)〔山西〕

此时孔广陶行至北岳恒山,亲眼目睹了游人为了参加庙会,如蚂蚁一般行于山间,场面可谓壮大。"人声鼎沸,星火漫山",可见热闹。五岳皆有庙集,人们来岳山朝拜,也带动了贸易活动的发展。孔广陶在泰山时,还遇到了有人兜售拓本:"有持墨拓乞售者,展视则李斯篆始皇二世诏书。"

(3) 同治时代的治安与民生

孔广陶还在日记中记载了治安与民生的相关情况,为我们了解当时的社会治安、民生情况提供了亲历者的视角。

同治时代的社会治安实在有些动乱,孔广陶在日记中多次提到了当时马贼猖狂的现象,如:

> 前日马贼三百,夜劫李绅家,越岭去,官军莫敢撄其锋。故

闭城特早,而暮至者无可购食。赖自携有稻米,炊粥充饥而已。
(同治九年闰十月初七日)〔河北〕

三百人的队伍,此当为有组织、有预谋的抢劫行为。一句"官军莫敢
撄其锋",道明了连官府对于贼人的猖狂也无能为力,只得采取防御
姿态,早早地便将城门关闭。

孔广陶的日记中马贼出现频率最高的地方为山西:

> 早谒何小宋中丞,以家书托寄。中丞言边城马贼猖獗,欲余
> 少俟。(同治十年三月廿七日)〔山西〕
> 为言来路马贼,皆匿长城山,出没无常,凡行必当联帮,过此
> 村落稍稠,可毋虑。忆昨于水河铺,一人尾余车,形踪殊可疑,余
> 斥而后去,不甚幸欤?(同治十年四月初五日)〔山西〕
> 去岁此间多马贼,颇有戒心。(同治十年四月十三日)
> 〔山西〕

由以上诸例,可见同治年间山西地区社会治安问题较为严重,马贼十
分肆虐,百姓的出行和生活都受到了严重威胁。然而,政府并不能完
全解决马贼的问题,身为父母官的何璟也只能提醒孔广陶稍作停留。
在此背景下,百姓也生出了一套应对马贼的办法,即采取联帮的做
法,互相作伴,声势若浩大,贼人便也不敢轻举妄动了。孔广陶关注
着社会治安问题,同时也十分小心躲避贼人,幸好一路上只遇到过疑
人尾随,不曾被抢,但当他回过神来时依旧不免为自己的幸运而
感慨。

社会治安情况对孔广陶也产生了实际的影响,如同治十年
(1871)三月十四日,"拟入西安,访汉唐故迹。时沿途兵勇络绎,虑有
不虞。且欲至恒岳,即须南归,未免为日不足。不得已,姑俟后缘。"
路上络绎不绝的官兵不仅没有让孔广陶充满被保护的安全感,反而

让他敏锐地觉察到此处必有动乱,因此他的西安之行只得作罢。

就民生情况而言,孔广陶对百姓有着强烈的同情之心,如:"然思向过麦畦,尚花而未实,今既优渥,虽杂莳秔稻,亦需余润,不禁为农民加额矣。"(同治十年三月初五日)因此,在日记中他记载了不少自己所见百姓之苦。一则为孔广陶所见食不足者:

> 曩曾漫口弥望,败堵漫沙,遗民采草根、剥树皮为食,心殊恻恻。(同治十年二月十七日)〔河南〕

以草根、树皮为食,可见遗民生活之艰难,孔广陶也不免感到心殊恻恻。除了遗民外,普通百姓也有难以为继者:

> 民有菜色,询之,云:"地狭人众,悉以山耕,荒旱迭见,故转沟壑者日相继。"为之恻然。(同治十年三月廿三日)〔山西〕

此为受自然环境影响,导致收成不足。地少人多,旱灾频频,颗粒难收,故而民不聊生。

孔广陶不仅关注民生,哀民生之多艰,同时也在日记中提出了自己认为可行的改善民生的办法。如同治十年四月初五日载:

> 向闻塞地绝罕渠道,夏秋饮常流,冬春饮积冰,水利殊未易兴。其土又咸,不生五谷,故不毛者七八,可植者二三。若刮风数至,沙多土少,更有根株悉拔之患,此民之所以多瘠也。愚意分行植柳以御风,导雁门、桑乾之水以灌溉,试可乃已,是在父母斯民者之变通尽利耳。

这里记载的是山西山阴的情况,此地缺水,土地盐碱化现象突出。土地贫瘠不仅难以种植庄稼,也很难留下庄稼,扎根不深的农作物风一吹可能就倒了。针对此情况,孔广陶指出或许可以采取植树御风、引水灌溉的方式,并强调了在处理民生问题时,变通二字的重要性。

余　论

以上大致介绍了《鸿爪前游记》成书、刊刻的基本情况,也试着从藏书史和社会史的角度对日记的价值进行了探析。通过日记的记载,我们可以得知孔广陶的藏书在何时、何地发生了质的变化,也可得知他的大部分藏书从何而来、在生活中又是与哪些人有所往来。孔广陶的科举体验、对"天津教案"事件的感受、对同治时代社会的多维度关注,更为我们认识晚清社会提供了一个微观而又生动的视角。

最后,我们再落到孔广陶个人身上。通过日记,我们认识了一个具有科考士子、碑刻爱好者、藏书家、考证家等多重身份的孔广陶,他的性格特点在日记中也多有体现,日记为我们呈现出了一个温情、具有思辨性的孔广陶。

其一,孔广陶对仆人的关心可以看出其温情的一面。

同治九年(1870)六月初四日,孔广陶第一次出发北上时,便带着仆人廖升一同前往。因"天津教案"事件影响而不得不归家时,又命廖升先坐轮船南返。可见廖升为孔广陶十分看重的仆人。

到了同治十年(1871)四月初三日,日记中再次出现了廖升的名字:

> 晚住镇店,廖升病,莫能兴。余沿途寻胜访碑,多赖其力,奈此无知岐黄术者。夜发箧,出九药,试使服之,五鼓少瘳。

通过孔广陶对廖升的评价,我们可知在游历山水的过程中,廖升起到了非常重要的作用。因此,孔广陶对于廖升生病一事十分看重。

在第二天的日记里,廖升的名字也再次出现:

> 闻此非驻足地，不得已，令仆卧车内，而余跨其外。……仆
> 已渐愈。

为了让廖升能够安心养病，孔广陶甚至将自己乘坐的马车让给了他。
"仆已渐愈"，则可见孔广陶对廖升病情的关注。然而疾病非一时便
能治好，到了四月初七日，廖升的病情再次有了起伏：

> 徘徊间仆疾复作，憩松下。……时仆大吐甫愈，遂缓步登。

此时孔广陶正在游览北岳恒山的路上，不巧遇上了廖升病情发作，孔
广陶不仅没有生气他破坏了自己赏岳的兴致，反而十分体贴地让廖
升在松树下休息，并放缓了自己登山的步伐。可见孔广陶对待自己
的仆人也是体贴入微，他实在是一个善良而又温情的人。
　　其二，孔广陶一路上的考证可以看到其思辨的一面。
　　孔广陶不仅在日记中介绍了旅途的情况，还对路上所见之历史
事实、名胜古迹等进行了大量考证，所到之处，皆有孔广陶的思辨活
动。如他对普救寺之名、崔莺莺之前身进行了考证：

> 其上废刹宏敞，残僧渺然大书曰"普救寺"。或言郭威下郡
> 时，寺僧劝其不妄戮，故名。然据微之《会真记》，是唐贞元已先
> 有之。今地亦称普救屯云。按，《金石文字记》：郑恒夫人即世所
> 传崔莺莺，年七十六，与郑合葬。又《旷园杂志》：莺莺祔葬郑墓，
> 在淇水西北五十里。又秦贯铭其"四德咸备"，而一再辱于微之，
> 可叹文人之笔，人人转深，为千古败名丧节所自祖。因附记之，
> 以为轻薄者警。（同治十年三月十五日）

一方面，孔广陶利用事情发生的时间顺序，论定郭威一事为虚妄。另
一方面，他参考了《金石文字记》《旷园杂志》以及秦贯所撰《唐故荥阳

郑府君夫人博陵崔氏合祔墓志铭》①等材料，将历史人物与小说人物
进行了辨析，为郑恒夫人正名，同时还总结出了通例，切不可以文代
史，需细加辨析。

再如行至山西新店时，孔广陶结合实际的地理情况，对《通志》所
载事实与地名进行了考辨：

> 十里抵新店。《通志》谓至德二年(757)，郭子仪与严庄战曲
> 沃，大破于新店，即此。按，子仪既收西京，追贼至潼关，再捷，于
> 是克华阴、弘农。安庆绪始发洛阳兵，使严庄合张通儒保陕州，
> 以拒官军。又败之于新店，而庆绪率其党走河北，遂复东京。一
> 路自西而东，势成破竹。似毋庸过河至此，纡道千里以讨贼。盖
> 陕州之西，亦有曲沃故城，其间必有新店地名。《通志》不考当时
> 情势，而遂以此地当之，恐非。聊记之，以谂读史者。(同治十年
> 三月十八日)

孔广陶跋山涉水，深知路程费时费力，认为郭子仪败安庆绪不可能迂
道千里。因此他指出《通志》所谓新店，不当为山西曲沃之新店，实当
在郭、安主战场陕州附近。

《鸿爪前游记》中考证之例，数不胜数，由以上两例可明此书不仅
是日常生活的琐碎记录，更有着大量的考证内容。此书不仅蕴含着
孔广陶的思考成果，更对我们了解孔广陶的知识构成具有重要的补
充作用。

叶衍兰在《序》中评价称：

---

①　秦贯所撰墓志在明代以前未见记载，明清则多有著录，历来有真伪之
辨。今人伏涤修《秦贯撰〈郑崔合祔墓志铭〉真伪考辨》(《中国典籍与文化》2007
年第4期，19—25页)辨此墓志为唐人所撰的可能性大于明人伪造，论之甚详。

　　　读之觉四方险阻沿革,郡国利病,洞然于胸中。每历一境,
凡古迹形胜、风俗掌故,援古证今,无不详确。复于金石文字,志
其本原,足补志乘所不及,此岂浪游者比乎？是书之成,洵足与
范石湖《吴船录》、陆放翁《入蜀记》并传不朽矣。

确如其言,《鸿爪前游记》一书具有明显的考证特色,叶衍兰对此书评
价颇高,认为此书可与范成大、陆游等人之书相媲美,且并传不朽。

　　另外,日记中还详细记载了孔广陶所见到的碑刻内容与情况,不
仅留下了珍贵的石刻史料,也为我们了解孔广陶的金石学思想提供
了材料；日记中有不少优美的景色描写、孔广陶真实的登山感受、大
量诗句与题名,为我们更加全面、立体地认识孔广陶提供了鲜活的材
料；日记中记载了孔广陶所见各地的风土人情,如正月十五日乡人烧
花灯的热闹景象等等,有助于我们了解当时的民俗情况；日记中记载
了孔广陶路途上所遇具有"导游"身份的僧人、道人以及自己受到的
接待情况,为我们了解当时的宗教习俗、宗教在人们的生活中起到了
何种影响等有着极大的帮助。

　　古籍整理之不易,前人述已备矣,然非亲力亲为,亦难知其中滋
味,寒暑三载,终成其稿,一大幸事也。感谢张剑老师将此书分与我
整理,感谢整理过程中师友们的无私帮助,感谢凤凰出版社和韩凤
冉、姜好两位编辑老师的包容与支持。因本人学识与能力所限,书中
或尚存整理错误,敬俟方家指正。

整理凡例

本次整理所用底本为国家图书馆藏清光绪十八年(1892)仲春三十有三万卷堂刻本《鸿爪前游记》。稿本目前仅见第六卷卷端一叶，2015年秋季由广东崇正拍卖有限公司拍卖，惜不知去向，未能参用。本书正文及索引整理凡例大致如下：

一、据《中国近现代稀见史料丛刊》惯例，将正文书名改作《孔广陶日记》。

二、据《中国近现代稀见史料丛刊》要求，将正文所有整理文字除特殊情况外异体字、俗字等均改用规范简化汉字。

三、正文夹注原为双行小字，今改用小五字体单行排印。

四、正文原稿确定误字者，以圆括号"（）"括出误字，后继以"〔〕"括出改字，避讳字和形近误字径改，原稿有脱字、衍字者，均用"〔〕"括出。

五、凡正文中未出现姓名，人名字号或其他称谓者，非常见者尽力考出其姓名，采用脚注形式加以说明。古今地名多有变化，注释中人物籍贯统一以今日地名称呼。

六、文中已有姓名者仅注与孔广陶相关者。文中涉及大量历史典故，如属常识、暂时未能考知者均不出注。

七、正文后附孔广陶生平、家世与日记相关材料，以便读者研究。

八、人名索引仅为正文中人物姓名、字号或其他称谓之索引，并按音序排列。

九、人名索引以姓名为检索主体，姓名之后以圆括号"（）"括注正文中出现的字、号、别名、习称、昵称、官称、简称及其他称谓。

十、凡正文中仅出现字号或其他称谓者,尽力考出其姓名,列为主索引条目;暂时未能考知者,则径列字号或其他称谓为检索条目。

十一、人名后所列数字为该人物在正文中出现之年月日(公元纪年),如叶衍桂 1870.6.24,表示叶衍桂出现在正文 1870 年 6 月 24 日。

十二、诗作索引仅为正文中孔广陶所作诗句之索引,并按时间顺序排列。

十三、题字与题名索引仅为正文中孔广陶题字与题名之索引,并按时间顺序排列。

序

　　少唐比部性好读书、喜游览，平生倜傥有大志。家藏数十万卷，菲枕①其中，荣利之遇淡如也。同治庚午赴京兆试，主余家，谈次慨然曰："此行入都，非为功名计也。间尝纵览载籍，所识名山大川、洞天福地，心窃向往之，斯游或可酬素志乎？"余壮其言，惟叹走俗抗尘，不获解组以从之游为恨事。榜发报罢，少唐意若甚惬。翌日，襆被裹书，一车两仆，飘然行矣。沿途陟三盘，历五台，览九边，登四岳，谒孔林，筇屐所经，莫不穷其止极，缒幽凿险，以畅游兴。使少唐登科第、跻台馆，著作承明，簪绂羁身，亦岂能恣意遨游如此？此实天假之缘，知少唐必不肯以彼易此也。甲戌复抵京，出《鸿爪前游记》六卷示余，读之觉四方险阻沿革，郡国利病，洞然于胸中。每历一境，凡古迹形胜、风俗掌故，援古证今，无不详确。复于金石文字，志其本原，足补志乘所及，此岂浪游者比乎？是书之成，洵足与范石湖《吴船录》、陆放翁《入蜀记》并传不朽矣。庚寅岁，少唐倏归道山，年未六十。恒以东南诸胜莫克遍游为憾。斯记名曰"前游"，其欲以"后游"俟诸异日与？惜乎未竟其愿也。哲嗣静航农部②，能读父书。少唐遗著诗

---

　　① 《新唐书》有"菲枕图史"一词。菲枕其中，形容孔广陶喜爱书籍、勤奋好学。
　　② 〔清〕孔昭宗，榜名昭仁，改名昭熙，字理和，号静航，广东南海人。孔广陶长子，出嗣于孔广陶之兄孔广猷。清国子监生，同治十二年（1873）乡试九十二名举人，初授儒林郎詹事府主簿、内阁中书，后官至奉政大夫、户部山西司郎中。《（民国）南海罗格孔氏家谱》有载。

文,悉编校以付剞劂。此书先成,以序属余,谊不可辞,为述其颠末于此。所恨年已垂暮,五岳之愿,此生未必能偿。览是编,如伏枥战马听鼓鼙之声,不禁仰首长鸣也。时光绪十有八年夏五月,番禺叶衍兰[①]并书于越华讲院。

---

① 〔清〕叶衍兰,字兰台,又字南雪,广东番禺人。叶恭绰祖父,咸丰六年(1856)进士。长于词作,曾主讲越华书院。《(宣统)番禺县续志》有载。

同治九年(1870)庚午日记

鸿爪前游记卷之一

（海道 京师）

五　月

廿六日(1870年6月24日)　晴。先是，番禺叶莄船衍桂①约同赴京兆试。余年将不惑②，久澹名心，唯四方有志。蓄二十年，以亲在，不远游，中间家计纠缠，私愿未遂。今则稍暇，拟将航海北游，驰车南返。极汪洋溟渤之观，揽秦晋燕齐之胜，稍拓胸次，计亦良佳。随往戚好话别。夜下舟往凤城。

廿七日(6月25日)　晴。抵大良，寓龙法唐家。

廿八日(6月26日)　晴。晤龙望如姻丈元俨③。园中池亭错布，绿阴如幄，大好林居。旋晤邑令家闰舟司马昭浃④。司马颇有政

---

①　〔清〕叶衍桂，字莄船，广东番禺人。叶衍兰之胞弟。年三十二始补县学生，屡试不第。工诗词，善书法。《(宣统)番禺县续志》有载。

②　《(同治)南海罗格房孔氏家谱》载孔广陶生于道光十二年(1832)七月廿八日，此时孔氏虚岁39岁。

③　〔清〕龙元俨，字望如，广东顺德人。道光二十七年(1847)进士，任知县、户部郎中等职。《(咸丰)顺德县志》有载。

④　〔清〕孔昭浃，字闰舟，日记中又作闰周，山东曲阜人。咸丰庚申(1860)进士，曾任广东饶平、顺德、澄海等地知县及阳江直隶州知府等职。《(民国)山东通志》有载。曾为《南海罗格房孔氏家谱》作序。

声，前以《阙里旧志》残蚀，属校重梓。《旧志》乃明弘治时陈学使镐创辑①。而余近得康熙间云间宋乐丞际诸人添修至二十卷，名曰《广志》，体例小异，中增入我朝典礼，更称详备。《四库提要》已收入存目者。爰议定重镌宋氏本。夜四鼓返舟，天明出闸。

廿九日（6 月 27 日）　乍雨乍晴。午后抵舍，收拾行李、书帖，外无长物。

三十日（6 月 28 日）　晴。莫船来约，初四日可成行。

六　月

初一日（6 月 29 日）　晴。戚友饯余于烟浒楼。去年九月至今，始闻丝竹声耳。

初二日（6 月 30 日）　晴。话别小酌。

初三日（7 月 1 日）　晴。阅定新南浔轮船。午后戚友约江楼再叙，情殊殷殷。夜，捡点零物，四鼓始就寝。留别句云"春明我亦留鸿爪，驹隙匆匆卅七年"句。

初四日（7 月 2 日）　晴。晨早莫船来。命林升、廖升两人押行李，至南浔安置，诘朝启行，长兄②与戚友远送者五人。遂同搭九江轮船，赴香港。过零汀洋，经大屿山，适风起水涌。申刻，到港。暂借楼居。夜赴饮。

---

①　〔明〕陈镐，日记刻"镐"为"稿"，字宗之，号矩庵，浙江会稽人。成化二十三年（1487）进士，曾任山东按察副使兼提学道，纂修《阙里志》。《（万历）绍兴府志》有载。

②　〔清〕孔广铺，字厚昌，一字少庭，号怀民，又号韶初，广东南海人。孔继勋之子，孔广陶之兄。道光廿二年（1842）着赏加内阁侍读，衔以内阁中书，遇缺即选。道光廿四年甲辰（1844）恩科，中式第十五名举人。咸丰七年（1857）报捐郎中，分部学习行走。《（同治）南海罗格房孔氏家谱》有载。曾与陈澧等人一同补刊《皇清经解》，负责总校一千四百卷，也曾与孔广陶合著《岳雪楼书画录》、合刻《南海罗格房孔氏家谱》等书。

初五日(7月3日)　晴。置买零物。巳刻与萸船诸君乘马车，历遍三环。申刻，两仆由南浔到港。夜赴饮。

初六日(7月4日)　晴。夜友人邀饮。山间新月，水面清风，歌吹沸天，花香绕座，颇足陶写旅情也。口占句云"借问太平山上月，长安花好为谁看"句。

初七日(7月5日)　晴。午间闻上海信，传津门民、番交恶。未刻友人拉观金山阜轮船。长百余丈，舟中为市，后分数层，靡不曲廊洞房，华祒绣罽①，恍入迷楼，岂复知有波涛之险。申刻始下南浔开行。出鲤鱼门，海天空阔，非内洋比。望中远山连属，当是碧甲、凤河、海丰一带，皆惠、潮滨海处。夜微月，波平似镜。

初八日(7月6日)　晴。仍过潮郡之惠来、潮阳、澄海诸邑海界。同舟老于行者，约略指示，过南澳及漳浦，始入闽界。午后望厦门，其东远岫参云，布帆数点，是为台湾云。时黎召民兆棠②观察其地，故人天末，倍益遐思。夜月朦胧。五更暗浪汹涌，荡舟上下，想抵福建头矣。

初九日(7月7日)　晴。抵浙江界，雁荡、天台隐隐云际，不觉动谢客之兴，再过则天水光涵，浩瀚无涘矣。夜雾色霭空。四鼓登舶顶，俟日出。星河耿耿，独立多时，假寐片刻，而红轮已浮波际。

初十日(7月8日)　晴。过温、台、宁波各属海界，渐见青螺几点，灭没不定。申刻入江苏界。洋人以巨艘泊海心，每夜悬高灯识水道，名曰灯船。俄而望见川沙塔，则松江府川沙厅属。再入为吴松江口，昔以地多水灾，故去水从松云。左顾渺渺平林，澹烟残照，

①　祒，夹衣、内衣。罽，指毛织地毡一类的东西。此处形容轮船内部装修豪华。

②　〔清〕黎兆棠，字召民，日记又作兆民，广东顺德人。咸丰三年(1853)中进士，任台湾道台等职。与孔广陶交好，曾帮助孔氏借得周星诒所藏孙星衍旧藏《北堂书钞》抄本。

平远①画本也。酉刻抵上洋，为上海县地。戌刻停轮江畔。洋楼沿岸，骈矗如弓，前蓄石堤，潮汐荡激。堤上分植槐、柳，间以煤气灯。万星争耀，高下映彻，士女嬉游，繁盛过于香港。战国时此地入楚，黄歇凿通海岸，故名春申浦，又曰黄浦。《吴郡记》以松江东泻入海，亦曰沪渎。唐属华亭，元时始割置此县。朝廷以海滨余壤税与英、法、米三国贸易，可谓怀柔之至。考宋末此地海舶辐辏，曾设市舶提举司，则此处为榷货之场，由来久矣。与荑船坐宁波小艇入虹桥，借寓于友人处。适苏桂舲比部元瑞②假归相遇，七年阔别，同作竟夕谈，并述津门果有拆毁法国教堂事云。

　　十一日(7月9日)　晴。访探津门消息，未有确耗。

　　十二日(7月10日)　晴。买苏笺葵扇。以丽华堂为佳。午，赴友人之招。是处鸡汁烧卖驰誉已久，然岁以六月停业兼旬，名曰歇夏，未尝异味，徒动食指而已。酉刻，复赴饮。主人招致名花，皆曲中第一，江南春色必如此，方不负盛名也。二鼓，复至丹桂茶园，观剧。

　　十三日(7月11日)　晴。饭后与桂舲、荑船共乘洋人马车，沿江遍游。又步入县城，城周九里，濠通江潮，楼橹睥睨，靡不坚整。前朝所筑，盖以御倭者。访朱家园，小有池亭，半皆芜废，独黄杨一树，虬盘如盖，二百余年物也。成五古句云："灵根固不衰，瞬历七十厄。因物悟妙理，毋宥眼界窄。"旋过南园，乃明乔礼部炜建，有锦石亭、渡鹤楼诸胜，当时士夫，觞咏称最。康熙间，里人徐垣英筑蕊珠阁于旁，其后再加改作，合而一之。中为堂，引水绕匝，前渡虹梁，叠石作悬磴，复道嵯峨盘纡，咫尺若里许。山尽处接以长廊，蜿蜒临流，往复幽趣，题曰"松波一剪"。荑船称其波峭，信然。水榭上有枝指生"溪山

---

　　①　〔清〕陆灏，字平远，又号天乙山人，上海人。工山水，以画名世。《(嘉庆)松江府志》有载。

　　②　〔清〕苏元瑞，字桂舲，广东高要人。同治元年(1862)中举。《(同治)续修高要县志稿》有载。

清赏"石刻,原为董华亭柱颊山房故物,土人移嵌壁间,毋怪传闻者误指此为香光园耳。近人《墨余录》①载康熙乙卯董文敏来游南园,降乩作记,叙其事甚详。随诣城隍庙,规模稍逊吾粤。有香光书"明威显相"扁,字径三尺,用颜鲁公笔法,魄力亦几相亚,诚为得未曾有。庙廊置神舟,长不满丈,百物备具。闻岁卜于神,至时送置江浒,夜发,不知所往,如期俟之,有风引还,异哉!曹一士《庙记》云,相传神为故待制秦裕伯,殆隐于元,仕于明,生有德而殁血食者。庙后东、西列肆百间,尽处为豫园,明乡贤潘仲履方伯允端建,以奉其父恭定公恩燕息之所。广四十余亩,湖上有亭翼然,层阁杰峙,凭栏纵眺,双虹斜卧,清漪倒涵,园中最胜处也。其外霜台露榭,凹槛曲廊,面面环通,奇趣奔赴。土坡上分立湖石六,高寻丈,而以香雪轩前者为尤妙。相传此轩旧名玉华堂,此石旧名玲珑玉,是宣和时所漏网者,故堂因石而得名。又王弇州称其秀润透漏,天巧宛然,且谓为隋唐时物,疑或然也。题壁有"绮阁环通波潋滟,华堂留得玉玲珑"句。昔康熙间,邑人于园外再辟东、西二园,扣户可通,水石清幽,仿狮子林遗意,王梦楼太守榜其楼曰"延清"。此间稍隔尘俗,较外园遍租茶馆、游人杂遝者有别。闻前为洋人所踞,丁雨生中丞日昌观察时索还,择人管理,现大加修葺,后游者当益可观。申刻将雨而返。夜邀各友小酌。

　　十四日(7月12日)　早晴。初尝太湖之洞庭枇杷子,窃谓当逊粤荔一筹,而四腮鲈鱼则仍未及知味也。午客来,言扬州、金陵、福州教堂亦几生事。夜得信,知初十日法国兵船二艘至大沽,时适奉旨命曾侯查办,前驱已到,日间大沽不易出入,车路间有不虞云云。漏四下,惺然不寐。忽有奔告,谓此地法国界内,悉调番兵截守,沿江轮船发动火机,土人将复有津门之举矣。友人等力劝南归,以俟消息,不得已从之。

────────

　　① 〔清〕毛祥麟《墨余录》卷之七《董文敏降乩》:"康熙乙卯秋,先贤董玄宰同范少伯来游南园,降乩作记。"

十五日(7月13日)　晴。出市土物数种。衍泽堂追风膏药乃最佳。人情甚为汹涌，午后遂匆匆下船。计粤省距上洋，航海约二千七百余里，虚此一行，殊觉意沮。

十六日(7月14日)　晴。卯刻开船。逆风行，头目晕眩，幸不至吐。午少定。意绪无聊，早寝。夜起句云："百重沧海一舟小，只有月光来近人。"

十七日(7月15日)　晴。酉刻天际乌云。二更骤雨。夜半晴。

十八日(7月16日)　晴。归心因而转急，夜不成寐。登舱顶，凭铁栏，仰对明月，俯瞰澄波，觉寥廓虽空，扶摇难上。因诵郭元振①《宝剑篇》"虽复尘埋无所用，犹能夜夜气冲天"句，为之惘然。

十九日(7月17日)　晴。晨早望担干山。巳刻抵港，知省中教堂亦几滋事。因偕桂舲、萸船痛饮于杏花楼。肩舆历中下环，回舟。

二十日(7月18日)　晴。遣廖升附轮船先归，余所附船午后始开。夜泊大石，以水闸故，俟诘朝行。闷闷。

廿一日(7月19日)　晴。辰刻抵省。

廿二日(7月20日)　晴。膊痛，不出门，以饮食煤火所致。午，萸船来。

廿三日(7月21日)　晴。

廿四日(7月22日)　晴。午探得上海安贴如常，未审津门何若，不自禁作冯妇想②。

廿五日(7月23日)　晴。检点书画，白蚁纷集。濒行，托友人两月一检。兹尚未及期，倘果如期，遂归无何有乡矣。然则南返匆匆，实免岳雪楼中数百种书画之厄。谓非神物有灵，其可哉？

廿六日(7月24日)　晴。又探悉法人与津约毋暗攻害，俟彼国书至再定，遂决意再行。夜嘱家人添备伙食。

―――――――――

① 〔唐〕郭震，字元振，日记刻"振"为"震"，河北邯郸人。《新唐书》有传。
② 此处比喻孔广陶欲再次扬帆北上。

廿七日(**7月25日**) 晴。热甚。茇船来,有退志。然余已定独行计。夜忽得茇船急札,能再贾余勇,不觉喜出意外。

廿八日(**7月26日**) 晴。辰刻附九江轮船下港。长兄与戚友送至舟中而别。未刻,抵港。适新南浔轮船未发,掉小舟趋之,恰有余房,若相待者。少顷,发轮行二十余里,船主验风雨针,必夜风,停泊筲箕环以俟。二鼓后,风雨如晦,环内四山夹抱,尚不觉险。

廿九日(**7月27日**) 烈风甚。虑长兄惦,为书,觅渔人代报。入夜,风水相激,怒号澎湃之声,直喧枕畔。

七 月

初一日(**7月28日**) 午风仍未息。有客欲返江苏乡试者,出二百金请回轮不可。闻轮船出口复入,罚缴该处船厂官银二百,故不能以利动也。未刻发轮至鲤鱼门,狂飙倒吹,复泊原处。酉初稍定,再行。仍激浪寻丈,舟如辘轳。幸先购洋藤椅,牢系以绳,抱持斜卧。头目昏然,饮食不进,然无呕吐。

初二日(**7月29日**) 晨早晴。风软波平,神气自畅。此次海道直驶中洋,初以风雨故不敢遵海滨行,防暗礁也。有友吴君,嘱余南返游扬州,预定作东道主。夜热甚。隔舱人斗牌喧哗,时扰清梦,殊恶作剧。卯初起,俟日出。朝霞渐吐,蔚蓝如醉。须臾,云水皆赤,而日轮涌出,径可六七尺,丽天渐高,不能正视。所谓午夜鸡鸣、扶桑东浴者,非罗浮、泰岱之峻,无此奇观。缘海舟平视,为极天波浪所障,故观日于水,尤不若观日于山也。

初三日(**7月30日**) 晴。阅书倦,假寐数刻,酣甚。夜复早睡。

初四日(**7月31日**) 晴。午刻过宁波海界。船主以千里镜窥山间失水船,迂道往救,到始知误。是"千里"二字,殊不足恃也。酉刻遥望鸡笼山,如初旭乍升,光射数百里,乃洋人镜灯,前次所未睹者。戌刻见灯船。子刻见灯塔。泊吴松江口,有"一声惊起吴松梦,知是龙华夜半钟"句。

初五日(8月1日) 晴。卯刻入口。仍借寓友人。饭后闻天津如常,教堂已代修复。午刻再游城隍庙,纳凉于湖心亭下。搜阅碑记,叙斯园始末,不异前闻。过西轩,观潘方伯遗像。方伯曾重摹初拓《阁帖》、赵跋《兰亭》①,与其子云龙②之《六体千文》,至今尚有流传者。而董思白其昌之戏鸿堂、顾汝和从义之玉泓馆、陆文裕深③之柱石坞,荒烟蔓草,故迹湮埋。此则依旧名园,游人向往,是盖有幸、不幸焉。午后邀饮者皆辞,再不敢为哺啜计也。早寝。

初六日(8月2日) 辰早托友寄家书,并阅满洲轮船。船高轮暗,轻浪欲摇,但急何能择?先下行李,随购得书籍数种。夜过虹桥,并看合建花园。秉烛夜游,良有以也。闻有同乡陈氏,起家梓匠,藏弆颇饶。何子贞世丈曾代鉴定,有旧拓《华山碑》,尤所钦仰。惜往姑苏不遇,未免缘悭。

初七日(8月3日) 晴。坐马车往观汽机局,设以仿制外国火器者。又访龙华寺。至徐家湾,下车换笋舆,三里抵寺。寺创自唐,地广百弓,颓废过半,惟吴时所建赤乌塔巍然尚存。忆皮袭美日休《龙华夜泊》诗:"尚嫌残月清光少,不见波心塔影横。"似近水际,今成平壤矣。赤乌,吴大帝权建元之第十七年,由嘉禾改此,同时建重圆寺。宋改静安,有吴赤乌古碑。闻嘉定间徙寺碑,已啮没于水,不复再访。题龙华寺一律,有"赤乌谁借祥云护,瘗鹤今同出水珍"句。归途过一粟庵,取"金鸡解衔一粒粟"之义。夜饭毕下船,仰视银潢,恰当双星佳会。陆放翁《入蜀记》载,王烜谓南唐重七夕,而以帝子镇京口,故六日辄先乞巧,翌旦,驰入建康赴内宴,是以民俗成故习。又引

---

① 此指豫园潘氏刻本《五石山房本淳化阁帖》、潘云龙刻本《定武兰亭》。

② 〔明〕潘云龙,字士从,上海人。潘允亮嗣子。任工部员外郎等职。《(嘉庆)上海县志》有载。

③ 〔明〕陆深,日记刻"深"为"琛",字子渊,上海人。弘治五年(1505)进士,官至詹事府詹事,加礼部侍郎。《明史》有传。

太宗下诏，禁以六日为七夕①。今粤俗犹然，但不及访吴俗何如。丑刻开船。

　　初八日（8月4日）　晴。早出江口，弥漫无涘。午遥见小岛，曰茶山。凡海舶往来，均视之作定针云。此次同乡者胡、游、李、石四人及江苏殷宿海源、福建陈藻英某、江西程明轩某、罗翼亭鹏、浙江徐宇人韬，皆赴京兆试者。宿海言姑苏近少藏弄，述斋先生寿彭②所存无几，惟上海沈舍人兆镳收罗可观，抵京当访之。宇人又为言天台之胜。同舟聚谈，颇不寂寞。

　　初九日（8月5日）　晴。午后四顾浑茫，水深如墨，所称黑水洋也，古所谓"海者，晦也"。是为山东界。酉初风渐起，夜竟成飓，雨电交驰，舟极掀簸之苦。但闻行李倾覆声、同舟呕吐声。余与茣船暗中摸索，抱床而卧。虽蹈险危，强持镇定。比至天明，直不知雨透重衿矣。髯坡云"天外黑风吹海立"，不料吾身亲见之。

　　初十日（8月6日）　阴晴。辰早风定。午黑水洋尽处过成山。《史记》："成山斗入海。"又汉武东游，获朱雁于此，以作歌。是为古之东莱不夜县境。须臾望见之罘岛，为祖龙刻石纪功处。戏占一绝句云："至今只说嬴秦暴，谁护之罘颂德碑。"申初停轮于燕台。宿海买小舟，邀同登岸。过税厂，有山不高，状如连环，三面滨海，顶筑台构敞亭。下为神龙祠，前后番庐，围以木栅。山下行栈，则民、番杂处，不复香港、上洋之华侈，然数年后知必大改观矣。去山半里，村落相错，即登州府福山县境。既降，回顾半坡，屹立一碑，与宿海返观，乃英人自颂德政之辞耳。随过市肆，啖面，闻琵琶声。

　　———————————————————

　　① 〔宋〕陆游《入蜀记》卷二："晚，小雨。右文林郎监大军仓王炟来。王言京口人用七月六日为七夕，盖南唐重七夕，而常以帝子镇京口，六日辄先乞巧，翌日，驰入建康赴内燕，故至今为俗云。然太宗皇帝时，尝下诏禁以六日为七夕，则是北俗亦如此。此说恐不然。"

　　② 〔清〕殷寿彭，字述斋，江苏吴江人。《（民国）海康县续志》有载。

十一日（**8 月 7 日**）　晴。巳刻放轮，见远岛。夜无月。遇津门来船，举火号，取信，停片刻。

十二日（**8 月 8 日**）　风浪大作。午刻遥望平沙一线，云是大沽。番舶亦须预觅带水者。相去尚数十里，水中分插小竹，以标识水道。渐近则东、西沙岸，拱列土台。舟从海口湾环而入，就其深者，仅容一船。洲渚弥漫，极目芦苇，杂以稻田、土屋、渔村，断续相间，独海神庙殊伟丽。自大沽入口抵紫竹林，须缓缓进，计七十有二湾。稍偏倚，立浅搁，此天设之险。僧忠亲王所以肤功迅奏也。申刻泊紫竹林。堤上洋楼十余座，舟楫麋集。水陆达津城不过十里，遂雇独轮车，分装行李。遇曾侯兵勇出巡，旌旗耀日，闻有二万余众分驻四郊。酉初，至信远行。主人殊落漠，引诸别室，奈昏暮，无可扣门。幸壁间有边景昭《芦雁》一轴，颇足娱意耳。夜好月。

十三日（**8 月 9 日**）　早，与茰船改投岭南栈，借寓友人蔡君处。夜招饮，酒肆洁净，而食品甚劣。是日欲访海光寺，已驻兵勇，不得入。

十四日（**8 月 10 日**）　晴。肩舆过河北。二里三叉河。下舟，遇宿海。彼同帮八人，皆因雪化，河水陡涨，车碍于行。午经望海楼，已遭夷火。约三十里，泊芦苇洲边。月白如昼。

十五日（**8 月 11 日**）　晴。早放船。午过杨村务，通判驻此，是武清县境。夜泊南蔡村。计行七十余里。一路农田所植，皆高粱、黍、粟之属。树则白杨、榆、柳、枣、栗为多。饭毕，与茰船倚窗玩月，闻邻舟吹笛。

十六日（**8 月 12 日**）　晴。早过王家村、蒙村。未刻至河西务，烟户百家，有工部税局。此地为津门入都首站，而余等行已三日，舟车之迟速如此。酉刻泊舟，四野无人，幸乡试同帮船众，亦不孤。是日计行八十里。好月。

十七日（**8 月 13 日**）　晴。遥望西山朝来，似有爽气扑人。午后暖甚。是日行八十里。泊潞县马头，帆樯林立，皆粮运驳船。昔为各省漕艘毕集之区，自海运一兴，景象迥非从前矣。同帮者过舟夜话，亦不负此清宵。

十八日(**8 月 14 日**)　晴。申刻抵张家湾,舟子牵缆殊缓。酉刻泊,去通州不远。五鼓遇顺风,舟子扬帆,瞬息至州东门河干,天尚未亮。计行五十余里。

十九日(**8 月 15 日**)　晴暖。同帮昨午先到。预雇车辆,而通州内、外客车不满百,仓猝不可得。将行李暂存恒泰店,着家人看守。午刻始得一车,与莫船先行入都。由通之东门出西门,约石路六里,不胜荦确之苦。二十二里高碑店,尖。一路坟茔,列植白杨、巨柏,郁郁森森,南边未尝见此。十八里入京外城之东便门,凡车有小黄旗书"奉旨乡试"者,不甚稽查。又十余里,至米市胡同叶兰台户部衍兰宅,卸车,与莫船同寓宅左之小园。阔别畅谈,不觉深夜。

二十日(**8 月 16 日**)　晴。拜客。

廿一日(**8 月 17 日**)　晴。拜客。

廿二日(**8 月 18 日**)　晴。拜客。

廿三日(**8 月 19 日**)　晴。入崇文门,到贡院一看。院南向前周以围墙,东、西砖门各一,南面照墙,左、右砖门各一。其内东、西立"明经取士""为国求贤"牌楼。点名、守备、监试各厅及供给所、进题公馆等,或三楹,或九楹,分列左右。过此后有东、西内砖门,门分为三,闭其中,启左、右二门以俟,按省鱼贯而入。既入,当中立"天开文运"牌楼一。北面为门五楹,悬"贡院"墨字扁,所谓第一龙门也。过院子,至第二龙门,亦如之。又过院子,至第三龙门,悬金书"龙门"二字扁。此仅一门,既入,中为甬道,东、西号房九千余间。甬道正中建明远楼,二层。再入,至公堂,分七楹,悬御书"旁求俊乂"扁,联曰:"立政待英才,慎乃攸司,知人则哲;与贤共天位,勖哉多士,观国之光。"而御制四诗,勒石堂中,朱栏护之。已后堂室,未及遍览。按,贡院为元礼部旧基,永乐时建,乾隆廿七年,轸念士子唱名迟滞,特命增辟南照墙砖门二,改第一、二龙门为五楹,故今考试闭其中门,取"辟四门"之义云。院外近女墙处,方台高峙数丈者,观象台也。上贮浑天仪、量天尺、简仪、铜球诸器,创于元郭守敬,名曰司天台。康熙初,以旧者不可用,先后命监臣南怀仁、纪利安制新仪,陈于台上,今可仰观。明周公瑕天球诗"西山曲抱神京紫,北斗中悬帝座文"者指此。随于裱背胡同租得小寓,取其近东砖门耳。

廿四日(8月20日)　晴。故事京兆试遗才,于四月起即分次开考,尽七月止。其末场名曰大收,过此者不能再补。凡从各直省来者,分考到录科二场,惟于大收日可并考云。午后租寓于米市胡同关帝庙左厢,长兄前曾寓此。庭有海棠、丁香二株,小竹一丛,颇幽洁。是日道经十间房,我生之初,旧巢痕在,不觉怅惘者久之。

廿五日(8月21日)　晴。偕兰台昆仲过琉璃厂,以烧造琉璃瓦御窑在此故名,而莫盛于书坊、骨董、扇联诸店。绕大栅栏观音寺前而返。兰台出观《国朝七家印谱》,以奚铁生冈、郑板桥燮、陈曼生鸿寿、金寿门农四家为最,与家藏本伯仲间。袁子才、梁山舟、王梦楼《尺牍册》亦佳。夜雨,风作。

廿六日(8月22日)　晴。拜客。

廿七日(8月23日)　晴。午,得观瑛兰坡[1]将军所藏巨然《长江万里图》。卷后有前明、国朝数跋。此卷盛有名,然神气颇觉浅露,似逊余所藏《晚岫寒林轴》。

廿八日(8月24日)　晴。

廿九日(8月25日)　晴。进小寓。

三十日(8月26日)　晴。辰刻赴国子监。齐集约百余人,衣冠者半。已刻祭酒至。向日点名,各省士子分东、西两门入,今只由西便门耳。点名受两卷,入彝伦堂,按卷号坐。考到题"士志于道"[2],

---

① 〔清〕盛昱《八旗文经》卷五十九:"瑛棨,字兰坡,郑氏。内务府正白旗汉军。官至陕西巡抚。"日记刻"瑛"为"英"。

② 日记刻"志"为"至",当作"士志于道"。《论语·里仁》:"士志于道,而耻恶衣恶食者,未足与议也。"

免经,录科题"君子怀德",诗题"说士甘于肉",得"甘"字,策问"唐宋兵政得失"。

八 月

初一日(8月27日) 晴。未刻榜出,惟误押官韵者不收。出城。

初二日(8月28日) 晴。有送来书画二十余种,无足观者。午与芟船坐檐下,忽睹一蝶,黄质墨章,四跌古质,其羽氄氄然,蹁跹栏下,久之乃去。得非所谓太常仙蝶耶?若然,洵罕遇也。

初三日(8月29日) 晴。闻两江马谷斋制府新贻为刺客所戕,有旨,曾侯回两江,李协揆调补直督。

初四日(8月30日) 晴。赴顺天府署,领卷填纳毕,入小寓。

初五日(8月31日) 晴。闻正阳门月城内关帝庙久著灵验,肃诚一拜,卜得九二下下签,不知所谓,不敢强解。大约科名前定,安命俟天,不可强求,从吾所好而已。向闻九门月城内皆有武庙,而此香火独盛。其左有观音庙,同为明初建。有万历、天启四碑可考。岁以五月十三遣官致祭,而举春、秋祀典者,则于地安门庙云。

初六日(9月1日) 晴。辰早派出正考官倭中堂仁,副考官瑞协揆常、郑大司马敦谨、唐大理壬森,同考官。黄钰、毕保厘、陈懋宗、吴仁杰、庆锡荣、彭世昌、顾云臣、黄自元、薛斯来、吴瀚、阿克丹、王之翰、李端芬、罗家劭、张清华、李振谟、贾瑚惟、罗嶂农,子弟回避七人。

初七日(9月2日) 晴。颇热。午后出牌,共二百六十二牌,牌五十名。先觉罗旗、满汉军及奉天与在京已未分部之员,次各省贡、监诸生,共一万三千余人,同乡三百五十有奇。除续增号房及改誊录所外,尚须添盖篷号云。夜天阴作雨。

初八日(9月3日) 头场。大雨。戚好俱来候点,以余寓最近也。午刻同进外砖门,行潦泥泞,肩摩毂击,几无着足处。未刻点至本省,厂下应名给签。然后入东内砖门之左门。门外坐一、二品搜检官五人,下站差役,高呼"搜过"二字。入至"天开文运"坊下,有同乡京官立此相送。再从第一龙门中之左门入,门外坐王公,搜检亦如之。直进至第二龙门,卷厂领卷如前。然后入第三龙门,收签旁坐接谈、换卷等官。府尹、府丞亦在座。过此为东、西文场,余领卷坐西来三十号,号较吾粤稍宽而浅。三鼓封门。闻南皿百余篷号登堂求赏更换,后查出空号补阙,五更乃毕。按场内分编字号,以江苏、安徽、浙江、福建、江西、湖南、湖北为南皿,顺天、直隶、山东、山西、河南、陕甘、奉天为北皿,云南、四川、广东、广西为中皿。近滇地弄兵,赴试者少,另编云号,以示体恤。夜雨晴。三鼓即睡。

初九日(9月4日)　晴。卯刻题纸下。首题"季康子问仲由"二章,次题"故天之生物,必因其材而笃焉",三题"禹、稷、颜子,易地则皆然",诗题"人语中含乐岁声",得"含"字①。酉刻,首艺成,丑刻次三艺成始睡。是日号内有病者,捡送药丸二枚,而监临遣人扶出巷外候脉,并给药剂,加惠之至。按,《会典》载,乡、会试头场题悉钦命,前一日礼部侍郎、顺天府尹从内恭领,诣贡院交知贡举、提调送入内帘,经、策则由考官外定②。是以乡试亦进呈十本,与会试同。

初十日(9月5日)　晴。辰刻诗成。申刻誊毕,出至公堂,栅左有牌,题曰"中皿交卷处"。仍俟收卷官阅过,不误乃出。回寓即睡。

十一日(9月6日)　晴。二场。戚友皆来。午刻点进,得求字六号,无东西字样,篷号无疑。为巡绰官误指于西场栅内,遍觅不得,挥汗如雨,告堂上官,遣役代负衣物。复引至明远楼西井巷后半之求字篷号巷,左仍大号,右边篷盖。长廊空阔,四无障蔽,内设柳木长椅桌,每坐二人,逼侧不堪。复为先到者据其大半,不得已向巡绰官索

---

①　〔清〕翁曾翰《翁曾翰日记》:"初十日晴,西风,顿寒,可以夹衣。……申刻闻试题:'季康子问仲由'两章'故天之生物必因其材而笃焉''禹稷颜子易地则皆然''人语中含乐岁声'。"

②　《(乾隆朝)大清会典·贡举》:"凡试规,会试及顺天乡试,书义三题、诗题皆由钦命。试前一日,本部侍郎、顺天府尹恭领,诣贡院交知贡举提调,送入内帘,经义策论各省乡试四子书题、诗题,皆正副考官公定校刻题纸。"

得短板,分赠同乡数人。余得四片,布于号军灶边,作席地计。三面以油幔张之,绵袄为裀,盘膝而坐。夜湿土上蒸,冷砭肌骨。时汪翼新世兄同号,贻我藏香数寸。亥刻经题纸下,首《易》"圣人以顺动,则刑罚清而民服",次《书》"戛击鸣球,搏拊琴瑟以咏",三《诗》"诞降嘉种,维秬维秠,维穈维芑",四《春秋》"取邾田自漷水襄公十有九年",五《礼》"山出器车,河出马图"①。丑刻,《易》《书》二艺成,困甚,隐几假寐,五鼓始起。号尾有爇艾绳者,忽然及布帘,梦中呼醒之,犹可扑灭,险甚。

十二日(9月7日)　晴。《诗》《春秋》《礼》三艺成。夜风月清美,因谣传火灾,在贡院巡绰诸官频呼"火烛"以警人。困甚,隐几寐至曙。

十三日(9月8日)　晴。申刻誊毕,纳卷出。回小寓,早寝。

十四日(9月9日)　晴。三场。午初点进,坐东人字六号。外甓古槐,荫垂数巷。坐绿阴中,与同乡谈文,较前场何啻霄壤。早寝。策题纸下,第一问经,第二问史,第三问官制,第四问马政,第五问《说文》②。

十五日(9月10日)　晴。戌刻五策成。是时歌声、笑声、豁拳声、管弦声、既醉而高谈雄辩声,远近相接,如殷雷不绝。须臾月上,则逾垣升瓦,破栅登楼,沛然莫之能御,监临亦无如之何矣。夜二鼓少睡,五鼓起,写策二首。

十六日(9月11日)　晴。卯刻出场者已八九。巳刻写毕回寓。

---

①　〔清〕翁曾翰《翁曾翰日记》:"十三日(9月8日)晴。……二场题:'圣人以顺动,则刑罚清而民服''戛击鸣球,搏拊琴瑟以咏''诞降嘉种,维秬维秠,维穈维芑''取邾田自漷水、襄公十有九年''山出器车,河出马图'。"日记刻"维"为"为",刻"自"为"至",刻"襄"为"哀"。

②　〔清〕翁曾翰《翁曾翰日记》:"十六日(9月11日)晴。……三场题:经义、吏、官制、马政、说文。"

十七日（**9月12日**）　晴。饭后出城接家报，妾得第九女。又云粤中录科监生每百取一，因号舍不足云。遗才题"夫二子之勇"至"吾不惴焉"①，诗题"蝉声带雨凉"，得"声"字。

十八日（**9月13日**）　晴。南海会馆团拜，乐演四喜部。

十九日（**9月14日**）　晴。遇冯蓉生观察庆良，时由闽海运漕米来京引见，以道员用。十年之别，话旧情殷。述及兆民观察台湾办事，颇快人心。然膺同疆寄，受国厚恩，利害亦在所不计也。

二十日（**9月15日**）　晴。过打磨厂，相传此地为金忠洁公铉故居，已无可考。又至正阳门外，其月墙东、西搭盖棚房，居之成肆，曰荷包巷，曰帽巷，实则百货云集。明崇祯间以火灾欲毁之，侍御金光宸奏止，则由来久矣。其北三阙崇隆飞檐耸脊者，大清门也。门前阑以白石，旁列狮子、下马牌。阑外曰棋盘街，略购时尚之物寄粤。

廿一日（**9月16日**）　晴。

廿二日（**9月17日**）　晴。迁寓关帝庙，不欲久扰兰台也。略费裱糊，焕然明净。檐外海棠更以篱笆护之，不必乞借春阴矣。

廿三日（**9月18日**）　晴。

廿四日（**9月19日**）　晴。乡试食梦，在本邑馆演春台部，约六十余人。二更回。

廿五日（**9月20日**）　晴。先太史②诞辰，敬展遗照肃拜。

廿六日（**9月21日**）　晴。

廿七日（**9月22日**）　晴。

---

①　日记刻"惴"为"揣"。

②　〔清〕孔继勋，原名继昌，又名继光，字开文，号炽庭，又号伯煜，广东南海人。孔广陶之父。生于乾隆壬子年（1792）八月廿五日，卒于道光壬寅年（1842）二月初七日。道光癸巳（1833）进士，入翰林院，充国史馆协修官。《（同治）南海罗格房孔氏家谱》有载。

廿八日(9月23日)　晴。入城。验看常服、挂珠。验看大臣八位,在右阙门内分左、右席地坐。后列坐御史数人,以示纠察意。先验实缺人员,次及余等。五人为一班,呼名应一"到"字。以次横立帘下,唱名与年岁,毕,依次退。计验京外官约四十余人。是日纪事诗有"遥趋阙下冠裳集,臣本南溟一布衣"句。事毕,敬瞻阙廷。大清门内东西曰左、右长安门,接连建千步廊,为房各百间。向例,凡吏、兵部月选官掣签,刑部秋审,礼部乡、会试磨勘处。再进,南向曰天安门,五阙,上覆九间重楼,而彤其扉,即明之承天门也。此处四面周以城墙,直北景山,后曰地安门。又俗呼后宰门。左右曰东长安、西长安门,是为皇城之四门也。天安门前御河如带,跨石梁七,名外金水桥,立盘龙华表二。阙楼之上,覃恩庆典宣布诏书,则于楼上以朵云金凤衔之而下。门以里正中南向者为端门,制与天安同。东立太庙,西立社稷坛,两庑夹之,为六科部院等朝房,庑尽处阙左、阙右二门,即余验看处。又从正中再进,为午门,制如天安、端门,而三阙,左、右翼以两观,各建钟鼓楼,明廊对峙,桀阁四耸,九天阊阖气象,凡有血气者,莫不肃然矣。两观下另辟东、西掖门,满汉官出入由午门之左,宗室王公由其右。侍卫列坐地下,错行者斥之。惟掖门不常启,只视朝时以分东、西班次。及殿试,鸿胪寺按名次分左、右引入耳。午门前设石台二座,一为小亭覆之,所谓左嘉量而右日圭者,纯庙为之铭。凡遇凯旋献俘大典,始御午门楼受礼。自午门起,四周又围以朱垣。南即午门,北曰神武,左曰东华,右曰西华,是为紫禁城云。午门内东、西两庑各廿余间,庑中为门,左名协和,右名熙和。凡稽察上谕处、诰敕房、翻书房、起居注公署、内阁署,皆在其内。协和门外有文华、主敬诸殿及文渊阁,以贮四库书。熙和门外则武英、南薰诸殿,藏聚珍板及历代帝后图像处。又当中南向九间而三门者,太和门也。崇基雕栏,前后石陛列大铜狮子二。外御河环之,跨石梁五,此内金水桥也。太和门内东有体仁阁,西有弘义阁,中曰太和殿,十一间。后曰中和殿,三间。再后曰保和殿,九间。高十有余丈,重檐垂脊,金扉琐窗,其下丹陛相属,皆三层,白石阑之,所谓三殿也。惟中和殿圆顶,其制少异。而太和殿陛前列鼎十八,铜龟、鹤二,日圭、嘉量各一。丹墀之下,范铜为小山,镌正从一品至九品,分置御道两旁,为文、武官行礼处,名曰品级山,误者纠之。凡元旦、冬至、万寿、命将、策士、燕飨诸庆典,则御太和;阅视祝版及耕藉、农器,则御中和;筵宴外藩、每科朝考则御保和。此皆外朝也。保和殿后曰乾清门,分设大金缸二,光灿炫目。旁辟内左、内右二门,军机、书房翰林、内府大臣由之以入乾清诸宫,是为内朝。小臣仅能至此。内左、内右之旁,周庐、直舍十余楹,皆宗室、王公、大臣待漏所。而其西有垂帘者,为军机房,勿误入。乾清门中有石陛,勿误登。误者皆罪,不可遣。乾清之东有景运门,西有隆宗门。凡赐紫禁城骑马者,亦至此下,不骑者则易腰舆云。

廿九日(9 月 24 日) 晴。

九 月

初一日(9 月 25 日) 晴。买书。

初二日(9 月 26 日) 晴。

初三日(9 月 27 日) 晴。

初四日(9 月 28 日) 晴。

初五日(9 月 29 日) 晴。是日掣签,分刑部。

初六日(9 月 30 日) 晴。夜微雨,有诗。

初七日(10 月 1 日) 晴。

初八日(10 月 2 日) 晴。余分在福建司学习。饭后入署,申刻出城。按,大清门之东为吏、户、礼、兵、工五署,而刑部与都察院、大理寺并列其西,谓之三法司。本部分直隶、奉天、江苏、安徽、浙江、江西、福建、湖广、山东、山西、河南、陕西、四川、广东、广西、云南、贵州、督捕十八清吏司。刑部大堂额曰"明刑弼教",并训辞皆世宗御笔也。堂官治事处曰白云亭。《漫堂诗话》载,王元美世贞有"倘问曹中理公事,君其且看西山碧",李于鳞攀龙有"诸山城上出，落日署中寒"之句。时二公同官西曹，筑白云楼以唱和，时目刑部为外翰林云。本司则在南夹道内，额曰"式慎堂"。前明贵溪江以潮为郎时，甘露降于轩柏，因名其轩，作记勒碑，万历时尚存，今不可考①。署中之狱曰南、北所，相传北所垣外旧有杨忠愍公继盛手植榆，亦不复见。盖今刑部乃国朝移建，本明之锦衣卫故址。若明时刑部，在长安街西，不过数典未忘耳。是日得接家中寄来仁儿、伍甥场文，皆清适可望。

　　初九日(10月3日)　晴。饭后命车，将游外城之东。自前门大街南行，渐出旷野。西为先农坛，东为天坛，皆缭以垣墙，周约数里。夹路水田漠漠，沙柳摇青，大似南边风景。坛内设官守，不得擅入。稍北则鱼藻池，金时建瑶池殿其上，兹仅荒塘数亩，风飐垂杨，土人仍种朱鱼为业，故俗呼曰金鱼池。东北精忠庙已破坏，遂入药王庙。前明遗碑无足赏。正东至夕照寺，寺不知所始。《析津日记》谓燕京八景有金台夕照，是寺所由名。而《钦定日下旧闻考》则辨其误②。寺僧法云导余登大悲殿，粉壁方二丈，陈寿山绘《五松图》于右，王平圃先生安昆以南宫笔法书沈休文《高松赋》于左。惨淡经营，足称双绝。不禁朗诵子美"绝笔长风起纤末，满堂动色嗟神妙"之句。旋过挹翠轩，茶话少顷，亦点缀花石，几净窗明。适云甫侍郎③在此作书，盖僧

____

　　① 〔清〕陈梦雷等《古今图书集成·方舆汇编·职方典》卷四十二《顺天府部杂录三》："《耳谈》：'刑部福建司轩曰甘露。贵溪江以潮为郎时，甘露降于轩柏，作记刻碑，碑仅三尺。万历庚子，四明冯若愚移砌轩前壁中。'"
　　② 〔清〕于敏中等《日下旧闻考》卷五十四《城市》："原夕照寺，其建置年月无碑记可考。或云燕京八景有金台夕照，此寺之所由名也。《析津日记》。臣等谨按，夕照寺在育婴堂东，创建年月无可考。据赵吉士《育婴堂碑记》云，夕照寺顺治初已圮，仅存屋一楹，盖其来久矣。今殿宇甚完整。又考燕京八景之金台夕照，在朝阳门外。《析津日记》云此寺以是得名，误也。"
　　③ 〔清〕贺寿慈，字云甫，号赘叟，楚天渔叟，湖北蒲圻人。道光二十一年(1841)进士。《(光绪)顺天府志》有载。

亦稍通八法者。历地藏庵,登白塔第七层,俯视城隅,长林弥望,岩陁块曲者,万柳堂也。堂为今之拈花寺,寺僧隆法款接甚殷。室中悬《万柳堂图》直幅,为岭南吕材作。上方题云:"万柳堂前数亩池,平铺云锦盖涟漪。主人自有沧洲趣,游女仍歌白雪词。手把荷花来劝酒,步随芳草出寻诗。谁知咫尺京城外,便有无穷千里思。　野云招饮京城外万柳堂,召解语花刘姬佐酒。姬左手持荷花,右手举杯,歌《骤雨打新荷》曲,因写此以赠。孟頫。"　子昂之图如此,诗亦如此。荷屋摹之,并嘱录诗。元。　此堂即今海岱门外之拈花寺,康熙间冯益都相国得此地,宴鸿博诸君子于此。有图,余见之,不相肖。后石仓场改为拈花寺,更不相肖。然到此游览,辄有数百年古意横于胸中。《辍耕录》云,野云廉希宪招卢疏斋、赵松雪饮,歌儿歌《小圣乐》,乃元好问词,首句'骤雨打新荷',俗以名其曲①。朱竹垞《日下旧闻》即指此地。诗言'咫尺',画有女墙,竹垞之言确也。元又识。"　图之下方有孔宪彝、叶名澧、钮福厚、宗稷辰、符保森先后题名。旁悬查声山②诗轴,题咏几满,余恐久而失传,并录之,以为此堂考古一助。《秋日过万柳堂访衲园和尚,不值,口占二绝,奉博粲教》:"晚照秋光冷研屏,更无人处鹤梳翎。独留一径萧萧叶,童子关门自理经。　坐爱红栏映曲池,清光留客去迟迟。此来只少茶炉畔,相对人如淡菊姿。海宁法弟查昇口稿。""衲公化去吉公死,树尽婆婆何况人。今日野云重种树,祠曹禅侣亦前因。庚午(1810)腊月廿五阮元题。""拈花一笑踏前尘,曾作禅堂种树人。叩户琴弦添不尽,手书瓮底墨犹新。嘉庆庚午(1810)秋,

---

　　①　〔元〕陶宗仪《南村辍耕录》卷九《万柳堂》:"京师城外万柳堂,亦一宴游处也。野云廉公一日于中置酒,招疏斋卢公、松雪赵公同饮。时歌儿刘氏名解语花者,左手折荷花,右手执杯,歌《小圣乐》……既而行酒。赵公喜,即席赋诗曰:'万柳堂前数亩池,平铺云锦盖涟漪。主人自有沧洲趣,游女仍歌白雪词。手把荷花来劝酒,步随芳草去寻诗。谁知只尺京城外,便有无穷万里思。'此诗集中无。《小圣乐》乃小石调曲,元遗山先生好问所制,而名姬多歌之,俗以为'骤雨打新荷'者是也。"《大明一统志》引作"索题诗""咫尺""万里思"。阮元《石渠随笔》引作"出寻诗""咫尺""千里思",孔广陶此处同阮元。

　　②　〔清〕查昇,字仲韦,一字声山,浙江海宁人。康熙二十七年(1688)进士。《(乾隆)杭州府志》有载。

野云朱君①于万柳堂补柳作图,因于禅龛得声山所书《访衲公》二诗手迹,重为装轴。野云与廉右丞同号,而恰得前人手迹,故用邢房悟前生事题此。方纲。"②"门外西山展曲屏,池边老凤集修翎。涤甫③。虚堂尽日无人到,蠹损窗前几页经。叙仲④。淡宕天光印一池,风流歇绝我来迟。润臣⑤。闲行得睹声山笔,树影花香禅外姿。羹梅⑥。咸丰六年(1856)五月,联句追和查韵。"循寺之左轩,通柳堂三楹,外悬阮文达篆书"元万柳堂"四字,室内圣祖御笔,额曰"简廉堂",联曰:"隔岸数间斗室,临河一叶扁舟。"上建御书楼,为仓场侍郎石文柱敬摹圣祖御书数方,勒石其上,故名。推窗远眺,古塔参云,浓阴匝地,莲塘花屿,蔓草荒烟,虽池亭非复旧观,而觞咏

---

① 〔清〕朱鹤年,字野云,号野堂、野云山人等,山东泰州人。工书画。《(同治)续纂扬州府志》有载。

② 〔清〕郭嵩焘《郭嵩焘日记》:"光绪二年(1876)三月十七日。……又有查声山升访讷园上人诗幅,诗云:'晚照秋光冷研屏,更无人处鹤梳翎。独留一径萧萧叶,童子关门自理经。　坐爱红阑映绿池,清光留客去迟迟。此来只少茶炉畔,相对人如澹菊姿。'

翁覃溪跋一诗其后:'拈花一笑踏前尘,曾作禅堂种树人。扣户琴弦添不尽,手书瓮底墨犹新。'跋云:'嘉庆庚午,野云朱君补种柳树于万柳堂,并于佛龛得查声山《访讷上人不遇》诗,为装潢,悬之禅室。野云与廉右丞同号,又得前人手迹,故用邢房知前生事,为赋此志之。'

阮文达亦于前方书一诗云:'讷公化去查公死,树尽婆娑何况人。今日野云重补树,词曹禅侣亦前因。'"其中,"阑""绿""澹""扣""查"与孔氏日记所记相异。

③ 〔清〕宗稷辰,字涤甫,浙江会稽人。道光元年(1821)举人。《(民国)济宁直隶州续志》有载。

④ 〔清〕孔宪彝,字叙仲,号绣山,山东曲阜人。道光十七年(1837)举人。《(民国)续修曲阜县志》有载。

⑤ 〔清〕叶名澧,字润臣,湖北汉阳人。道光十七年(1837)举人,官中书。《(同治)续纂江宁府志》有载。

⑥ 〔清〕钮福厚,字广中,号羹梅,浙江湖州人。道光十九年(1839)举人。《(同治)湖州府志》有载。

一时犹想见。绿野平泉,不独数洛中已也。按,元廉希宪之万柳堂本在右安门外,与草桥相近。若康熙间冯益都相国溥别业即今处,不过袭其名耳。当时延鸿博之待诏者,群集于此,毛西河奇龄为之赋,朱竹垞彝尊为之记,陈迦陵维崧为修禊唱和诗序,已脍炙人口,皆言非其故址。而文达公因松雪诗有"咫尺"二字定之耳。盖元之故都尚无外城,外城自前明始筑。按之今日,则廉之堂在西,冯之堂在东,元时在城外,今时在城内矣。凭吊久之,成五律一首,有"野云招旧雨,松雪听新荷。杨柳万条尽,陂塘古意多"云云。再过云集观,门榜曰"玉清妙境"。其中有台,亦可登览。日暮归。

初十日(10月4日)　晴。午后走报纷纷,至夜索然。身在孙山之外,遂余五岳之游,布袜青鞋,行当自兹始耳。

十一日(10月5日)　晴。

十二日(10月6日)　晴。进琉璃厂。内广二里许,陂陀逦迤,槐柳丛阴,满汉监督署外尚有居宅也。厂前吕祖庙,颇著灵应,余无所祷,瞻仰而已。

十三日(10月7日)　晴。

十四日(10月8日)　晴。是日得睹张温夫正书《华严经》真迹二册。其一与家藏《遗教经》同,其一稍参颜清臣笔法,均称合作。当时以杨嗣翁琴、赵中父棋、赵子固画、张温夫书,推为"荐绅四绝",至今益觉可宝。又阅唐经四十卷,内缺十二卷,为明邵藩补之。经生习气,不可与家藏本同语,然全部亦殊不易得也。购得宋纸、古锦少许。

十五日(10月9日)　晴。

十六日(10月10日)　晴。

十七日(10月11日)　晴。

十八日(10月12日)　晴。

十九日(10月13日)　晴。为外城西南之游。先至护国禅院,即广慧古刹。明时一再修之,有余一鹏、孙襘二碑。入龙果寺,殿宇

宏敞，成化九年重建，代有修葺。前、后殿壁嵌石刻，董书《金经》及翁
覃溪、梁山舟、程春海各序、记、跋语十余石，颇精妙，为叶东卿先生志
诜镌存者。经黑窑厂，明时使诸司职掌，康熙间已废。抵龙树寺，旧
为宋之兴诚寺。廊前古槐一，本平顶四垂，宛如龙爪，道光初重修，遂
改今名。徐虹亭釚《菊庄词话》谓其为三百余年物。殿之左曰凌虚
阁，右曰朝山楼，前俯兼葭簃。野趣奔赴，半里而南，坡陇高下，渚蒲
参差。遥望树林，葱郁间有亭翼然，则陶然亭也。时凉风袭衣，残阳
挂柳，舍车而步，斜趋数百武外，荒丘突立有碑，篆书"香冢"二字，碑
阴镌诗、铭各一，不知何人笔。铭曰："浩浩愁，茫茫劫。短歌终，明月缺。
郁郁佳城，中有碧血。碧亦有时尽，血亦有时灭，一缕烟痕无断绝。是耶非耶？
化为蝴蝶。"诗云："飘零风雨可怜生，香梦迷离满绿汀。落尽夭桃又秾李，不堪
重续葬花铭。"其前又有一小碑，曰婴武冢，分书。背题有"客从粤中来
者"一语，意必吾乡人之好事者所为。而香冢顾无可考，或谓道光间
都中名妓某葬于此，勒太史辈为之题唱。未知是否，凭吊良久。披荆
榛以降，而陶然之僧已笑迎来矣。引升数十级，曰慈悲庵。其西三面
环构轩亭，草木繁植，俯瞰鹭凫出没于陂池之间。栏外正对西山，盖
康熙乙亥江鱼依水部藻即庵之余地辟此，以香山"更待菊黄家酿熟，
共君一醉一陶然"意榜之。旁建文昌阁，故乡、会试之年，人士游宴益
盛，道光间再修。吾乡蔡春帆[①]太史题联云："客醉共陶然，四面凉风
吹酒醒；人生行乐耳，百年几日得身闲。"壁间有水部诗引勒石，详其
颠末。庵院之内尚存辽寿昌五年及金天会九年石幢，皆漫漶不可读，
是此庵之创由来旧矣。余陶然亭题壁，有"朝爽乍迎当几席，秋容如
洗寄兼葭"句。茶罢下山，过黑龙潭，水已涸，中露一井，甃以白石，窥
之湛然澄碧。京师旱，辄祷雨于此。潭边龙王亭亦就圮，有残僧倚石
而扪虱焉，告余井中有铁索，挽之无尽，亦姑妄听之。顺访大清观、永

---

① 〔清〕蔡锦泉，字文渊，一字春帆，广东顺德人。道光十二年(1832)进
士，官至内阁中书。工书法，有《听桐山馆集》。《(咸丰)顺德县志》有载。

乐寺、三教寺、天仙庵，无甚佳致。惟万寿西宫后斗姥阁下古柏三株，
龙姿鹤骨，甚为奇古。阁在万历时宏仁万寿宫故址之旁，知此柏应亦
二百余年物。归至崇效寺，闻藏经阁后植枣千株，忆渔洋《蚕尾集》有
《过崇效寺访雪坞法师看枣花》诗，盖至今又百有余年矣。寺有前明
三碑，未毁，尚可稽，为唐贞观之招提云。

　　二十日（10 月 14 日）　晴。午过法源寺，梵宇巍峨，精舍明洁，
联额俱圣祖、世宗御题。其后藏经阁皆国朝与前明所赐，庋贮壁间。
庭前丰碑十余，无元、明以上者。而戒坛前尚有辽幢半段，书法酷类
《卫景武碑》，可爱之至。按，寺本唐太宗征辽东高丽所建，欲荐福于
没王事者，故名曰悯忠。我朝敕修，始易今名。又《燕云录》：渊圣至
自云中，驻跸燕山愍忠寺。又《宋史》：魏天佑强荐谢文节公枋得至京
师，已而病，迁悯忠寺，见壁间《曹娥碑》，泣曰："小女子犹尔，吾岂不
若哉。"不食而死。是寺经历朝而未废，故列植榆槐，莫不参天黛色
也。僧引至东厢，观唐苏灵芝行书《宝塔颂》，石有陷文数十字，其为
改刻无疑，竹垞先生辨之详矣。壁间又嵌翁北平重摹李玄秀残碑[①]，
额一，横一，圆础二，又半础一，共五石，三百四十七字。系从杨大理
介坪所藏宛平署中古墨斋旧本摹出，今闻古墨斋原石又移贮宋文丞
相祠，叹赏久之。僧云有全碑在，然不可见，强之导余往右廊，为残椽
断桷，积压已满。询其故，曰："向有官禁，近惟曾侯拓数十本去，曾私
取其一。"余索观之，凡剥蚀不计，尚存千五百廿九字。碑末有英煦斋
相国和、当湖朱椒堂府丞为弼、卢龙蒋简圃以东、大兴陈昆瑜万章四
跋。盖陈氏于嘉庆间得旧本于汴梁郭姓，道光乙酉朱、蒋二公审定为
宋末元初拓本，复取而厘正次序之颠倒者，勒石寺中，凡三载始告成。
虽与池上草堂之唐拓原石本迥分霄壤，然宇内奇宝，留一嫡嗣，亦如
睹王谢子弟，奈失保护之法而寺僧又俗不可教何！随至护国、增寿寺

---

　　① 〔唐〕李秀，字玄秀，日记中避讳作"元秀"。《云麾将军李秀碑》为〔唐〕
李邕所作，嘉庆十年（1805）〔清〕翁方纲临摹复制残石，砌于闵忠台东墙上。

并都土地庙,买菊花五十余种。庙前有明神宗制《老君堂都土地庙碑》,堂则依然,而名则全属土地。每旬之三日为土地花市,游人络绎云。夜乏甚,早睡。

廿一日(10月15日)　晴。早起,至精忠庙观早集。庙前榷场广数十亩,每日客贩毕至,以皮衣、绸绫为大宗。一望五色眩目,优劣杂陈。至辰巳间而散。骡马市及前门内大街二集,其聚会不及此之多。顺至天坛买益母膏药,店七家,皆素著名,向为守坛人开设云。饭毕出彰义门。按,京师永乐四年,拓元故城为内城,周四十里,高三丈五尺五寸,加以砖甓。分九门,南曰正阳,俗呼前门。南之东曰崇文,初名文明,今呼海岱,亦呼哈哒,《析津志》谓以哈哒大王府在门内而名。南之西曰宣武,明曰顺治。北之东曰安定,北之西曰德胜,东之北曰东直,东之南曰朝阳,明曰齐化。西之北曰西直,西之南曰阜城。亦呼平则。然据《春明梦余录》载,则海岱、顺承、平则,实本元之旧称耳。嘉靖三十二年,独于南面加外罗城,长二十八里,高二丈。为门七,正南曰永定,南之东曰左安,南之西曰右安,东之北曰东便,西之北曰西便,正东曰广渠,俗呼沙锅。正西曰广宁,即此也,《御制诗》亦称曰彰义门。行半里,松阴夹道,浮图矗空,是为天宁寺,门庑殿宇,丈室斋堂,伟丽不减于法源。其后覆土为山,小筑台榭。贮望间觉烟郊云岫,人在画图,忆先太史宴集天宁寺诗,有"西山顾我还相迎,夕岚飞向筵前落",至此愈知其工也。其左辟小园,专种唐花,僧人衣食所自出。茶罢,出瞻接引铜佛,高可三丈,前即舍利塔。《帝京景物略》云隋文帝遇阿罗汉,授舍利一囊,与法师曇迁数之,莫定多少,遂以七宝函致雍岐等三十州,州建一塔,此其一也。塔址石方台雕刻极工,计十有三层,高二十七丈五尺五寸。八面作户牖状,皆琢天王、菩萨像夹守之,其实不可阶而升也。飞檐、叠拱、大小铜铃三千四百有奇,存不及半。天风乍来,声琅琅然。寺创于元魏,初名光林,隋改弘业,唐改天王,金改大万安,至宣德始易今名。塔则前明屡修,故铃无唐、宋旧物。僧出观十数枚因风吹坠者,悉镌正德、嘉靖、万历、天启纪年,并梵语或佛号,赠余一枚。订暇日再出观塔图,许之。随进城,过大报国慈仁寺,遍仰庄严,正殿后有内造紫檀龛,供窑变观音像,高约尺余,手捧梵字轮,宝冠缨络,绿帔白衣,妙相天然。龛外四围镌《乾隆御制像记》,内御写"慈竹数竿",上题修寺诗并跋语,左、右题小联,曰:"觉海化身现金粟,普门香界涌青莲。"旁立善才、龙女,神气颇为生动。相传有携此像卖者,云得自海外,客欲购送寺中,甫一动念而卖者忽然化去,此殆菩萨幻示法身欤?真不可思议矣。其右殿悬巨布一幅,为傅雯指画《诸法空相》,纵横广五丈有奇,伟怪瑰奇,欲于吴生外别树一帜,亦纯庙赐物也。寺僧祥林上人导登寺后小坡,上为毗卢阁。《燕都游览志》谓:高望卢沟,行骑可数。信然。阁下有再来亭,中供其祖师塔铭碑。出寺之右,亭林先生祠在焉。昔何子贞世丈春明休沐之暇,与名士夫文会于此,不数十年,已云散风流。迄今拜遗像、拭残碑,欲一见顾祠中人,何可得哉?何可得哉!按,《春明梦余录》谓:报国寺正殿双松偃盖,皆数百年物。忆家藏黄石斋《松石卷》自题云:"南城报国寺后庭二松,秀拔干霄,各百尺,垂髯孙枝及地。前庭二树,高仅与栏齐,盘偃如盖。长安灵植,自西山窦柏而外,无复逾此者。"是报国不止二松,而今都已化去,所存唯此三株。虽枝柯盘曲,苍翠欲滴,实为国初补植。卷末翁正三有七古,云"元气千年鹤驭归,真形一匹缣中见",可谓先得我心有诗。

廿二日(**10 月 16 日**) 晴。有风。早出买书。饭后再到天宁寺,搜访旧碑。只存乾隆廿一年御制碑、四十七年重修碑。另塔下一碑是顺治十七年合肥龚鼎孳撰文,康熙十一年宛陵刘光扬集董书勒石,碑内云旧有此碑石一座,原似有文,若磨以有待者。则此为不知何代古碑,被俗僧磨去无疑。凡古寺每遇没字碑,大都同遭此劫,可胜浩叹。随展观《七层宝塔图》,乃书《华严经》全部。塔高一丈五尺五寸,纵横凑合可读,字细如尘,苟非映日谛视,离娄将必失其明。字共六十万零四十有三,惟佛像纯用白描,却非经文耳,棘刺母猴,未足比拟。惜不善收藏,中下略有破损。下方右角跋云:"岁在康熙辛未吉旦，虔书《华严经》全部共八十一卷，阚一十三载告成阚供养功德阚京师顺天府大兴县阚秀，同室刘吉祥、如意。虞山弟子许惠心敬写。"末有名印及"启如"二字小印。另有红缎精绣金经宝塔一轴，此皆镇山法物云。至白云观，过"洞天胜境"坊为丘真人殿，后为三清殿，余规模与各寺同。按《元史》，世祖召见丘处机，问为治之要，对以敬天爱民；问长生之方，对以清心寡欲。帝大悦，居之太极宫。即此。明正统间始易观名。长春真人本生于正月十九，每岁羽流集赛祠下，名曰宴丘，又曰燕九。乾隆五十九年重修，有御制诗碑纪之。至善果寺，寺有冯益都相国碑，载我世祖皇帝车驾凡五过焉。旧本(南)〔后〕梁唐安寺，明天顺时太监陶荣捐修，遂赐今名寺额，尚有严安理、张天瑞、周洪谟、李绅碑。后殿土台有铁磬，周四尺，底破一孔，古榆直生其中。磬为康熙十一年造，而老干盘拏，直作凌云之势，当亦百余年树也。至大祚长春寺，坛席荒芜，僧徒零落，只万历间米万钟撰《水斋禅师传碑》尚无恙耳。

廿三日(10月17日)　晴。潘谱琴太史①得《韵华轩菊谱》二本，分赠余一。共载五百四十四种，得以按谱而稽云。

廿四日(10月18日)　晴。午过伦梦臣②寓，出观书画、法帖三十余种，以李忠定公纲小条真迹为甲。观结体，颇近南宫，而磅礴端凝，如瞻古大臣风度。元拓《醴泉铭》乃裴宗锡③绿野堂藏本，有马

---

①　〔清〕潘祖同，字桐生，号谱琴，江苏苏州人。有藏书楼竹山堂。《(民国)吴县志》有载。

②　〔清〕伦五常，字梦臣，《(宣统)南海县志》作"孟宸"，广东南海人。咸丰十一年(1861)辛酉科举人。《缙绅全书》有载。

③　〔清〕裴宗锡，日记刻"宗"为"崇"，字午桥，山西曲沃人。历任直隶按察使、安徽巡抚等职。《清史稿》有传。

位、汤霖三跋。旧拓《圣教序》，稍胜伍子昇[①]之黎瑶石[②]题签本。悉借归细阅。

　　廿五日(10 月 19 日)　晴。

　　廿六日(10 月 20 日)　晴。

　　廿七日(10 月 21 日)　晴。进城，随入国学，以录科时未暇瞻仰也。地为元之旧学，永乐时改国子监。集贤门内左、右为井亭，北为太学门，门内左、右钟鼓亭，其中甬道，建黄琉璃瓦坊，坊后对立御碑亭。又北为圜池，正中叠白石方基，建辟雍殿，七楹四面，雕栏石桥通之殿外。疏牖洞达，崇廊周环，中设宝座，为天子临雍讲学处。王公大臣以逮衍圣公、四氏贤裔及监生、属国使臣，圜桥敬听于外。前檐御题额曰"辟雍"，内额曰"雅涵于乐"，联曰："金元明宅于兹，天邑万年今大备；虞夏殷阙有间，周京四学古堪循。"盖历朝均幸彝伦堂讲学，至乾隆四十八年始营辟雍也。殿之东、西庑为率性、诚心、崇志、修道、正义、广业六堂，俱丰碑矻立，排列如林。纯庙时江南贡生蒋拙存衡进呈楷书《十三经》，奉旨刊勒，凡百八十九石，皇皇巨观，汉、唐、蜀、宋石经不足专美于前矣。殿后正北即彝伦堂，中嵌圣祖御书圣经石刻，堂左、右亦有数楹。其右阶前古槐一树，枯荣各半，相传中统初许鲁斋先生为祭酒时手植。恭读石刻乾隆二十四年御制诗并序，云："国学古槐一株，元臣许衡所植，阅岁既久，枯而复荣，当辛未一枝再苗之初，适慈宁六旬万寿之岁，槐市诸生传为盛事。大学士蒋溥绘图以纪，曾题六韵卷中，监臣观保等请勒石讲堂，垂示久远，书以赐之。"彝伦堂后旧为收藏北监书板及徐中山取置国学《兰

---

　　① 〔清〕伍子昇，广东南海人。伍崇曜之子。康有为《保存中国名迹古器说》："以吾所见，十八甫伍紫垣旧屋，其子伍子昇尝一一与我观焉。"

　　② 〔明〕黎民表，字惟敬，号瑶石山人，广东从化人。嘉靖十三年(1534)举人。《明史》有传。

亭》①、赵文敏临《乐毅论》《争坐帖》诸石。国学之左为文庙,大门榜曰"先师庙",墀下皆永乐二年至今历科进士题名碑,约二百有奇。向例释褐后撰记立石,而有名无记者亦不少矣。二门榜曰"大成门",外分列高宗仿制十石,鼓面用小篆,为周鼓释文。左立《御制序碑》,右立张文敏照书《韩子石鼓歌碑》。门内始分列岐阳十鼓,并元潘司业迪《石鼓音训》一碣。按,周鼓形如天然石子,似未经椎凿者,故有圆椭、高低之别,约高尺六、七、八寸不等。其文镌于鼓腹,第八鼓全蚀无字,第六鼓不知何代人穴鼓面以为臼,高宗御制诗跋镌于阑上,以韩诗用"掘臼科"②字,始定为唐前已然。今总计十鼓,整字半字约存籀文三百十一字有奇,较诸《音训》又几缺七十字矣。若云拓本,则群推天一阁藏赵松雪之北宋拓,存四百七十二字者,为海内最古。仪征相国已重勒,分置杭州、扬州两学中。此杨用修有摹苏玉局十鼓全文论,识者皆识其臆撰也。虽然,论鼓者言人人殊,韩愈、张怀瓘、窦泉以为周宣王鼓,程大昌、董逌以为成王鼓,韦应物以为文王鼓而宣王刻之,郑樵谓为秦氏之文,马子卿指为宇文周作。折衷众论,仍以韩子为是。乃赵明诚信之,欧阳修疑之,总以秦、汉以前未及表彰故耳。唐郑余庆自陈仓野迁于凤翔孔庙,宋司马池复辇至府学,已失其一。向傅师搜足之,大观初迁至汴京,以金填其文,置之辟雍。金人始辇至燕。元皇庆间乃移置文庙,三代法物仅存于兹,自今可不朽矣。其后大成殿,古柏交荫,蔽日干霄。左、右皆《像赞》及《释奠》《平定告成》御制诸碑,并御制联云:"气备四时,与天地鬼神日月合其德;教垂万世,继尧舜禹汤文武作之师。"又云:"齐家治国平天下,信斯言也,布在方策;率性修道致中和,得其门者,譬之宫墙。"敬瞻毕,过雍和宫,世宗藩邸也,登极后始命今名,迨上宾后暂安梓宫于此。乾隆初以子孙析圭列邸者不敢亵处,因选高行西僧居之,遂成佛地,有御制

---

① 国学本《兰亭》今藏故宫博物院。
② 〔唐〕韩愈《石鼓歌》:"故人从军在右辅,为我度量掘臼科。"

碑载其事。白喇嘛导余谒天王殿，殿后曰雍和宫，宫后曰永佑殿，殿后曰法轮殿。再后为万福、永康、延宁三阁，骈列耸峙，复道相通。阁后复有绥成殿，莫不金地珠林，香幢宝纲。佛前法供悉成化法琅，为内府赐出者。适晚课，诸喇嘛危冠黄衲，趺坐诵经。一僧挂绣绂，持楚荆，巡行纠仪。但觉其神穆穆，其声隆隆，令来观者亦不觉雍雍而肃肃矣。按，喇嘛，西藏僧尊称之辞，给以禄养，不戒牛羊，冠服如常，人只穿红、黄二色，朝廷祝釐诵经，恒资调遣，而蒙古尤信重之。申刻出城，绕西北隅，过金鳌玉蝀桥，两坊夹之。桥跨太液池，北曰北海，南曰南海。楼台映水，松桧连云，如在图画中行也。

廿八日（10月22日）　晴。买书。借观顾子山观察文彬《醴泉铭》，乃谢希曾藏本，有周天球、张叔味二跋，殆南宋拓。可方伍氏粤雅堂本，而不及玉泓馆顾氏本。

廿九日（10月23日）　晴。白喇嘛来，送余百病资生丸。一名阿机素。色朱红，小若黍尖，置净瓶中，养以西藏红花，并实之以稻米。据云用药制丸，诵经四十九日乃成，飞出散落殿中，扫而贮之，生生不已。或旺气所聚时有飞来者，其不能飞者无用矣。每服七丸，百病可愈。妇人难产者，服二丸奇效。但不使近秽，近则色变黑而弗验云。又黑金刚丸一颗，大如桐子，云殁者服之，将遨游六度，有不生不灭之神。余留其小，却其大，姑妄听之而已。

同治九年(1870)庚午日记

鸿爪前游记卷之二

（直隶 山西）

十 月

初一日(10月24日) 晴。

初二日(10月25日) 晴。

初三日(10月26日) 雨。得粤中试录，知儿辈亦不售，为之怅然，期望意尤觉不易去怀也。

初四日(10月27日) 雨。饭后出门，行潦纵横，车马泥泞。黄漱兰太史①所云"雨后淤泥填紫陌，风前尘土障青天"，信然。午刻得家书，知佛山镇教堂亦几滋事。

初五日(10月28日) 晴。

初六日(10月29日) 晴。

初七日(10月30日) 雨。午见智永《千文》墨迹卷，稍近章草，而行笔艰涩，释文尤拙。有董香光、郭兰石②、李春湖③三跋，李跋颇

---

① 〔清〕黄体芳，字漱兰，浙江瑞安人。同治二年(1863)进士。曾在江苏创建南菁书院，士风为之一变。《清史稿》有传。

② 〔清〕郭尚先，字兰石，福建莆田人。嘉庆十四年(1809)进士。《(民国)莆田县志》有载。

③ 〔清〕李宗瀚，字春湖，江西临川人。乾隆五十八年(1793)进士。《清史稿》有载。

露微词。余向见香光论虞伯施得法永师,作永师书当思永兴用笔,乃不笨钝;作永兴书当思永师用笔,乃不板结。今此董跋必自他卷凑合无疑。然闻道光间六洲和尚曾蓄一卷,真江南八百本之一,先太史曾于陈伟堂相国①家得见,故有"帖留千字墨痕鲜"之句,今不知流落何所矣。

初八日(10月31日)　晴阴。甚寒。汪植新舍人出示其尊公歠庵年丈元芳所藏永师《真草千文帖》,宋、明拓各半,虽非全璧,而笔法神妙,非昨见伪迹可比。但梦楼伪跋,盍去其蛇足也。

初九日(11月1日)　晴阴。

初十日(11月2日)　晴暖。

十一日(11月3日)　小雨。颇寒。是日买书数百卷。

十二日(11月4日)　微雪。忆余生都中,南归后,乙未(1835)粤中见雪,至今已三十五年。

十三日(11月5日)　晴。早起万瓦铺银,渐而白光映日,檐漏又累累如贯珠矣。

十四日(11月6日)　晴,极寒。

十五日(11月7日)　晴。

十六日(11月8日)　晴。

十七日(11月9日)　晴。束装,定来日为五台游。

十八日(11月10日)　晴。午初升车出彰义门。向西南行,十里小井村。十里大井村。中间石道长二千四百余丈,夹植垂杨,雍、乾时曾两次增筑。有御题大坊,东面曰"经环同轨",西面曰"荡平归极"。十里拱极城,周里许,设同知、巡司、游击守之。中有烟户数百家,实畿辅之要津,明崇祯时所建。其北门曰顺治,南门曰威严。外即卢沟桥,阔二十步,长三百余步,白石雕栏,上镂小狮子数百,形态

----

①　〔清〕陈官俊,字伟堂,山东潍坊人。嘉庆十三年(1808)进士。《清史稿》有载。

各异。前后夹路碑亭四,内有纯庙大书"卢沟晓月"四字,即京师八景之一。《金史·章宗纪》谓大定九年(1169)作卢沟桥,至明昌三年(1192)成。今桥侧设工部税厂,稽其入而不问其出,联镳接轸,络绎往来,天下同遵坦荡焉。按,卢沟河源出于代,其流奋迅冲荡,迁徙靡定,故谓之无定河。以其浊,呼为浑河。以其黑,呼为卢沟河,燕人以黑为卢。以其屡费修筑,呼为小黄河,即《水经注》之桑乾水也。康熙间,圣祖命抚臣于成龙分导疏浚,并筑长堤以捍之,赐名永定。世宗朝设河道专司之,嗣后历加修筑。下桥左转,五里长新店。凡曰店、曰铺、曰集、曰镇、曰站、曰庄、曰市、曰营、曰阜,皆村乡之总名。乃宛平、房山二邑之交。北地自经发捻扰后,村落多筑围堡,或大或小,状如城而无敌楼,为守望相助,亦坚壁清野遗法。十五里长杨店,颇繁庶,属良乡县。十里过县之东门。里许有冈,曰燎石,又名"料石"。上有隋塔,五级玲珑,高十五丈,唐尉迟敬德重修。环级登,可眺数百里外,俗据元人院本呼为"昊天塔",附会宋将杨业事,指为孟良盗骨处。考宋时此地虽属辽,而代州《清凉山志》谓五台有令公塔。《一统志》又载杨业战殁,葬唐县西北,其墓尚存。事非正史,俚俗传讹,大都如此耳。《方舆纪要》谓冈上有五古城,如棋布。今顽石层叠,稍类女墙废址,实不得而稽。至南关下店,微醺而睡。夜好月。是日卢沟桥口占四截,有"借问桑乾旧时月,古今曾照几弹冠",又"关吏不烦予问讯,一肩行李半琴书"句。

十九日(11月11日) 晴暖。卯初出车。官道上墩台、窝铺,数里相间。遥望黄新庄行宫,为驾谒西陵驻跸处。又城南三里有郊劳台,乾隆间兆大将军惠平定准噶尔回部、阿大将军桂平定两金川凯旋时,纯庙郊劳于此。廿五里窦店镇。廿五里琉璃河,河水清且涟漪。雷礼《河桥堤记》云即古圣水,自房山龙泉峪会诸泉合于此,经霸州,东注拒马河入海。《金史》作刘李,又作留李。宋敏求作六里,名虽异而实一也。明嘉靖间,悯往来徒涉,敕修石梁,先为石路千步,中隆然,四角立湖石一,每高六、七尺,绉瘦玲珑,可令米老下拜,俗呼曰

"四大名山"。过此始接长桥,约四十丈,左、右栏计百九十六石,钜丽不减于卢沟。栏畔倚方铁竿,长约五十尺,周一尺,竿首分裂如子母笋。相传五代时王彦章所遗铁篙,殊觉不经。或因史谓子明以骁勇称,军中呼为王铁枪,此误所由来耶?《长安客话》与《说臆》皆以为镇压水怪之物,语或近是。故柳贯有"锁蛟惟有柱"之句。桥下帆樯参差,多半天津来者。过河为燕谷镇,前明县令余镗创社学于此,今则市井骈杂,人烟颇盛。十里挟河村,为良乡、房山二县分界。挟河浅小,与胡良、拒马二河通,以其沙水不定,又呼为挟活水。过此即属涿州。五里仙风坡。欧阳圭斋《名贤碑记》言邵子其先涿人,又宣封坡下旧有讲易处坊,今且误宣封为仙风矣①。十里湖良桥,旧曰湖良,今称永济。长二百丈有奇,扶栏共六百有二石,坚致精工,无出其右。桥南牌楼大书"万国梯航""皇涧清风"八字,有乾隆《御题永济桥大石碑》及《御制桥记》。碑亭小立,眺望涿城残照,双塔亭亭,桥之东西,衰柳枯蒲,萧疏夹岸,渔舟出没于曲渚间,不觉动江乡之思。按,涿水自西山来者曰湖梁,自紫金关外来者曰拒马,交汇于郡北。明神宗时太后命分建二桥,以利济往来,其后河徙。国朝复葺新桥,而赐今名。咸丰七年(1857)州牧再修,桥旁亦倚铁竿,如琉璃河者,相去仅数十里,岂王铁枪竟有二篙耶?惟此竿首则有圆环。按,《大都宫殿考》:广寒露台石栏道旁有铁竿数丈,上置金葫芦三,引铁练以系之。此殆其类,未知何时或移以镇河耳。桥尽处即涿之北关。尖毕入东岳庙,俗呼娘娘庙,迨专称碧霞元君而言。殿宇、廊庑莫不规制敞丽,创自成化间。岁以三月朔百货贸易于此,名曰神会,一月而毕,届时四方士女云集。殿前刊碑数百,悉烧香会题名,其盛可想见。随入北门,城联云:"日边冲要无双地,天下繁难第一州。"涿为九省通衢,人物富

---

①　〔清〕于敏中等《日下旧闻考》:"臣等谨按,元欧阳玄《涿郡名贤碑记》云:邵雍,其先涿人,今州西北十余里有邵村,谓即以安乐得名。又州西北十五里宣封坡旧有木坊,书邵子讲易处。据此则仙风系传讹,应从欧记作宣封为是。"

盛,其城相传颛顼时筑,州治则创自汉卢绾。黄帝与蚩尤战于涿鹿之
野即此。城内西北隅有华阳台遗址,云燕丹饮樊将军酒,出美人鼓琴
处,今无可证。十五里忠义店,有汉昭烈帝、张桓侯故里二碑,小坡上
建桓侯祠。以日暮赶站,未及入观。五里新店。五里桃林店。又误
岔入河村,绕行白杨古墓中,村犬四吠,月上始投宿。

　　二十日(11月12日)　晴暖。五鼓出车。残月挂林,霜天寥廓,
早行之景,别有领略。时官道上积潦泥泞,绕入林中迷道,廿余里至
泽畔村,而东方渐白。须臾晓日初烘,正照西山,如一幅锦障,奇观
也。十里高碑店。五里马河村,是村以河得名,即古督亢沟也。廿里
定兴县,保定府属县,经发逆后修埤浚濠,颇称坚固。东门外祖村有
"晋祖逖故里"碑。《广舆记》以士稚①为涞水人,俟至其地考之。过
南门有"明太常鹿忠节公故里"碑,太常名(继善)〔善继〕,慕王伯安之
学,并佐孙承宗督师。后引疾归,讲学于城东南之北海亭,大兵攻定
兴,城破不屈死,《明史》有传。西南八里为杨椒山先生墓,十八里元
张弘范墓,未能绕道一观。正南行半里,有"黄金台故址"碑。二里小
店村,有"高渐离击筑处"碑。二里过大沟村,颓垣上有"悬瓦台"三
字,莫可考。其左有"燕太子丹送荆轲处"碑。稍前二里,沙河清浅,
草桥横渡,土人云易水过此始汇流而出。按,《水经注》:易水自固安
东经范阳故城,南又东与濡水合。当即此。然燕昭故迹,考《太平寰
宇记》,易县有东、西黄金台,今都城、易州、安肃与此,皆传遗址,志乘
纷纭。自纯庙西巡,始定易州为有据云。过桥,尖河北店,外植白杨,
萧萧万树,如闻易水悲歌时也。店中小娟纷来唱曲,人给二钱,令散。
廿里上汲铺。十里固城店,大站也。十里田村。月将上,不及安肃
站,借草店一宿,主人极周旋,然不能寐。和壁间诗,有"梦残灯烬落,
月映霜花新"句。

　　廿一日(11月13日)　晴暖。天明出车。五里永丰店。五里白

---

　①　〔晋〕祖逖,字士稚,日记刻"稚"为"雅"。《晋书》有传。

塔村。十五里安肃县城,菜畦遍野,饱著新霜。闻此地岁出菜一株,翠牙雪甲,高三尺余,土人呼曰菜王,故北地白菜以安肃为上。十五里刘祥店。五里荆唐铺。五里漕河店。尖。十里徐河桥,桥已圮。十里遥望保定府城,省会之区,气象自异。五里止于西门外店。省以清苑为首县,城周十二里有奇。明建文四年(1402)改筑。咸丰初,桂燕山相国良为直督时,浚深城濠,外建土垣四关,居民加筑围堡,远望俨若重城焉。烟户东、西、南三面,西为尤盛。其形势四野旷阔,极目坦平,北控三关,南通九省,宋曰保州。杨延昭为缘边都巡检时,契丹攻之,会天寒,汲水灌城,城坚冰滑,不得上,溃去。即此。闻城内莲花书院有池馆树石,为一府最胜,本元大帅张柔所创。惜晡,未暇一往。凡附城店不起炊,饮馔则皆于饭馆呼之。夜黄淀云铨部灿章①过谈,时从贵州回都,言四川山水大发,由重庆出湖北,沿路城郭、田庐,淹没无数云。

廿二日(11 月 14 日) 晴暖。辰刻出车。官道应行小激、大激店,今绕从近路。七里起骡店。十里严村。大站。五里石家庄。十里东狗、西狗二村,中间双建奎阁以为分界。十里北堡东村。二里北堡店。大站。八里新兴村,入完县界,还行官道。十里双阳村。五里完县东郊,丹垣刻桷,轮奂巍峨者,木兰祠也。祠内古柏三十六株,翠阴翳日。堂三楹,奉戎装像,英姿飒爽,女侍庄严。相传神本亳州女子,代父花弧戍此十二年,唐封孝烈将军。敬忆睿庙诗:"达孝难移志,功成不受施。"乃题祠作也。阶下分列至顺、至元、嘉靖暨国朝重修十余碑,乃阶左有至元五年(1339)《完州龙神庙碑》,笔法酷近北海,惜下半榛埋,仅见一"赵"字,其或承旨书欤?不知何时移在祠内。土人云同治七年(1868)正月,贼逼庆都,完有唇亡之惧,祷于祠。大雾作,贼迷不得入境,遂为官军所歼。祠前高陇有石,平足锐顶,高可

---

① 〔清〕黄灿章,贵州遵义人。同治七年(1868)登科,官礼部主事。《(民国)贵州通志》有载。

四尺,中一大孔,相传为神戍军时拴马石云。按《春秋》,完本晋地,哀公四年(公元前481),齐伐晋,取逆畤,即此。战国改名曲逆。汉高击韩王信于代,南过登城而望,曰:"壮哉县,吾行天下,独见洛阳与是耳。"遂封陈平为曲逆侯。城西北尚有墓,称陈侯村。酉初投南门外,店阴气逼人,不堪驻足。借饭店一宿,遇龙泉关来客,因得询五台道里。

廿三日(11月15日) 晴暖。早起,步过小石桥,入南门,铺居甚整。出城,村塾书声洋洋盈耳,不觉倾听,而仆夫已戒车候道矣。八里过祁河,望伊祁山,上有尧母祠,常现庆云,土人以为育圣之祥。过尧城村,谒尧庙,题壁。八里郭村,循望都山麓行,上有古塔,是为唐县界,尧封唐侯旧国也。宋欧阳忞谓尧山与庆都山相望,故曰望都。《水经注》则谓唐城东有山孤峙,世以山不连陵,名曰孤山。孤、都声近,疑即所谓都山。然其脉实自西北诸山穿平畴而突起者。五里高昌店,奇峰西顾,峭削插天,柏、唐二山也。路渐近西,厥土白壤而多沙,木鲜茂林,岭多怪石,有郊寒岛瘦之叹。又十里,尖于唐县之南门。八里东都亭。三里南店头。二里马高和,遥望柏岩山,苍翠耸拔,以唐柏岩禅师祝发①于此而名。师与浪仙最善,山南亦有贾岛洞,惜不及绕道游。三里牛骆北罗,有站。八里东雹水村。三里西雹水村。计自京师来,西北则逦迤群山,东南则平畴极目,过此便千峰万壑,盘叠交错矣。山里人家牧羝为业,一路驴、骡络绎,铃铎郎当,驱车其中,不胜硗确之苦。又十五里抵大洋店,为由龙泉关入晋之总道。村外奇石一丛,排牙砺齿,剑拔弩张,中漾清泉一泓,澄碧可爱,徘徊久之。止宿,店主人谓上游多雨,洋河水溢,恐乘舆难济,否则可直抵阜平也。请易骡轿,姑从之。同寓有大良医者游清凉归,且言去此八十里,有清虚山绝佳。余风闻葛洪山即此。《括地志》谓其支联北岳之麓,上有紫云、白云、碧云三峰,上、下清虚二宫及老君炉、浴丹

① 祝发,指削发受戒为僧尼。

泉诸胜。纯庙幸五台时,曾命廷臣张若澄、董邦达分往绘图呈进,遂不觉神往矣。

廿四日(11月16日) 阴晴。巳刻乘骡轿出村后。自此两山夹送,中衍平陆,菽、麦之外,遍植枣、柳。半里渡大洋河,源自葛洪山来,临流颇觉浩瀚,然厉揭可涉。八里东庄湾,俗呼鲁水河。二里十八渡,稍前曰横河口,皆小有村落。迎面为莲花寨山,如灵芭拔地,仙掌擎天。旁接倒马关,滱水从大同入关,与众流汇合而成唐河,直趋东南,又自唐河分支。又东合完县之祁河,南出蒲河而去。汉时设戍渡,前明初改置二城于险隘,故曰倒马,与紫荆、居庸称为内三关,是唐县、曲阳分界处。随山左转,坦坦周行,可疾骑驰行者十余里,然后沙陇横截,破中而出,若削成者,土人谓之曰里门口,南、北正里二村在焉。再过隆村,林麓有御营遗址,大驾西巡时,约三十里设尖营、大营,百里设行营座落。嘉庆十六年(1811)后,銮辂未经者,已逾五纪。沿途所历,悉已榛芜。一里韩灵山,村户业陶,北直多取材于此。十里朱家峪,尖。五里遥望,有山如屏,上穿大孔,豁然洞开,名曰孔山,见所未见也。山之阳为曲阳县治,立庙以祀北岳。相传有飞石之异,历朝相沿不改。其实距恒山五百余里,何得以一丘嶙嵘,与四岳并尊哉?我朝顺治十六年(1659)始改祀浑源,以正千余年之祀典云。七里魏古庄。五里赤涧。八里喜峪村。酉初下店,左耳痛甚,不成寐。

廿五日(11月17日) 晴。朔风砭骨,轻裘殊不足御寒。五里郑家庄,山水陡涨,倏成陆海,循崖行,六里槐树埝。二里过小沙河。七里贾家口,水益涨,舍舆而骑,登三峰寨,过步高崖。乾隆间,上西巡曾猎于此。然蚕丛鸟道,壁立万寻,俯视平阳河,洋洋弥弥,不觉有振衣濯足之概。七里始下山,三里王快镇,尖。为阜平县属,康熙间复置县于此,后移今治,而居民骈比,贸易凑集,仍为重镇。新建育才书院,以教以养,何敢以十室邑目之耶?出镇即班峪河,仍绕道山径,从细沟村出张家庄,过峪河桥约二十里,遥望大茂山,一名"神尖"。所谓北亘云蔚,南连正定,为河东、河北之捍蔽者是也。本恒岳支岭,乱峰如棐,不知其几千万仞。阜平、曲阳、唐县、望都四邑,皆缘其麓。
《五代史》:石晋以幽、涿、蓟、檀、顺、瀛、漠、蔚等处入于契丹,以大茂
为界即此。二里始合王宗口官道。五里东长寿庄。三里西长寿庄。
万松山下有普佑寺,万历四十二年(1614)建。圣祖、高宗西巡赐额,
曰"松石禅",曰"镜照圆寂",曰"觉慧津梁"。其旁建座落皆废,独铜
佛高三丈六尺,巍然尚存,宜山僧之望幸甚殷也。口占一律赠之,有
"鹊巢金粟影,僧盼翠华恩"句。是处田畴交错,种烟为业,其利倍于
菽、粟云。三里桃儿洼,前即鹞子河,出玉芝山而汇大沙河。三里方
太口。五里青烟村。七里三官庙。大派、小派两山对峙,郁然深秀。
绝顶碧霞宫,香火极盛。二里歇于阜平,城南市肆非他邑可及。啖梨
二颗,耳痛少愈。一梦已先入清凉境也。

　　廿六日(11 月 18 日)　　晴。出车。首过法华寺。五里羊马口。
二里李家台。沿途沙碛碍行,惟岩峦秀峙,掩映烟霞。北山顶上叠石
作矾头皴[①],仿佛巨然画法,赏玩不觉忘疲。六里塔子铺,即霞客《游
记》所谓"饭于太子铺"者,今仅三家村耳。五里圣水村,山狭而耸。
五里忽闻瀑声,仰视石崖如削岩,坳中泻落十余丈,跳珠溅玉,亦足怡
人。此圣水来源,入沙河,汇鹞子河,又东至班峪合、鹿驼山、步高崖、
小沙河、赤涧诸小水,东南历百余里,而总出平阳河者也。二里行山
峡中,犬牙互错,几难并轨。前面稍拓,而鞍子岭突踞中央,高二十余
仞。望楼上朱竿、白帜,迎风舒卷,控制来往,有一夫当关之概。斜陟
其巅,兵民杂止约数十户。勒马四顾,则奇峰拥抱,耸如莲瓣。其前
叠岭珠连,环拱若带,中间豁然,重门洞辟,外横过胭脂河,奔流若急
箭。极目天际,则长城岭、龙泉关、银河山,积雪云端,玉山朗朗,遥望

---

　　① 矾头皴,董源、巨然等人在描绘江南丘陵山景中创造出来的山水画皴
法之一种。〔清〕郑绩《梦幻居画学简明》:"矾头皴,如矾石之头也。矾头石多棱
角,形多结方,每开一面,周围逼凸,直廓横皴。每起工字细纹,高峙倒插,如叠
矾堆。用笔中锋,用墨可焦可湿。焦可加擦,湿则加染,刘松年多作此。"

之尚觉光冷逼人。噫! 余自西来六百余里,当以此景为第一也。岭下坡曰不老树,有小庵,喇嘛出迎。茶话间述五台,以菩萨顶为最富,佃税将及百里外,此其催租之下院,盖创自前明隆庆时云。十里午馌于北梨园铺,前曰南梨园。转趋北,山益高旷。十里东、西下关。六里大较场。有行宫,荷池石供,缭曲往复,而近清斋、春祺室废址仿佛而已。宫后即银河山,铁障壁立,铓石刺天,有塞鸿几点,下上于峰腰云影之间,欲度不度,即霞客所称"吴王寨"也。四里左壁上露佛影,万历间好事者加以雕琢,遂倚壁为台建观音阁,名之曰石佛崖。崖下盘石如莲,北流啮其足。有亭可坐而眺。山之阳霜叶未脱,山之阴岩雪未消,一峡之间,气候自异焉。八里山势愈束愈高,东曰观音岩,峭削千仞,吾粤英德之观音岩酷肖之。自崖麓之"圣迹常昭"坊缘壁上,为观音堂六楹。堂左则穿窿石洞,外勒御诗碑,其右摩崖大书曰"三箭山"。按,西巡盛典,圣祖过此连发三矢,皆逾山巅,臣民欢呼为三箭山。恭读纯庙御碑,谓逾岩巅已不仅三百步。非圣祖神武,其孰能之? 虽宋太宗之插箭岭,讵足比哉? 岩之西名如意山,上有招提寺,座落尚存,惟乾隆御碑已断仆地,因属寺僧谨护持之。二里马首渐西,跻攀渐劳,而山径亦渐险。既入"岩关保障"坊,则参差雉堞,沿岭作城,周不足三里。门大书曰"龙泉关"。只税货,而行客报名。关内、外约二百余户。遂于西关外卸车,翘首一望,峰尽白头。因忆唐严郑公武诗云:"昨夜秋风入汉关,朔云边雪满西山。"不仅为西川咏也。城乃前明正统二年(1437)所筑,下关嘉靖时重修设戍,今以都司驻守,兼辖上关。沿山隘口六十余处。

廿七日(11 月 19 日) 晴。山峻雪滑,舍舆乘骑,从关左缓辔彳亍上。历二十余盘,石崖绝陡,洞水鸣雷,乃北流河所发源。八里始抵印石寺,因印抄石而名。寺当四山盘亘之中,本万历时益寿庵址,同治二年(1863)邑人重葺,乃并座落而新之,大为林泉生色。有文殊殿,额曰"花雨鬘云",嘉庆十六年(1811)御题。又敬观纯庙"香岩精域"御迹,纸墨如新。本赐招提寺物,不知何年归此,亦楚弓楚得耳。

两里崖愈迫,有巨石二,鸱蹲而兽伏,夹立若石门。过此则又之折而升者八里,断堑迂回,层峰攒沓,俯临无地,呼吸通天,悬崖间突有虬松数株,撑空而出,夭矫作攫拏状。直跻二里,抵长城岭顶。回顾来路,日射雪光,不甚可辨,觉数百里天宇无尘,峰峦踊伏,又为斯游之第二奇观也。按,长城岭远脉太行,又名十八盘。其城北自茨沟营,中接东、西长城,而南至井陉之固关止,约数百里。相传亦蒙恬所筑,直隶、山西以此分界。而岭脊之关城则景泰二年(1451)建,是为龙泉上关。关外属代州五台县。幸下岭路斜而平,不及所上十之一。然立关门一望,积雪未化,层冰峨峨,坐骑不觉惊而却步。昌黎所云"雪拥蓝关马不前",真可借咏。出关二里,为涌泉寺,内有文殊井,相传文殊盥掌处。一里卢家庄,过万佛阁。四里上铁铺。二里射虎川,是为东台之东。入台麓寺,有御赐《藏经》、香檀、佛像,额曰"妙庄严路",曰"筏通彼岸",曰"五髻香云",联曰:"金轮荐福慈光霭,宝筏传心妙果圆。"并御制碑文。而松杉蔽日,枦栋连云,只此已略见台山胜概。寺旁为行宫,康熙癸亥(1683)二月,上省方至,有虎隐丛薄间,亲御弧矢,一发殪之,臣民欢呼,相率建寺以志,故名其地曰射虎川。旁即神武泉,今则垦田艺植,猛兽避迹云。十里石嘴村,尖。中有关壮缪庙,宋、元、明碑林立。阶下古松一,围四尺,而高仅齐檐,盘偃如伞,迨千年上物,惜僻陋在远,不得与报国寺松争衡耳。村北高柳夹溪,溪声如沸。历普济寺、西天古佛庵,至虾蟆石嘴村,约已三里,遍植白杨。一里金刚库,土坡上筑奎阁,其下杪路可通县治。二里过小村,长溪转折,洞水初冰,同凛履薄之惧。三里海会庵。一里汉河村,有尖营遗址,迎面山势忽然陡峻。六里石佛岭。日已暮,于雪色、星光之下复行五里,至白头庵之小店宿焉。此为南台东北,嘉靖间有行者生而皓首,结庐居此,颇著神异。今庵废而名尚存。按五台,《华严经疏》目曰清凉山,《元和郡志》曰《内经》以为紫府山,柳宗元文以为灵山,故与竺乾、鹫岭角立,而实则并峨眉、普陀鼎峙海内者也。自文殊师利菩萨与眷属诸菩萨众一万人俱,常在其中而演说法。至汉明帝时,摩腾、竺法兰以天眼观之,宇殿始创,历朝继建,精蓝百有余所。国初西僧多驻锡于此,而寺僧遂有青衣、黄衣之别,黄教又为诸藩部倾心信奉。故圣祖三幸,高宗六幸,仁宗一幸。时命蒙古诸藩偕游,示中外一家之意。伏读《御制清凉山记》云:"我朝肇基辽沈,国号满洲,而兹山供奉曼殊师利,同声相应,此中因缘真不可思议。"是以翠华①频驻,展礼莲台。虽因省方为民祈福,而宸翰昭回,弥觉辉增净域矣。其山左邻恒岳,右接天池,南尽本州,北连繁峙,环基五百余里,形若盘龙,分冠五顶,中夹大涧,沿涧而入,如穿九曲之珠,若非登顶,不知磅礴之远也。

廿八日(11 月 20 日) 晴。呼山人前导,一里白云寺,旧名卧云。圣祖敕重修,而建行宫于其北,赐有"法云真际""松风花雨""朗莹心珠""法云地"等额。前有"壁翠晴岚"坊,苍松障之,森森郁郁。风过处,涛响数十里,尘障为之一清。闻台山五峰,东、西、南、北皆自中台发脉,四山连属,惟南台独稍低。导者亦言由此登之最近。因策骑从寺右上,盘径险迫,目不侧瞬,如是者七里至千佛寺。喇嘛出迎,因少歇焉。寺本青衣僧,延黄衣僧款客,为蒙古朝台者设。导余随喜,凡禅堂、佛阁悉缘峭壁构成,参差掩映,栏外雪岫,百千罗列,不觉狂喜,独恨未携谢朓惊人句耳。殿供观音变相,仿佛大悲。惟佛顶连生法相五层,或三首、二首、一首,慈悲威猛,各肖形容。殿后曰千佛洞,雏僧执烛导至,壁岩穿窿,可布两席。转石佛后数武,梯阶而升者七级,洞倏狭,仅并肩趑趄行者,又二丈,划然而止。中隐隐若有光,扪之凝滑如玉,顿成小牖矣。僧复蛇形以入,张灯四照。中供小佛,余可容七、八人促膝坐。相传嘉靖间道方和尚夜游此,见诸佛森列,神灯万点。更进,觉波涛震耳,大惧,急持观音佛号,忽一灯飞导以出,遂因洞创刹焉。寺有小沙弥四,皆秦人,应对安详,貌亦清美。询所自,则西邮兵,后以六十缗赎诸贩客者,闻之不觉慨然。辞出,缓步又历数盘,时

① 翠华,指皇帝出行时御车用翠羽所作的旗饰,喻指皇帝。

遇崩崖,方寸悚惕。约四里为金灯寺,开山自弘治间德万禅师,气象
殊古朴。寺僧贤春上人以素面饷。忽大风起,请俟诘朝登台。而骡
夫适将行李至,因留焉。日已夕,上人复劚山药烹雪,邀同啖。懒残
煨芋后,又添一段韵事矣。夜与上人谈,谓前朝常现金灯,散之如蝇
蚋,合之大若轮盖,有福慧者每见之。余谓大约灵山夜恒有之,不足
怪也。二鼓有杨喇嘛自文殊院来者。渠为本院巡捕。先奉哈哒,而后
作礼。哈达乃蒙古语,将白绫织成小佛像,长五尺,以之参谒世尊。西藏、蒙古
最重此,即乾隆《御制妙应寺诗》注所谓"奉佛吉祥制帛"也。云佛爷遣其前
迓,情意甚殷。夜半起大风。

廿九日(11月21日)　晴。晨起,将登南台。僧以风雪力阻,笑
答曰:"余孟冬来游,岂不知有此。然登道肥平,仅去十里,计山麓至
顶三十七里,今已过半,止吾止也!"嘱觅村佣二人,授以锄帚,令遇雪
则扫,凝冰则凿,许以重赏,欣然前驱。喇嘛借马以乘,仆从遂拥余踏
雪上。七里鞚忽绝,翻落雪中,马蹄误踏胸臆间,幸重裘无害,小痛而
已。众请下山,余曰:"动则血不凝,静则凝而生患。"急解酒榼吸数
口,鼓勇步登。一里有丛石矼立巉岏,爱而坐歇焉。须臾一仆先登,
指顾自得意,若戏余之怯者,余奋袂起,策杖而迈其前。二里遂抵绝
顶。状类覆盂,所谓杂花弥布,色若铺锦,故呼锦绣峰,亦曰仙花山
者。盖以春、夏时言之,今只纵览形胜。其屏峙而环卫于北面者,四
台也。从中台衍脉,逦迤而东,后枕北台。诸峰罗拱,若裣袵而朝者,
灵鹫峰也。又称菩萨顶。西去三里,依依若附庸状,昔香林大夫曾卓
庵其上者,古南台也。其东相传宋太宗北征,见文殊现八臂相者,插
箭岭也。至于盂县龙泉诸山,亦复棋布星罗。是南台虽逊四台之高,
得不谓之一方雄杰哉?台顶宋建普济寺,我朝重修,以其空诸依傍,
故不可久。僧云四台顶之寺亦无复存,此独飞来石佛与文殊舍利塔
巍然无恙。心香顶礼毕,始返金灯。午馔后,下至白云寺,茶话少
顷。喇嘛前导,乘舆而行,经普安寺、沐浴堂、万缘庵、镇海寺。寺在
交口西南岭下,丛林葱郁。遥望章嘉胡图克图塔,壮丽不减台麓。又

过七贤寺、南山寺,抵台怀镇。日将暮,不及遍游。戌初至灵鹫峰麓,遥隔白云,已三十里。有喇嘛烧炬以俟,于是斜陟者二里,抵菩萨顶之大文殊寺。又喇嘛四携纱灯出迎,引入都刚殿左厢,铺陈钜丽,器用精洁。既而佛弟子罗藏丹敕、张云昌、于得木奇三僧来见,先奉哈达如前,次奉素点三盘,次上蒸羊一肘,又次则丰馔毕陈。凡诸执事,皆冠带列侍,敬礼殊殿。老佛之情虽重,而游山之客转劳,力请省节烦文。三鼓始睡。

三十日(11月22日) 晴暖。诣正殿。僧以长竿挑哈达挂佛上,然后礼。世尊殿左、右分供观音、普贤二像,青狮、白象二座,是为圣祖赐。殿中遍悬绘绫佛相。古锦云幡则为蒙古王公所施。而历朝法供,七宝装成,璀璨金光,莫可名状。随谒自来文殊殿,《志》谓唐释法云建寺时,有塑工安生,不召自来,相与恳求现身,七日忽现全像于云际,因图而成之。故初名真容院,明时始易今名,俗又呼为"带箭文殊"。相传菩萨化身与女子同浴于澡浴池中,上怒发矢,中面,化金光去,后得箭于佛前。而实无可考,姑妄听之耳。至我三圣御赐殿额,有曰"十刹圆光""五峰化宇""珠林花雨""云峰胜镜""心印毗昙""人天尊胜"。赐联曰:"性相真如华海水,圆通妙觉法轮铃。"又曰:"八解浚遥源,航周性海;三明开广路,镜朗心台。"又曰:"百道飞泉,涧流功德水;五峰云拥,天雨曼殊花。"又曰:"方寸启莲台,觉超彼岸;大千涵芥子,妙证诸天。"瞻仰毕,随谒其掌印大喇嘛札萨堪布江曲。据杨喇嘛云,藏王考取录用曰札萨,经朝廷授职曰堪布,本名曰江曲。考乾隆癸丑,办理西藏善后事宜,命此后大寺坐床堪布缺出,俱由驻藏大臣会同达赖喇嘛妥为拣补。即此类矣。出户相迎,年约四十,黄冠赭衣,能汉文,通汉语,亦奉哈达,并为余别设一分使。赠答无缺礼,寒暄久之。余问:"藏地迸火,何以故?"曰:"有人心即狂乱,作非非想,思篡藏王,此为预兆。"曰:"吾闻世尊佛说'我得无诤三昧''一切如梦幻泡影''不应住色生心'"。曰:"是人行邪道,不能见如来。"曰:"云何降伏其心,应生嗔恨不?"曰:"是人节节支解,应堕恶道,我佛不惊、不怖、不畏。"曰:"如是我闻,是名忍辱波罗密。"转问余曰:"公为孔子裔否?"曰:"然。"曰:"儒、释同乎?"曰:"道不同。"曰:"孔子之道何如?"曰:"始于家邦,终于四海,圣谟洋洋,不可一言而尽也。""今子孙何如?"曰:"明明我祖,贻厥子孙,予弗狃于弗顺,率乃祖攸行。"问难之间,欣且洽。至因果之说能悟否,又非余所欲知。辞出,其弟子告余曰:"我佛掌印,六载一易,今已留任,凡京外西僧均受约束,同尊称之为佛爷。岁以十一月到京面圣,寓护国寺,正月还山西。北关外进香络绎,虽有爵者,亦不尝见今款接如此,真可谓与佛有缘。"余笑而不答,因成奉赠江曲一律,有"似我喜登菩萨顶,何人愿证宰官身"句。考班禅额尔德尼掌黄教,沙玛尔巴掌红教,其始同属兄弟。后班禅入觐,赏赐既优,王公赠遗以数十万计,未能分惠兄弟、施舍寺庙,致沙玛尔巴垂涎,怂恿廓尔喀启衅,滋扰藏界。由此观之,黄、红二教,于佛家所谓贪戒、杀戒两不免焉。纯庙命福文襄安康讨平之,是为平定外域,十全大武之一。不过保护黄教,以静边邮、正王制,所云"修其教不易其俗,齐其政不易其宜"。纵稍示优容,亦借以羁縻藩部耳,其说果可尽信乎? 遂遍观全刹,宏侈钜丽,不可名状。僧徒六百,悉皆楼居。自康熙三十年始,命阖寺俱覆黄瓦云。饭毕,策骑出游。文殊寺下即大显通寺。汉僧法兰谓此峰形类天竺,奏明帝建大孚灵鹫寺。即此。后魏改花园,唐改大华严,明改显通,震旦祇园,此为最古,清衣僧主之。前三殿仍汉遗址,后则无梁殿七楹,翼然有冲霄势。檐悬七额,皆明熹宗与诸王书。独中三楹悉以巨砖盘结至顶,若井甃焉,不假寸木,是称无梁。再后因山筑台,中建铜殿,高二丈,方丈有奇。两壁铜佛数千,须眉如画。四周铜门,雕镂花卉,精妙绝伦,物无巨细,莫不范铜为之。台前铜塔五座,象五台,高八、九尺,制作各异,巧匠束手,下镌"钦差御马监太监张其法监造"。考王渔洋《游宝华山记》云:明慈圣李太后梦宝华一山皆莲花,乃敕建宝华、峨眉、五台铜殿三座,并赐大藏渗金塔。则为万历中创无疑。余意当时必有碑记,僧云相传五台兰若旧有碑百计,易代敕修,悉皆遗弃,故胜国以上靡不湮没,殊可惜也。过塔院

后东北为罗睺寺,亦伟丽,住西僧三百人。相传宋相张商英见神灯于
此。以殿内莲花藏为最异,其顶华盖高悬,四垂缨络,下有方台,台生
金莲八瓣,诸天神罗拜之。一僧入隧,运动机枢,则上下错旋如飞,而
莲瓣开合,四面金容霞彩,不可逼视。何须咒钵生莲,俨若拈花一笑,
即所谓"开花见佛"是也。有赐额,曰"八正门",曰"慧灯净照",曰"悟
色香空"。旁建精舍数楹。寺实创自宋元祐间,考《中阿含经》云:佛
妻耶轮陀罗生子罗睺,在十大弟子中密行第一,此寺名所由来。茶罢
出,正默计所先历,忽睹浮屠,撑空三百尺,居显通之南五峰之中者,
则阿育王所造八万四千佛舍利塔之一,亦清凉胜境,遂趋之。即为顷
所经之塔院寺也,有仁宗赐"尊胜法幢"额。由佛殿后循级升台,睹塔
麓,作二十棱,环龛供小佛像,其下密列铜函,内贮佛经,外镌梵字,约
数百计。周旋抚之,阆转作金石声,岂所谓金函玉牒者欤?仰瞻塔,
状若胆瓶,然缔构之妙,非神工鬼斧不能。僧谓"阿育"译言"无忧",
本能役使鬼神,即天竺之铁轮王也。尚有文殊发塔差小,在院左,并
存永乐创寺碑、万历重修碑,谓菩萨化贫女,剪发施之,藏塔内,经盗
去,而神令归还云。敬读睿庙《御制宝塔院诗》,有"志传双塔今瞻只"
句,是发塔乃嘉庆后重建无疑。又舍利塔台下立"佛足碑",足长尺有
六寸,中现"卍"字,花文、宝瓶、鱼剑之属,上镌梵文。相传唐玄奘从
天竺图归,明成、如意二僧摹刻于此,斯二者得非佛骨之滥觞欤?随
至后殿观转轮藏,乃木浮屠二十级,中供三千贝叶,五百应真[①],金铎
周悬,藻绘炫目,朱轮潜运,不亚于莲花藏云。故仁庙榜曰"景标清
汉",纯庙榜曰"揽妙鬘云"。计文殊、显通、罗睺、塔院四大刹外,余非
久著灵迹者,不及遍历。三里出台怀镇。相传西巡时,有测地者,谓
自彰义门至此,地凡高七十二里云。此镇设都司驻之,然贸易纷纭,
嚣尘辐辏。就计山中黄僧六千,清僧半之,不亦几成罗汉市哉?中路
遇蒙古诸部朝山,橐驼络绎。惟缨络盘头、方环系耳者,可辨为女子,

---

① 应真,佛教语,罗汉的意译。

又俨然一幅元人游猎图也。过行宫,尚设守兵,乔木千章,宫墙外望而已。一里梵仙山麓,禅宇崔巍,中供文殊跨狻猊大像,法相庄严,塑工精绝,故名殊像寺。圣祖《御制诗》云:"经营思哲匠,仿佛见初禅。"复赐额曰"瑞相天然"。高宗赐额曰"大圆镜智",又曰"现清净身"。仁宗御迹额曰"人天胜果",联曰:"宝髻拥祥轮,即空即色;瑞毫腾异彩,无量无边。"宸翰如新,敬瞻久之。殿内四壁斫木作灵山并五百罗汉小像。左一尊者,峰巅独立,躯不满尺,而两臂则丈许,分上下指,名指天、指地罗汉,真乃咄咄怪事。壁右末座有短胡而癯瘦貌者,衣黄衣,项挂珍珠、珊瑚、碧洗、绿松念珠四串。乃圣祖西巡,化身到射虎川接驾,故历朝特恩以示宠异云。日暮回,拟明日登顶,缘此去北台最近,而诸僧力言雪滑不可行。夜踌躇不成寐。

闰十月

初一日(11月23日)　晴暖。早起决意登北台。一路或步或骑,小心惕惕。踏雪八、九里,过黑龙池至顶。旧名叶斗峰,相传风雨雷电时出半麓。若由山下登之,须四十里,所以为诸台之冠。盖四台奇胜,览若指掌,夫岂南顶可相提并论哉。纵目处,东极恒岳,西连雁门、直北诸山。缭绕如垣,上筑边城,隐约横亘数千里。风吹积雪,时作烟云过眼状。《志》所谓瞻海洋、眺沙漠,不过仿佛依稀三千银界而已。回寺早饭毕,拟步霞客游踪,越华严岭,出小石口,访北岳。苦无导者,然兴不可遏。遂告辞老佛,以仙花、念珠、经被、资生丸等见遗。东去十里曰楼观谷,山半有太平兴国寺。询杨喇嘛曰:"得非宋太宗为睿见禅师所建者欤?"对曰:"然。是为杨五郎师也。"易骑登寺,右即五郎祠像,方面大耳,细目虬髯,戎装而秃发,手持经卷。传留铁杖已折为两,约长八尺,径寸五分,两端裹以黄铜,下镌小字三行,曰:"重八十一斤,谢荣揽、段思礼造。"百战之余,锋铩精纯,不可伪也。康熙初,西僧奉敕重修,勒石详其颠末,后附小诗绝佳,惜不及录。碑称"五郎"为"延朗",与《旧志》同。顾《宋史·杨延昭列传》:初名延朗,在边二十年,敌人惮之,目为杨六郎。卒于官,无为僧事。又《名贤姓氏谱》:杨业子延玉,已战殁于陈家谷,业被擒,不食死,后录其子延祚、延训供奉官,延瓌、延彬殿直官。则无敌有六子无可疑者。"五郎"之名,碑志有无误引,俟考。若中台下九龙冈又有令公塔,相传五郎收业骨葬此。明释镇澄诗云:"山色苍苍锁暮烟,令公遗塔白云边。"是五郎故迹见于台山亦已久矣。出寺,却喇嘛远送,始循东台大路行。遥望金刚窟。二里过涧,几为劣畜所堕。步入碧山寺,遣人另雇骡轿。未几而杨喇嘛复回,言日将暮,不可过岭,请返文殊院,勉从之。道遇恒山僧,适从浑源来者,细谈道里,天假其便。夜书清凉石,题名付刊。四鼓下大雪,又复阻兴。

初二日(11月24日) 卯起,雪未霁。立山门一望,银样乾坤,天花乱坠,身在琼楼玉宇中,何令人高处转不知寒也。然北岳之游难果,合作归计。老佛仍欲留试香积,力却之,遂以其乘舆相送。午刻冒雪下山,已深三尺,幸有扫径,可跟踪而行。五十里宿于白头庵。夜半回思,不禁抚枕兴叹曰:今始知山水之奇,其钟毓者在地,其开辟者在人,而人之得以遂其开辟,则仍在天而不能强。夫恒之形势,以阻莫详,姑置勿论。若五台则俯瞰中外,峻峙九边,其派衍支绵,沿繁峙、完、唐,且数百里。磅礴之气,实足与太行、玄岳争雄。诅夸高者,犹谓太岱古松、匡庐飞瀑,惜未能移效愚公,令游人拓奇外无奇之见为少憾。狃俗者则又谓河涨胭脂,峰攒锦绣,时非春夏,无以壮观。噫!果如所言,不独滕六乃北岳之臧仓①,即予之策寒冲寒,转致清凉,为彼苍障其真面,抑何相慕之切,而相遇之左也?顾予闻之,范水模山,工莫如画;画景之妙,又莫如雪。是以峨眉称为玉岫,长江纳以冰壶,图绘所传,向推独绝。然而琼宫璇宇,分缀于岩麓林杪之间,宝相毫光,复与数十里金碧楼台,高下互相掩映。语其钜丽,夫岂眉棱

---

① 滕六,古时雪神之名。臧仓,阻碍鲁平公接见孟子,出自《孟子·梁惠王下》。此处喻因大雪阻碍,孔广陶不得游恒山。

翠麑，腰带银凝，径开拥帚之僧，舟钓披蓑之叟，所能比拟？况乎彤云四合，罡风直吹，大漠长城，溇漫如海。须臾之间，倏变一境，咫尺之内，百变而状不穷，立马层峰，应接不暇。则虽合云麾、右丞、河阳、营丘为一手，恐亦难以传神。夫然后知雪非五台无以益其奇，五台非雪无以增其胜，乃恍然于恒行不果，盖天之为。余游台别开生面，其理不可常见拘，其趣不足为外人道也。披衣遽起，挑灯濡笔，纪以长古。

初三日(11月25日)　早行，快雪时晴。妙益难状，因高吟先太史《登南岳祝融峰绝顶》"日射雪光连障白，风搏石气插天青"一联以赏之。午尖于石嘴。入关，有"立马长城岭"诗。下岭半里，少歇于三贤庙。庙祀汉昭烈及壮缪、桓侯，四壁绘三十八图。虽属演义故实，而精妙传神，尚存古人画壁遗意。再下半里，杞桥之左旧有挂甲树，相传为杨延昭遗迹。稍西则马趵泉，残碣尚在。按，延昭曾为其父先锋，以攻应朔，又为莫州团练使，出入边塞，事或有之。夜仍宿龙泉下关。此间雪已稀少。五鼓朔风刺骨，挟纩不温。

初四日(11月26日)　早起，微雪。寓有晋人计偕者，畏寒而止。舆夫效尤，斥而后行。午晴，尖于北梨园铺，严冷欲僵，沽酒御之。夜宿阜平南关。

初五日(11月27日)　大晴。早行，仍寒甚，然自此雪渐少。王快尖。夜宿喜峪村。

初六日(11月28日)　晴。午抵大洋店。不成恒岳之游，欲践清虚之约，又以山水泛溢不可行，浩叹缘悭而已。易车。夜至唐县。

初七日(11月29日)　晴。半里翻车，幸无损。尖于完县。穿城出，局面小而不陋。因余欲改由满城、易州、涞水，一路采访故迹，遂沿北边山麓行，不复经保定会垣矣。东北过五郎村。按，《河北记》：北平侯王谭不从王莽，与五子元才、显才、益才、冲才、季才筑城避居于此。光武即位，皆封侯。旧名五公城，今成村落，尚存王氏耳。马上得句云："一任河山风景异，五郎犹是汉忠臣。"过玉女山，下海家庄,始交满城县界。约行五十余里。晚宿满之北关。满仍属保定,汉之北平地也。城极小,为辽时旧址。前日马贼三百,夜劫李绅家,越岭去,官军莫敢撄其锋。故闭城特早,而暮至者无可购食。赖自携有稻米,炊粥充饥而已。夜起,小立庭阶,茅檐月落,此境殊觉幽绝。宿满城,句有:"日落行人绝,荒城自掩关。"夜起,句有:"半角颓垣数株柳,悄然凉月堕虚檐。"

初八日(11 月 30 日)　晴暖。八里王各庄。西北群峰刻削,仰插高空者,名曰摩天岭。七里紫口村,五里孟村。有店。满界止此,过即安肃。来时傍城之东南,今行西北郊中。十二里大王店。十里孙各店。八里樊村。尖。望见羊山,曲水河所自出,际冬已涸。十五里孤山村,入易州境矣。八里黄山村。八里东邵村。五里宿凌云栅村。村老遥指龙迹山,中有龙洞殊异。稍东即紫荆岭,有关。古名子庄,宋名金陂,金、元后始呼紫荆。可通大同,天设之险,亦内三关之一也。夜,月色蒙蒙。

初九日(12 月 1 日)　晴暖。过中易水,其旁孤村寥落,相传为古燕城,昭王后曾都此。十里严村。遇亲迎者,古风尚在,我爱其礼。偶停车于观音寺,僧云此为孙膑故里。十里尖于易州,北门城外平沙千顷,地已不毛,如能引易水以种竹,则淇澳不足数也。有客引至城隍庙,殊壮观,而英煦斋相国书碑尤妙。询燕王、樊将军庙,则一抔青草。过孙膑庙,像作道装,貌亦清癯。以昔年御贼,祷之有验,民为重修,州牧夏君志之,称为"了一真人"。按,《史记·孙武列传》:武,齐人,后百余岁有孙膑,生于阿、鄄之间。考"阿"即"东","阿鄄"即"鄄城",其地并属齐,谓此地为孙膑故里者谬。然有功于民,自应庙食。若"了一"之称,更羌无故实耳。县学礼门下有石幢,下马拭读,剥蚀无多,乃故定州管内广正法大师舍利幢,乾德六年(968)迎归寺内,为宋释鸿振书,极有晋唐遗法。客又谓城西南隅土阜相传为武王侯台,亦见《广舆记》,燕易名曰五花台,《寰宇记》并目为昭王事。出西门,五里入荆轲山,村老僧导登山颠之圣塔寺,山不甚峻,塔独凌云,石刻极多,以乾道重修碑为最久。宋、辽皆有乾道纪年。万历间米万春怀古诸绝尤可诵。寺右丰碑屹立,则明侍御史熊文熙真书"古义士荆轲里"六字,字径尺余,笔力颇健。又东为樊馆山,樊於期亡秦之燕,太子受而舍之,即此。问黄金台址,则约略指易水东南。然并渐离故居,皆无复仿佛故处。日暮回州,宿于东门城内。夜月甚佳。

初十日(12月2日)　晴暖。二十里至东二十里铺。五里秋澜村。行宫甚整,是为西陵孔道。五里渡槐河,绕亭山麓。其山北倚檀山,峰峦秀拔,朝旭初升,平原如绣,故亭山曙色传为胜景云。过此入涞水县境,仍属易州。七里兵上村。祖姓繁衍,补弟子员者三人,有祖士稚祠。按,涞即汉魏晋之遒县。《晋书》:士稚本范郡遒人。此为故里无疑。定兴祖村或其分族,然定兴于隋开皇初亦改名遒县,后人恐误而未考耳。三里望见高塔,已抵县城。午,馈于东关店,较胜易州。十里新庄头,与涿州分域处。十八里韩村。八里止松林店,来曾宿此,仍合旧路矣。夜月亦佳,三更后刮风。

十一日(12月3日)　仍刮风。使村佣导。四里至楼桑村,汉昭烈帝故里也。村百余户,刘姓者存十数人,极贫而陋。村外为敕建三义宫,峻阙崇阶,朱垣碧瓦,巍然王者之居。门内木雕的庐、赤兔,神骏欲生。中祀帝冕旒大像,东西祀壮缪、桓侯,本处皆称张显王,未知始自何时,并分塑吴将姚彬盗马及鞭督邮二事于旁。后为三义合殿,左甘后殿,右糜、吴二后殿。其西又为三后合殿,其东为诸葛忠武侯殿,以庞士元配之列侍。当时将官、一朝君臣俱集于此,庭壁之间,石刻颇夥。旧有唐郭筍撰书碑,久已湮灭。所存金承安四年王庭筠书《重修碑》,写作极一时,其书传世无多,惜乏拓工,惟摩挲不已。而元安陆□顺书元好问《摸鱼儿》词,明吕颙草书五律,商挺书紫阳七律,程翔分书七律,及国朝陆应榖行书七律,皆可不朽。至于森森古柏,不独数丞相祠堂,而门外唐槐双虬曲卧,南柯蓊郁,半剩霜皮,谓非神物不可。按,《三国志》谓:帝居旧有高桑,层荫如楼,今不复知其故址。庙创于唐乾宁四年(897),后代廓增之。余题壁一律,有"翼燕世无惭北地,卧龙天故限中原"句。北去三里为郦家庄,又名道元村。北魏郦善长故居,遗裔尚存。善长为御史中尉,执法不偏。萧宝寅反,被执,骂贼而死。其清风亮节,不特以四十卷《水经注》传也。李延寿撰《北史》,出其传于《酷吏》,宜哉。一里忠义店,谒张显王庙,碑云:药师寺旁即古涿鹿西皋村,王故里也。碑亦称张显王,或加封者。纯庙御笔额曰"涿鹿干城"。直藩方(承观)〔观承〕①联曰:"使君为天下英雄,恩同骨肉;汉寿称人间贤圣,美并勋名"。浙西曹年丈达衔官闽,过此,题联曰:"涿野重桑榆,是萧曹丰沛、贾邓南阳,创业中兴,大汉君臣同里闬;巴江严锁钥,合天宝中丞、建炎少保,扶唐翼宋,三人姓氏炳丹青。"用世传"唐留姓、宋留名"说也。祠内藏长矛、铁鞭,文之以漆,所重斤两,镌刻时俗之字,不辨而知其伪,乌用究巴西何以得归于此耶?岁以八月廿三为侯诞辰,郡人祈报甚盛。去庙百步有废井,筑台护之。康熙三十九年,涿牧佟国翼撰碑叙其事,谓侯贫时屠贩为业,日中市毕,以余肉置井内,移千斤石覆之,云能掇此者任食。时壮缪过而取之,遂互角力。先主异之,引至桃园,痛饮订交焉。按,《蜀志·列传》均无可考,只谓先主与二人寝则同床,恩若兄弟云云。想桃园一说,或后世所由本欤?虽史册不详琐事,而乡里著为美谈,未敢决其必无也。三里堡子铺。十二里尖于涿北门。过南门外,入宝清寺观。若空和尚坐化肉身供于殿左,经案横陈,二百余年俨然不坏。寺僧侈述灵异,然正脉曹溪②尚难逃劫,涅盘数世,又何必留清净身为也?因戏占一绝,有"二百年来存色相,何如五蕴早皆空"句。夜宿窦店镇。

　　十二日(12月4日)　晴。游鸿恩寺,极宏丽。古松一株,尤可爱。申初始回京寓。

---

　　①　〔清〕方观承,字遐毂,谥恪敏,安徽桐城人。历任军机处章京、山东巡抚、浙江巡抚、直隶总督、太子太保等职。《清史稿》有传。
　　②　指禅宗六祖慧能,因曾在曹溪宝林寺讲法,故称。

十三日(12月5日)　晴。

十四日(12月6日)　晴。得观王庭筠诗迹,见所未见,因钩摹而藏之。

十五日(12月7日)　晴。

十六日(12月8日)　晴。

十七日(12月9日)　晴。

十八日(12月10日)　晴。夜观蒋南沙《蚨蝶册》。

十九日(12月11日)　晴。买书。

二十日(12月12日)　晴。

廿一日(12月13日)　晴。

廿二日(12月14日)　晴。

廿三日(12月15日)　晴。顾子山观察来索观家藏《兰亭》①,云近收一种,"崇"无三点,仿佛"天师庵"石。然非见,未敢遽定也。夜吟。

廿四日(12月16日)　晴。

廿五日(12月17日)　晴。

廿六日(12月18日)　晴。

廿七日(12月19日)　晴。入城,得观书画四十余种,钤用"有恒堂"印,疑为定府②散失之物。以赵集贤书《张文潜送秦少章序》及《临兰亭》为甲。观成邸③楷跋二段,亦殊庄重。南宫《乐兄帖》迹精

---

①　〔清〕顾文彬《过云楼日记》:"闰十月廿四日,晴。往拜唐壬森……孔广陶。少唐出示旧拓《兰亭》,据云唐拓,实则宋拓,亦未见确,又国学本及吴荷屋翻刻定武两种。"

②　定府,指〔清〕载铨,初封辅国公,后袭定郡王,逝后追封亲王。《清史稿》有传。雅好收藏,斋名行有恒堂,上海博物馆藏《赵孟行书送秦少章序卷题跋》有载铨钤印九方,其一为"行有恒堂审定真跡"。

③　成邸,指〔清〕永瑆,清高宗第十一子,乾隆五十四年封成亲王,谥哲。自幼工书法。《清史稿》有传。

妙难得,但程、董二跋为狡狯者揭去上层而补填之,可惜。①

廿八日(12 月 20 日)　晴。买书。

廿九日(12 月 21 日)　晴。

十一月

初一日(12 月 22 日)　晴。买得古书二十余种。

初二日(12 月 23 日)　晴。

初三日(12 月 24 日)　晴。买书。

初四日(12 月 25 日)　晴。

初五日(12 月 26 日)　晴阴酿雪。夜二鼓微雪,五鼓始大。

初六日(12 月 27 日)　午后霁。约下三寸有奇。

初七日(12 月 28 日)　晴。罗峄农太史②约游十三陵。

初八日(12 月 29 日)　晴。早汴差至,得苏河帅赓堂夫子③诗函,云:"粤山追荐忆缠绵,情绪纷披日下笺。一第艰于游五岳,英才何以慰衰年? 尝闻太璞完为贵,始信精钢炼益坚。十万卷楼珍在席,好凭家业岭南传。"展诵再四,自念朽木难雕,闲云虚出,师虽知我怜我,在小子且感且愧而已。

初九日(12 月 30 日)　晴。

---

①〔宋〕米芾《乐兄帖》原迹今藏日本。此处"程"指程正揆,"董"指董其昌。2016 年北京保利春季拍卖会有吴昌硕等《题米芾乐兄帖》,题:"米元章《乐兄帖》,安麓村《墨缘汇观》法书续录著录,毕秋帆制府刻入《经训堂帖》,道光间曾藏定邸行有恒堂。有毕泷、通志堂、见阳子诸藏印。"

②〔清〕罗家劼,字峄农,一作亦农,广东顺德人。同治四年进士。《顺德县志》《清秘述闻续》有载。〔清〕翁同龢《翁文公日记》:"罗家劼来见。峄农,行二,广东顺德人,其父係先公门人,其兄家勤壬子进士,刑部主事,己酉举人。云从前曾屡晤,竟不记矣。"

③〔清〕苏廷魁,字赓堂,广东高要人。道光十五年进士。《清史稿》有传。孔广陶在日记中多次称苏廷魁为师,可明二人关系。

初十日(12 月 31 日)　晴。张延秋①索观《诗草》。乃南山世丈②之孙也。谈至四鼓。其人聪明,学力不堕宗风。观其评论,能不拘一格,眼光所到,莫不探精抉微。虽蒙过推,实余畏友。

十一日(1871 年 1 月 1 日)　晴。

十二日(1 月 2 日)　晴。

十三日(1 月 3 日)　晴。家书至,欣悉仁儿闰十月得子,老夫于今已抱孙焉。

十四日(1 月 4 日)　晴。得观瑛兰坡将军所藏《西楼苏帖》尺牍册,纸墨精妙。较子昇所得吴石云③《苏诗》四册更胜。此帖石在蜀,共三十卷,今世不可得全,余前后仅共观其八耳。

十五日(1 月 5 日)　晴。

十六日(1 月 6 日)　晴。

十七日(1 月 7 日)　晴。

十八日(1 月 8 日)　晴。

十九日(1 月 9 日)　晴。午得观周杏农侍讲④所藏廿余种。其子昂书渊明《归去来辞并图》,远胜石云所得者。又楷书《福神观记》,乌丝阑纸本,字径寸余,后有石云跋。余所见赵书,无出其右。夜又借观郭子饶双钩筠清馆五字不损《兰亭》,已为吴石云廓填,题曰"鼠

①　〔清〕张鼎华,字延秋,广东番禺人。张维屏孙。光绪三年进士,官翰林院编修。《(宣统)番禺县续志》有载。

②　〔清〕张维屏,字子树,一字南山,广东番禺人。道光二年进士。《清史稿》有载。张氏与孔广陶之父孔继勋交好,二人与黄乔松、林伯桐、段佩兰、黄培芳、谭敬昭同建云泉山馆,吟咏酬唱,时人称为"云泉七子",享誉当时。

③　〔清〕吴荣光,字伯荣,一字殿垣,号荷屋,又署拜经老人、石云山人等,广东南海人。嘉庆四年进士。喜好书法、金石,藏书处曰筠清馆、石云山房等。《清史列传》《(同治)南海县志》有载。孔广陶收有不少吴氏旧藏品。

④　〔清〕周寿昌,字应甫,一字苟农,又作杏农,晚号自庵,湖南长沙人。道光二十五年进士。《清史稿》有传。

须真影"。今为蔡侣房①所得。初,石云得此真《定武》,一刻于闽,一刻于楚,一刻于粤,粤为最,即子饶所摹者,皆推毫发无憾。其石近归顺德梁福草②。惜捶拓过多,残剥细瘦,几类今之国学本矣。因挑灯展素,向拓而藏之,倘得良工寿石,乌知不复还旧观也。

二十日(1月10日) 晴。

廿一日(1月11日) 晴。

廿二日(1月12日) 晴。

廿三日(1月13日) 晴。

廿四日(1月14日) 晴。入城。隆福寺前买书,此间多好本。得李朴园先生光庭③批点北监板《廿一史》,持论精确,得未曾有。翻阅至暮,始由哈达④门出。先生宝坻人,乾隆举人,官知府,诗有"名留身后何须计,饮酒看书过此生"句,其襟怀亦可概见。

廿五日(1月15日) 晴。

廿六日(1月16日) 晴。

廿七日(1月17日) 晴。

廿八日(1月18日) 晴。

廿九日(1月19日) 晴。

三十日(1月20日) 晴。买书。都中古书之聚甲宇内,元明刻

---

① 〔清〕蔡宗瀛,字侣房,广东南海人。官户部郎中。《(同治)南海县志》有载。

② 〔清〕梁九图,字福草,号十二石斋主人,祖籍广东顺德,迁居佛山。工画,有《紫藤馆诗文钞》。《(民国)顺德县志》有载。

③ 〔清〕李光庭,字朴园,天津宝坻人。乾隆六十年举人,道光初任黄州知府,史称听断明决,政理刑清,未久以病去任,黄人思之。《(光绪)黄州府志》有载。日记刻"庭"为"廷"。

④ 〔清〕于敏中等《日下旧闻考》卷四十五引《析津志》:"文明门即哈达门。哈达大王府在门内,因名之。"因音讹,"哈达"又有"哈德"之称。明正统四年(1439)改为崇文门。此处为沿用元时旧称。日记刻"达"为"哒"。

本、影钞旧本所在多有,宋椠偶或一遇。至纸色熏染,伪印鉴藏,坊贾时时为之,是在人之精鉴而已。若武英殿板桃花纸初印者,鄙意以为驾宋刻之上,遇则必收。独客囊羞涩,未能多购为憾耳。

十二月

初一日(1 月 21 日)　晴。

初二日(1 月 22 日)　晴。

初三日(1 月 23 日)　晴。

初四日(1 月 24 日)　晴。札萨堪布江曲遣人来,言已到京,俟面圣后过访。吾家旧得鲜于困学所藏五代贯休《罗汉轴》,适在行箧。余曾小书《金经》一部于池上,初拟藏之鼎湖山,不果。今以持赠,并录《游文殊院作》于下,以志鸿爪。适潘星斋侍郎取观,复为跋数语。虽不必笼仗来迎,而留镇五台,此宝为不负矣。

初五日(1 月 25 日)　晴。

初六日(1 月 26 日)　晴。

初七日(1 月 27 日)　晴。

初八日(1 月 28 日)　晴。

初九日(1 月 29 日)　晴。

初十日(1 月 30 日)　晴。

十一日(1 月 31 日)　晴。

十二日(2 月 1 日)　晴。过杨蓉浦太史颐①,借观其《醴泉铭》,乃张翰山方伯②旧藏。自跋为南宋拓,与余本伯仲间,而纸墨少胜。

---

①　〔清〕杨颐,《(光绪)顺天府志》称"字蓉浦",《(民国)广东通志未成稿》称"字子异,别字蓉浦",日记刻"浦"为"圃",广东茂名人。同治四年进士,官至兵部左侍郎,有《观稼堂诗抄》。

②　〔清〕张岳崧,字子俊,一字翰山,海南定安人。嘉庆十四年进士。《(光绪)定安县志》有载。

十三日(**2月2日**) 晴。

十四日(**2月3日**) 晴。定来日往明陵,并登盘山。峰农以事不果。

十五日(**2月4日**) 晴。晨早,厘三、凤岐相约同游。入宣武门,出德胜门。约十五里,是为北城,之西即元之健德门也。向正北行八里,双丘突起,林木蓊蔚。传为古蓟州遗址,今大兴属,俗呼土城关。金章宗定"京师八景",所谓"蓟门烟树"者也。其东北隐露大刹,曰慈度寺,居喇嘛,俱覆青瓦,因呼"黑寺"。吾乡兵部试者多寓焉。度卧虎桥,十二里为清河,水出玉泉,由此东会沙河,石梁跨之。明宣宗奉太后谒西陵,下骑扶辇而度,百姓罗拜,呼万岁于此。三十里沙河,尖。吴原博诗云:"疏林小店行厨设,落日平原猎骑还。"过此作也。二十五里薄暮,抵昌平州,西门内店。汉齐悼惠王子卬封昌平侯,名所自始。本上谷郡地,今属顺天。州学内有唐刘谏议蕡祠,本元时建,明景泰间与州治同徙于此。而唐时所建狄梁公祠则仍在旧县,由此西去八里,香火特盛,恨未一拜。顾亭林以其曾为河北安抚大使,意尝至此。今据《本传》,公转豳州都督,就罢修城守具,谏成疏勒四镇,奏赦河北胁从三事。凡燕赵父老,咸怀其德,莫不尸祝之,不必定宦于斯。至《帝京景物略》直谓公令此,有媪,子死于虎,诉公,公橄神,虎果至,伏阶下,告众杀之,民为立祠。此则史传不载。夜步月至鼓楼而返。

十六日(**2月5日**) 晴。出西门马首。渐北六里望天寿山,初名黄土冈,《翁文简集》以为即燕山。昔明成祖万寿日曾驻跸饮此,诸臣上寿,故赐名"天寿"。说见《世庙识余录》。似此非独以陵寝所在而名也。兹山发脉自西山,逦迤东来,过玉田县,直抵海岸,延袤数百里,峰峦环拱,流泉分缠,旷土中开,天然城郭。中峰之下,为成祖长陵,其余则仁宗献陵、宣宗景陵、英宗裕陵、宪宗茂陵、孝宗泰陵、武宗康陵、世宗永陵、穆宗昭陵、神宗定陵、光宗庆陵、熹宗德陵。列东、西峰麓,虽间有参差,而相距不过二、三里,俨若昭、穆之不相紊焉。独庄烈帝思陵在锦屏山下,似在垣局之外,相去稍远。至于后妃、太子,或分葬诸山之下,或葬东、西二井。凡曰井者,不由隧道直下之谓。不能遍纪,故总而名之曰十三陵。当时为江西术士廖均卿所卜,初廷议欲用西山之檀柘寺基,而文皇锐意定此。国朝以来,时加修葺,特设司香太监、守陵人户,申禁樵采。我世祖、圣祖亲诣致祭,世宗又侯封其裔,以典宗祀,高宗再临。优崇之礼,古所未有。是以来游者,尚得瞻前代规模也。陵之入路,有精工雕镂白石牌坊,一座五架。左右两山夹侍,其左脊上石骨棱起,蜿蜒起伏,其右如兽蹲,正堪舆家所谓青龙、白虎沙者,何逼肖若是? 坊北御道,过石桥,约二里为大红门。门三阙,东、西角门各一,旁立"官员人等至此下马"碑。一里有亭,重檐四出,中立穹碑,云龙龟趺,高约三丈有奇,题曰"大明长陵神功圣德碑"。仁宗制文,叙成祖得位之由,以建文帝为自焚死。碑阴有乾隆五十年御制《哀明陵》七古,三十韵,书刻石上。按,《明汇典》及《野获编》:嘉靖时,欲改成祖谥号,不欲磨砻,命锓木加碑上。万历甲辰,雷震长陵碑,始为重建。宰臣沈一贯疏言:天意示更新之象。不知交警,反以为瑞。是此已非洪熙原立之碑矣。亭隅立盘螭华表四。又三里曰棂星门,门内神道夹侍,石仪三十六对,勋臣、文臣、武臣各四,御马、麒麟、驯象、橐驼、獬豸、狮子各四,蹲立各半,高寻丈,精工绝伦。尽处建盘云石柱二,莫不微有破损,骤观不觉也。逦迤行五里,经五孔、七孔石桥废址,沙土悉已湮没。至道之东西,旧有神厨、神库、行宫及苍松、翠柏千万株,今则尽为禾黍矣。抵长陵宫门,其左亭碑刻顺治十三年命工部修复明陵及置兵守谕旨,分清、汉文,碑阴勒纯庙诗,左阑勒睿庙诗。闻成庙时又复重修,今无碑志年月可考。进重门三道,榜曰"棱恩"。"棱"者,祭而受福之名。"恩"者,罔极之思。此孙退谷之说也。东、西列宝帛亭,其北九间享殿,亦曰棱恩。黄瓦重檐,前、后皆三层白石台,周以雕栏。中作浮龙露陛,左、右阶城,骏奔者所升降也。殿中设宝座、供神牌、香桌,外无他物。至其二十四柱,每周丈有二尺,殊为罕睹。殿后立石坊,离数十武为石案,陈石炉瓶五具。案中有小孔，清泠流出，炎冬不殊，验之果然。案后为宝城，当中白石甬道，凿小齿斜陟而上二十余步，遂分东、西。绕登明楼，若别陵，无中道，上只左、右掖门耳。楼亦重檐四出，中立文石碑。即俗称"子孙玛瑙石"。交龙碑首，镂花方趺，合高丈六尺，广四尺五寸，首篆"大明"二字，中楷书"成祖文皇帝之陵"七字，结体纯用鲁公，顾亭林《昌平山水记》以为隶书，或其误记欤？故事碑填金字，朱漆画栏，今剥落久。来瞻者未及细辨，遂讹传为昌化石。余蓄疑二十年，今幸有缺角石质，可证诸陵皆同，唯逊此之大耳。明楼后雉碟周环者二里，中为土坡，下即地宫，绝顶另封小阜，高约二丈，古柏森罗，犹是旧观。其城外余壤，改植桃、李、梨、柿之属，守者资之，咸谓"春月繁花不异锦城"云。登顶一望，后障屏列，作十三瓣芙蓉状。中峰出脉，连珠起伏者三，以抵宝城，龙盘虎踞，列卫森严。此永乐北都以后，享国二百四十有二年，不得谓非钟毓之一助也。未初东行二里，曰景陵监。前朝内臣所居，今陵户聚处，已变三家村。尖此。此为东峰之麓，景陵在焉。陵与献陵，于诸陵中规制最朴，嘉靖十五年稍事增崇，仍不及寻常园寝。盖宣德在位不过十年，虽废后微行，不无遗憾，而不讳日食，不贺驺虞，不信异端，不亲阉寺，执高煦而存赵王，明农桑而勤庶政，可称盛主。又东南四里，是为永陵神道，前立没字大碑，崇钜可观。陵之左右，外设重垣，规模宏壮。《日下旧闻》载，世宗谓部臣曰："朕陵如是，止乎？"仓卒对曰："外有周垣未筑。"后遂加此。而宝城雉碟，俱用文石，精致壮丽，此皆永陵所独异。其余体制与长陵相仿。惟棱恩门殿重修后，稍狭而朴。明楼上碑书"大明世宗肃皇帝之陵"。日暮，仍借宿于景陵。监陵户言：每岁领小修工费百二十两，春、秋典祀，则祭陵侯至，而牲醴备自州官。夜微月。三鼓下雪，不甚寒。雪月交辉，山光明洁，茅檐久立，爱而忘寝。

十七日(2月6日) 晴。雪已二寸有奇。早行。八里至大峪山下，为神宗之定陵。丽不及长陵，宏不及永陵。据《昌平山水记》谓，殿庑经贼所焚。此是国朝重辑者。其余诸陵大致相同。惟明楼上之碑,诸陵书法,如出一手,大约皆摹仿长陵,沿袭不变。而神道前碑,除长陵外皆没字。恭读纯庙诗注,方知李唐之陵,有先立石而后撰文,间以不合,未及镌石。后世不稽其故,习而行之。今明陵仿此,殊不可解。随从西南绕出山外,约十五里至思陵。陵三门,门内享殿三楹,宝城以矮垣缭之。立青石碑,大书"庄烈愍皇帝之陵",书法近信本。思陵殉社稷,国朝谥"怀宗端皇帝",后改今谥,追隆胜国,典何盛也。门外为世祖碑亭,命大学士金之俊撰文。稍西数十步,则司礼太监王承恩冢,以从死袝也。冢东、西建有顺治三年、十七年赐祭二碑。恭读御制碑文,皆奖该监之孤忠,愧明臣之迎贼。仰见圣天子扶世纲常,特著《春秋》褒贬,不然承恩尽节,何天语之褒嘉,一至再而谆谆已耶?据《肃松录》言:愍帝缢崩,贼以帝与周后梓宫至昌平,时署吏目赵一桂与好义士孙繁祉、白绅、刘汝朴、王政行等十人,捐钱三百四十吊,开鹿马山田妃圹,以妃椁移为帝椁,草草奉安。国朝定鼎后,始修建香殿、群墙,不至荒郊沦没,虽三代开国,不逾是也。又按,《菊隐纪闻》云:明初,有玉鸽十二,飞集燕山,先为十二陵之兆。故庄烈只称攒宫,是一抔之土,数亦难逃,不更可悲哉。由此而西,路甚荦确,行礓砾中。约三十余里,抵居庸下之南口城。《魏书》曰"下口",《北齐书》曰"夏口",皆此。叠岭重峦,蔽亏天日。申刻,止于山店。壁有滇海渔人诗,可称合作。夜月大佳。

　　十八日(2月7日)　阴晴。改乘笋舆,经旧城南、北门遗址。城本跨二山之间,今倾坍几尽,其中烟户亦寥落。稍前则层嶂夹峙,一水中流,溯涧而上。十里名"皇亭子",以乾隆辛未辇跸经此,御题七律,刻石,建碑亭于壁下,遂名。今碑尚卧草间。右壁绝顶,舆夫指有杨六郎系马石,无可考信,土俗流传而已。五里抵居庸下关,亦跨涧筑城,雄峻绝陡,为帝京保障。惜木叶尽脱,维石嶻嵲,不得见其叠翠时耳。入南门,中有过街塔,如谯楼,累石为之,窾其下以通南、北。顶上旧有泰安寺,今废。窾内如城而无门,高可三丈。上层雕华盖五,左右牟尼大像十有四,四旁罗列小佛像千,南北镌天王像四。中下层皆佛经,或番字,或汉字,后题"至正五年乙酉西蜀宝积寺僧成德"十四字,以下剥落不辨,书法近登善,叹赏久之。亭林谓《元史》泰定三年五月,遣指挥使兀都蛮镌西番咒语于居庸崖石,即此。又元葛逻禄迺贤《诗序》言此有"三塔跨于通衢"。又《行国录》引欧阳原功诗,云:"蓟门城头过街塔,一一行人通窦间。"是蓟丘各处亦有之。相传元时五塔,惟此仅存。出北门眺望,未刻回。夜甚寒。

　　十九日(2月8日)　阴寒。巳刻出车。十八里过和硕惇恪亲王园寝。大门内东、西厢廊二,门之左建御制碑亭,正面享殿三楹,后筑半月石台,环陛三层而无栏。坟若覆盂,上砖下石,雕镂花卉,不立碑志。其外周以朱垣,列植翠柏而已。十二里大汤山,山顶立小庙。去庙数十武,曰小汤山,高二十寻,上敕建圣泉寺。其旁汤泉,以石填其半,虑从井者。寺下稍左,岩洞中乡人凿石为龙首,泉随龙口喷出,气蒸蒸然。其下洋圉游鳞,清澈可数。土人引灌稻田,严冬不冰云。半里道经行宫,外则明陵诸峰,环拱其北。适一带围垣倾坍未修,从外敬瞻。右夹道通书房三座,座十五间,其中相隔丹墀,皆以蜒蜿回廊,左右衔接,云楣月牖,乍合乍离。当中榜"澡雪心神"四字,康熙御笔也。其右厢凿石池,则曰新之汤盘也。几席图书,一一严整。壁间张挂悉列圣宸翰,而公卿应制之作,则嵌诸窗棖槅扇。缘康熙五年始营行宫,及嘉庆以后,未经驻跸,故稍颓坏耳。门以外左、右为半亩方池,石栏护之,深八尺,澄碧可鉴,而吹热上腾,勃勃若釜上气,又非圣泉寺所可拟矣。西廊建厢房十间,闻内有小石池,为臣下赐浴处,即《水经注》所谓"湿余水"。追伏流至此者。池旁一泉,相离咫尺,而炎凉迥异。云宫后有园,逦迤土坡,左右修竹。大约循丛篁而入,可以绕登山亭。觉百顷莲池,中环岛屿,参差楼阁,掩映于晴岚、古木之间,益信非人间境矣。以禁地未敢擅入,宫墙外望而已。其温泉流出,接以石渠,为村人浣衣处。又筑浴室,行客可濯,村佣之利也。尖于山店。十里过定郡王园寝,制度同前,而稍宏敞。八里住高丽营,烟村数千家,北方之最蕃庶者。闻此有黍谷山,刘向《别录》以为地美而寒,不生五谷,邹衍居之,吹律而温气至。询诸土人,谓去此四十余里,不能绕道,惜哉。夜月色大佳。

二十日(2月9日)　晴。是日,先太夫人①诞辰,南望炷香叩首。巳刻出车。三十里牛栏山店,尖。山仅平坡,迂回缭曲,可伏兵御敌。宋王沂公《上契丹事》言:顺州至檀州,渐入山,牛栏当其要路,即此。亦名灵迹山。相传仙人骑牛来游,又洞内出金牛,壁间石槽为饮牛池。似属附会。余与厓三同车,凤岐后,久俟不至,将赶站,过小河。三十里羊角庄。又十里日已暮,星光隐隐,荒冢累累,帮套骤忽然跃立,鞭之不动,请余等疾喝始行。又五里车忽左,怪问舆夫,云有车迎面,故避之。仆言亦无异辞,独余等不见。既而言两遇皆鬼也,夜行恒有之。若初遇时喝仍不动,客须下车亲牵,则所向无阻云,此好游者当知之。五里抵三河县之张家庄,无店。漏已二下,道左傍徨,有王叟止而宿焉。见其四子,治馔甚盛。既问:"客何来?"曰:"日下。"曰:"舍名利场而为是栖栖者何?"曰:"作盘山游。"曰:"雅甚。"余问:"岁丰歉?受治贤否?"曰:"勤俭可致小康。今男余粟、女余布,无税可逋,又遑计宰官之贤否耶?"余笑韪之。其殆耕读人家欤?

廿一日(2月10日)　晴。早别主人,遥指二十里外,双峰高耸者,丫②髻山也。其上碧霞元君祠,岁孟夏祈祷者,骈肩叠迹。虽隶

---

①　〔清〕许氏,广东番禺人。为孔继勋之正室、孔广镛之生母、孔广陶之母,通议大夫许赓飏之次女。生于乾隆壬子年十二月二十日,终于道光戊申年(1848)三月廿六日。

②　丫髻山,检北京附近惟有"丫髻山",据后文上有碧霞元君祠,考〔清〕完颜麟庆《鸿雪因缘图记·丫髻进香》:"丫髻山在京城东北一百四十里怀柔县境,双峰高耸,状如童角之丱。其西峰顶有天仙圣母碧霞元君庙,元明以来香火俱盛。我朝重修,宝殿千花,崇墉百雉,尤为壮丽。例以四月十八日致祭。"又〔清〕袁枚《子不语》卷六《孝女》:"丫髻山奉祀碧霞元君,凡王公搢绅,每至四月,无不进香,以鸡鸣时即上殿拈香者为头香。头香必待大富贵家,庶人无敢僭越。"日记刻"丫"为"了","了"当为形近之误。

怀柔，而实近畿福地，上亦数临幸。或遣使降香山下，四里建行宫焉。余闻天启间，巡按倪文焕请筑魏阉崇功祠于顶，未成而败。兹山亦幸不辱。车出，将由马房，而为歧路所误，绕平谷县东郊，四十里始至段家岭，尖。探问凤岐来车，杳不可知，意必还辕京师矣。二十里望蓟州，城颇雄伟，本春秋山戎无终子国。其北层峦耸峙，古之无终山也，今呼翁同山。《州志》以为空同。竹垞《日下旧闻》以岷、原、肃、汝、蓟、赣六州，皆有崆峒山。黄帝都于涿，去蓟不远。且陈子昂《蓟丘览古》诗有"尚思广成子，遗迹白云隈"句，定此为黄帝问道处，语或近是。又《搜神记》：阳雍伯葬亲于无终山，设义浆以饮行者，后有人与石子，令种之，可生玉，兼得美配。故旁县亦名曰玉田。余未及往游，为诗纪之。夜宿邦均店。

　　廿二日（2月11日） 晴。早起。望盘山，大概高二千仞，周百余里。北面诸峰，林立如削，惟南面可登。东、西群峦弯抱，下辟平畴，若仅外观，则崎嵚陡峭，势欲摩天，不知外骨中肤，别抱奇趣。按，《盘山旧志》：本名四正山。又《云山集》：齐有田盘先生，栖迟于此，因名田盘山。又《三国志·田畴传》谓：其隐于徐无山。皆即此山耳。游者须分左、右两路，左曰西山，三盘在焉，右曰东山，翠屏、剑台在焉。其实山顶亦崎径相接。余车先投西山，约二十里抵其下。仰观楼阁倚天，叠松幂历，垒文石为垣。自顶至麓，周环二十余里，所谓下盘行宫也。其外村居鳞次，旧名乱石庄，驾幸时赐改曰玉石。《山海经》注：燕山多婴石，有符采婴带，所谓燕石也，宋之愚人藏之以为玉。殆谓此欤？遂登小坡之山庵。天成寺所分者。僧云此无下榻处，盍先访东山天成寺，可以恣游。令山童导，复沿麓自西而东。约十二里抵莲花岭，一斜坡耳。巨石丛杂，中辟大道，之折上，约三里，卸车于山寮，名"莲花池"，亦天成下院也。有泉涌出，成方丈池，虽冬不冰。由此策杖升，则寒绿障空，青峰夹径。迤逦人，莫不岩谷深邃，奇石交错，或方或圆，如凿如削。而松之悬崖侧涧者，卷面盘攫，若怒龙，作欲迎欲拒状。飞帛涧、迎风沟二瀑分挂壁上，与东来之青沟水汇合，夭矫绕石而去。倘春、夏交，泉未冰结，飞流喷激，众山皆响。且山多桃、杏，恰繁花盛开时，虽南台锦绣，何多让也。约陟磴道三里许，迎面层壁削立，古翠纷披，所谓翠屏峰也。天成寺倚其下。度跨涧石梁，有孤松，偃若张盖，因抚之而盘桓。然后登寺，之江山一览阁，御题榜已不存。推窗纵眺，靡不历历在目，觉顷历之山，遥峙如阙，寺藏深谷中。而白雪之涧，碧松之阴，遇之自天，妙不自寻。王猴山谓此为山之曲室，殆非人间，岂欺我哉？老僧微真上人款留于阁之左厢。其后佛殿二，禅室三四楹，西偏之润绿轩亦留客处。又西建浮屠十二层，称古佛舍利塔，不知所始。乾隆御制碑及明时碑载，辽天庆间与明如芳僧两重修之。如芳刺血书经七载，始遂所愿，发塔二级，已睹舍利二千余颗，时白光如桥，烛天竟日，其异若此。稍右有唐普化和尚塔基，辽、金断石幢二。故疑寺创自唐，而辽时改称天成福善寺云。午素餐毕，乘笋舆，从天成左溯涧，盘折而上。山势稍拓，路益折，境益幽。一里舆夫指道左盘龙松以告，苍古与五台之石嘴武庙同。闻盘龙松原在法藏寺，岂彼经化去而加名于此欤？半里有石碑，朱书"神牛之墓"。怪问之，云："寺昔有牛，能负僧粮往返，不事牧人。老毙，遂瘗此。"半里一怪石状屋，两古松生罅，中不着土壤，偃蹇攫拏，若互争雄长，余欲以双龙松目之。三里越浮青、欢喜二岭，抵敕修万松寺，巍然倚天半，规模大于天成。前有仙人桥、橐驼石，颇克肖。寺旧名卫公庵，仁庙易之。山门上架阁四楹，御屏宝座尚在。赐额曰"盘阿精舍"，佛殿榜曰"乐天真"，曰"慈育万物"，悉御书也。旁筑小室，以祀卫公。其左即明建大悲庵遗址。茶罢，循寺后上，积雪满山，无径可寻。扳松条，抚危石，二里始造峰顶，为舞剑台。昔贞观十九年，帝征高丽，幸盘山，药师以元老扈从登此，拔剑起舞，遂得名，亦英雄故迹也。平石上卧刻两行曰："李从简曾游李靖舞剑台"十字。从简亦唐人，字大七、八寸，已经漫灭，欲步后尘者，以石坚不可凿云。伫望间，其北两峰并峙如丫角，于此可俯而提者，双峰也。峰腰重峦禅院为尉迟敬德监造，今唐碣无存，已易名双峰寺矣。正东孤峰独尊,其上定光塔。穿入云际者,上盘之挂月峰也。遥遥瞻仰,不觉神往。须臾下山,朔风寒甚。智鼎诗云"万松雪后见,冷翠袭人衣",我当借咏。夜与微公谈,其人雅而真率,且能书,足不履城市十有五年矣。

廿三日(2月12日) 晴。将游三盘。早馔毕,仍从天成左上。半里穿石罅,始折向东北。山陡而雪滑,笋舆折旋,俯仰于石棱、树杪之间。如是者三里曰东甘涧,道旁石洞黝深不测。舆夫言:"昔神虎藏此,能防盗而啖犬,以故诸刹向不畜犬。今则否,然日暮亦须慎于行。"忽而狂飙骤卷,响振林木,如闻山君长啸声。噫!异矣。又陟三里,路北则青沟禅院,旧名盘谷寺,康熙间释智朴创。时缁流毕集,开戒坛、辑山志,与王新城、朱秀水、宋商丘辈题唱,一时之盛。内有漱水泉、杏花阪、龙首岩诸胜,转瞬百年,而殿破僧残,零落已甚。然其环两山之间,泉甘土肥,草木丛茂,则犹是也。前人以盘山亦在太行之阳,多疑昌黎文《送李愿归盘谷》即此。自纯庙命豫抚访之济源,遗迹在彼,知此为非①。三里经将军石。一里少歇于紫盖峰顶。峰当盘山之中,诸刹自此发脉。其右俯瞰危崖,上方寺在焉,即唐僧道宗结茅之所。崖前怪石,若粘空立者,悬空石也。左盼一峰,峭险万状,所谓六王砦,相传燕太子会六国谋秦处。紫盖之北,与挂月峰接麓,其中山脊忽低伏,狭不盈丈,猱升蚁附而后过。仰视挂月之半,矾石中隐现法像三,中为牟尼,左、右菩萨,高皆数寻。必凝神久视,而后克肖,不识较先师台之仙人影石何如耳。半里过桃源洞。此后之折登者三十余盘,始抵峰颠之云罩寺,是为上盘。觉身立碧虚,上诉真宰,岂十丈软红所易到耶?据沈文恪公荃碑,以其山峻云生,触石润

---

① 〔清〕乾隆《济源盘谷考证》:"然无以证其实,终属疑似,且不知济源之果有盘谷否也。因命豫抚阿思哈亲至其地访焉……于是憬然悟曰:盘谷实在济源,而不在田盘,予向之假借用之者,误也。岂惟予误,蒋溥等之辑《盘山志》,二三其说而未归一是者,非不明于学,则有所盲从,亦误也。"

础,从下视之,不知寺之为云,云之为寺,故曰云罩,亦创于唐。相传宝积禅师卓锡地。旧曰降龙,云罩则万历时赐名也。花宫宝地,井井可观,列圣省方登此,御笔常新。余询及定光佛塔神灯,僧言塔乃宝积弟子道宗所建,中藏戒珠十六颗,佛牙一具。每除夜有千万灯,自通州孤山塔来朝,旋过蓟之西南独乐寺而散,或以为舍利之光,不可知也。茶话良久,沙弥引出。西南隅仰视峰尖,上锐下削,梯磴作旋螺上,约三十仞而至挂月之绝顶,亦即田盘之绝顶也。浮屠十一层,天风乍来,若相容与,不觉惊而却步。稍后数武,小室三楹,四周缭以短垣,自来峰横护其后,盖即黄龙殿之遗址欤?是时风日澄霁,四无障碍,俯视千里,纡白缭青。所谓北负长城,南距沧溟,东则山海碣石,西则雁代太行,无不一一若指诸掌间。遂索得退笔,分书二十四字于塔下石台,嘱僧人镌之。同治庚午十二月,南海苏学宗、孔广陶从京师来游,题名塔下。复回云罩。午尖,然后从东路沿涧而下,磴道极夷。山翠映人襟袂,舆中顾盼,应接不暇。俯视有废兰若,在紫盖、莲花、毗卢三峰之间。舆夫曰:"此古中盘也。"再下约七里,将抵中盘,则又岑岩环抱,洞壑邃密于紫盖。峰腹怪石巉岏,寺踞其上,觉娟娟群松,下有漪流,飞宇涂丹,虚廊敞碧,如坐五色金莲之中,是为少林寺。其东多宝佛塔,高二百尺,遥峙云表。其后有鸟道通,顷所望之古中盘。僧先导随喜,寺稍颓坏,旁有座落,仅余基址耳。按,寺初创于晋,北魏名曰法兴,至元时道士占之,改栖云观。未几复为少林。数百年间释而道、道而释矣。沿径道渐出下盘,仰瞻峭壁,有宸翰题"万象回薄"四大字。若蟒石之东,所称金人带川旧题"盘山古迹",与历代留题多半苔封藓蚀,不尽可识。舆夫相促,急行。五里经行宫之右。循麓又十二里返天成寺。已星光照人,下盘须俟诘朝游。是夕山蔬精洁,既多且旨,与厪三共酌大斝。兴方酣,忽喧扣禅关,报凤岐与招祖庚至,不觉狂喜惊咤,岂第一等奇探,断不肯让我二人独擅耶?询失路之由,知其绕至顺义,止于石宝田大令署,再约祖庚为侣。畅谈至三鼓睡。

廿四日(2月13日)　晴。早起，谈盘山之胜。前人谓上盘松、中盘石、下盘水，而未及翠屏峰，岂时变而境亦迁耶？康熙间，盘山之松一灾于野火，一灾于天蚕，一灾于淫雨。于是樵苏相继，不可禁御，化去者殆以万计。今上、中已少百年上物，惟下盘地近行宫，苍翠如故。若云甲三盘之胜，宜隐者所盘旋，舍翠屏其谁属哉？因分书"盘山第一洞天"六大字，勒天成下道左巨石，以纪斯游，不识后之来者以为何如？微公曰："子不游下盘，诚憾事。虽幽邃处为行宫所囿，不得擅入，然其余胜概可得外观。"饭毕，与众下山。微公送至石梁而止，余亦不敢令远公之过虎溪也。登车过下盘，守宫旗员为张、李二姓，相引宫墙外。望此间松石，实甲三盘，而三盘之水又总汇于宫中。水与石确声彻十数里，泻出宫墙者，奔流澎湃，严冬不冰，故纯庙所以制《千尺雪记》也。旗员云：宫中引水为池、为沼、为涧、为叠泉、为湖渚，亭台相间。不能身历，而遥望亦如张天然图画矣。敬考"御定内八景"，曰：静寄山庄、太古云岚、层峦飞翠、清虚玉宇、镜圆常照、众音松吹、四面芙蓉、贞观遗迹。盖指唐太宗征高丽过此眼甲，今存眼甲石而言之。又定"外八景"，曰：天成寺、万松寺、舞剑台、盘谷寺、云罩寺、紫盖峰、千像寺、浮石舫。并制《静寄山庄十六景记》，创自乾隆十九年。殆敬援避暑山庄之例，凡谒东陵归途经此，万几之暇，为颐神胜地。而内有所谓买卖街、观稼田者，欲使稼穑艰难、民之情伪尽知之。是圣天子一游一豫，皆见法祖爱民之意云。土人欲导至行宫东之千像寺，即唐之祐唐寺，以观摇动石。余思盘山石每多平顶锐足，自可类推，今而后亦称观止。因与凤岐作别。白香山所云"难随旧伴游"也。下山，二十里仍宿邦均店。五鼓刮风。

廿五日(2月14日)　晴。仍风。三十里段家岭。二十里三河县。三十里夏店，尖，地颇富庶。二十里燕郊。二十里渡河，入通州北门，宿于西门内。

廿六日(2月15日)　晴。未刻入东便门，回京寓。

廿七日(2月16日)　晴。闻厂肆有《陈检讨填词图》出售，急往索观,少资眼福。

　　廿八日(**2 月 17 日**)　晴。买书。

　　廿九日(**2 月 18 日**)　晴。午往辞岁。蓉生①盛馔相邀作团年局,惟孤客者得预焉。

---

　　① 〔清〕朱一新,字鼎甫,号蓉生,浙江义乌人。肄业诂经精舍。同治九年举人,光绪二年进士。《(宣统)番禺县续志》有载。也即孔广陶与朱氏同一年在北京参加了科举考试,朱氏中举而孔氏落第。

同治十年(1871)辛未日记

鸿爪前游记卷之三

（直隶 山东）

正月初一日(2月19日) 元旦,晴好。

初二日(2月20日) 晴。

初三日(2月21日) 晴。集松筠庵,与蓉生祖饯,口占赠行,有"昔经久别今仍别,我为山游君宦游"句。此庵本杨椒山先生故宅,今为祠祀之。左偏数楹,轩窗明洁,花石萧疏。壁间嵌先生疏草二,摹勒精妙,为斯祠不可少者。庵主心泉上人出晤,颇风雅,好藏弄,与谈晋唐石刻,亹亹不倦。

初四日(2月22日) 晴。

初五日(2月23日) 晴。连日贺岁、辞行,将为五岳游。

初六日(2月24日) 晴。勉赴公饯一局,余悉力辞,酒食之会,余实苦之。是日偶得宋拓《青华阁帖》第三卷,姚姬传先生藏本,颇称罕物。

初七日(2月25日) 晴。白喇嘛以西藏红花、大藏香见贻。

初八日(2月26日) 晴。

初九日(2月27日) 晴。饭后检所收书籍,分装三十捆,约九万余卷。暂贮邑馆,托友人俟开冻后,交夹板船寄粤。吾家自先大父、先太史收藏,历三世,卷几十万,中间兵燹蠹蚀,散逸过半。咸丰甲寅后,随时补辑,又添至十二三万卷。今更得此,不独稍还旧观而已。虽然,保护不易,自古已然,就如王元美、叶文庄、项墨林、钱虞山、范尧卿、毛子晋,以递钱遵王、朱竹垞、鲍以文、何义门[①],无虑数十百家。惟天一阁三百五十年来,今遭半劫。闻范氏言发逆乱后仅存一半。非神物呵护,曷能若此?况扬州、镇江、钱塘之三阁,库书多经散佚。是吉光片羽,自当加意搜罗,愿有心人其共体此意,而鄙人固不足道也。午友人约至琉璃厂火神庙一游。凡珠玉、玩器、书籍、字画,五光十色,真赝杂陈,应接不暇。庙中自元旦后起,半月为期,谓之庙集,相沿已久。惟士与女毂击肩摩,足睹春明之盛。

初十日(2月28日) 晴。送行者纷至。绂庭世叔[②]为言李年丈恩庆人极高致,中年弃官,归于盘山之下筑室,隐居读书。先岁已归道山,而三子耕读不辍,犹有父风。予知恨晚,未及造访,其或尚有后缘耶?又闻陕甘回匪有大股投诚者。

十一日(3月1日) 晴。托贮衣物。俟回京再由海道南还也。

十二日(3月2日) 晴。拟明日出京,自燕、赵、齐、鲁过大梁,遵黄河而西入秦中,又西北至于太原,然后出雁代,历九边,五岳可睹其四。倘天假缘,还粤之暇,更历东南诸胜,乃归耕课子。庶几行万里、读万卷,又何必区区于循吏、名臣传中想位置耶?

十三日(3月3日) 晴暖。至邑馆与诸君作别。未刻束装毕,遂行。斯游一车、两马、二仆及书帖二篚而已。五里出南西门。三里南海子,周垣一万九千二百八十丈,辟九门。大阅设御营帐殿于晾鹰台,为列圣讲武之所。有海户千六百人,给耕其中,以余壤放牧禽兽,种植蔬果,即元时之飞放泊也。相传西北隅,每清明蚁集成八尺丘,竟日而散。土人呼曰蚂蚁冢。海子水自并州浑河别源,东径昌平、沙

---

① 即:〔明〕王世贞、〔明〕叶盛、〔明〕项元汴、〔明〕钱谦益、〔明〕范钦、〔明〕毛晋、〔清〕钱曾、〔清〕朱彝尊、〔清〕鲍廷博、〔清〕何焯诸人。

② 〔清〕潘曾绶,初名曾鉴,字绂庭,江苏苏州人。为潘世恩之子、潘祖荫之父。道光二十年举人,官内阁侍读。《晚晴簃诗汇》有载。

涧,又东南经高梁店注此。登坡遥望,枯草平畴,想春冰未泮,不复见汪洋浩瀚耶。时神机营兵分驻操演。行四十里,酉初抵黄村镇。尚大兴县属,店多洁。有浙西吟梅女史三绝,及无名氏《高阳台》词题壁,颇工。夜月大佳。

　　十四日(3月4日)　晴。卯起,是为生慈梁太淑人①忌日。旅馆萍踪,未能丰祭,只南望炷香叩首。回思弃养十有一年,昔则膝下,未顷刻离,今则浪游,靡定有方,训可复闻乎?廿五里庞各庄,宛平县界,大站也。七里旧州营。十八里榆垡,汛司厅驻此,民物亦繁。午正尖毕。十二里过永定河,固安县界。河自宣化之保安州来,经卢沟、良乡至此。一水东去,由永清、东安出天津,一水南下霸州。圣祖巡视,以河势高比穹檐,遂命筑堤,至西沽止,亘护千里。今两岸埽料堆积,备不虞也。时未开冻,河兵摆渡,藉高粱浮土,令驰者如康庄。惟官车不讨赏。若夏、秋交,势亚黄流,舟子殊未易济云。五里县治。汉至后魏,皆名方城。昔张茂先载书三十乘徙焉,称天下奇秘荟聚。不知今兹弹丸芜瘠,有能振起斯文者否?三十三里住曲沟镇,各以彩布四幅,大书吉语,横系官道。晚悬明灯,称祝上元。想都下鳌山人海,金吾禁弛。惜未及与诸君子踏月嬉游,良亦一憾。

　　十五日(3月5日)　晴。上元节。十四里礼上村。四里沙河口,村堡围裹,居人繁殖。四里过新城县东偏,保定府属。自出都南行,今马首渐西。四里公井营,亦大站。三里南宫敬村。三里兴隆庄。八里孔家马头。尖。本洙、泗分流,百丁有奇。有庆波者,以拔贡生现官汴令,居停,执礼甚恭。足征我圣裔天下一家,易地皆然。五里孙村。五里东照村,前即雄县界。四里许家庄。六里王家台。廿里县治,南城濠艨艟如织。上游即白沟河,为宋、辽分界。张叔夜

---

　　①　〔清〕梁氏,广东南海人。为孔继勋之侧室,孔广陶之生母。生于嘉庆辛未年四月初五日,终于咸丰辛酉年正月十四。覃恩诰封太宜人,覃恩貤赠太淑人。《(同治)南海罗格房孔氏家谱》有载。

从二帝北,扼吭死处。南行十三里,曰十里铺,约百余户。二里曰赵北口,约二百户。是日宿此。此为河间任丘县属,前接长堤十余里,遥对雄县,可直抵鄚州。堤立"燕南赵北"坊。《后汉书》:公孙瓒破幽州,童谣云:"燕南垂,赵北际,中央不合大如砺,惟有此中可避世。"坊名本此。堤左、右烟水微茫,绿杨掩映,故乡风景,触目如绘。先太史过此,有"斜日一堤多饮马,绿波双桨半垂杨"句云。按,石晋割燕云十六州赂契丹,周世宗北征,复取益津、淤口、瓦桥为三关,以备边。今雄县即古之雄州瓦桥关也。太平兴国五年,宋太宗自将,御契丹于此。向以三关必凭山河之险,讵平野极目。咸平中,何承矩来守,因雄、鄚间九十九淀,东、西潴水约数百里,遍植蓼花,与僚佐唱和于爱景楼,而敌竟不知。其经由塘泊,以限戎马。藩篱之设,居然天险矣。其水溯自滹沱、易白而来。今瓜皮百十,环泊渔村,人立夕阳,诗心缥缈。夜乡人烧花,灯月交辉,妇孺毕集,古朴而兴闹,熙穰之象,信亦可乐。

十六日(3月6日)　晴。早遵彼大堤,春风狂甚,迎面不寒。远水渺渺,铜钲倒射,缓辔纵览,殊恨马蹄之疾。三里城西村,去虞丘台址不远,为汉吾丘寿王读书处。稍折东南,则鄚州故城,所称古高阳氏颛顼之墟也,今属任丘。大镇。女墙遗址,尚可仿佛,榷场数里,周以短垣。岁四月朔,四方珍货辐辏,一月始散。相传鄚州会为天下之大集云。城南坡立碑二。欲访扁鹊、蔺相如遗迹,急趋视之,则为明天宁寺基也。询土人,莫有知者,惟长桑君存遗庙耳。廿里香城铺。五里黄家铺。十五里抵任丘治郭北,过明尚书郭乾墓。国朝子孙祔葬,簪缨者多,故墓前松柏,至今尚郁郁。稍西,高冢巍然,碑书"汉任将军墓",旁字漫漶不辨。邢子颙《三郡记》:汉元始二年,巡海使中郎将任丘筑此城,以防海口,因以为名。而《汉书》无其人,只任光封阿陵侯。今县东北亦有任光墓。汉时应有两任将军,史阙之耶?尖毕南行,十三里关张铺。七里石门,路旁碑书"先贤仲夫子宿处",乾隆八年知任丘县朱煐题。有庙,制度朴狭,奉仲子冕服像,面深黑俨。

世俗塑之阎罗状，究不知何本。旁配齐国隐士晨门之位。按，河间，春秋时本兖齐及晋东阳地。阎潜丘《地理考》云：或以石门齐地即隐公〔五〕〔三〕年齐、郑会处，非也，乃鲁城外郭门耳。又孔尚任以为曲阜石门山前。人皆辨其非是，是石门尚无的据。十里新中驿道，旁悉广居大店，发逆后零落九空。五里河间县界。五里曰三十里铺，一名崇德屯。有分书"西汉博士毛公苌讲经处"碑，西坡祠甚壮丽。《金史·地理志》称：河间有君子馆遗址。诸碑引证，谓即在此。遗像须眉雪皓，道貌蔼然。康熙丁卯，太守程汲飞白大书"六义宗工"四字榜之。东为毛公垒，藏衣冠处。志书误以为毛精垒者，此也。七里蒲禾屯。又三里曰二十里铺，投店。月下童叟持花灯，乐导杂剧，沿门歌舞，其声激越，尚见燕歌之遗。

　　十七日(3月7日)　晴暖。十里于家万。七里城上村。三里河间府城。有官道。从西郊向商家林较近，余欲访古，因穿城出。南门高塔遥峙，城周约十里。少休于南郊古刹。有明碑，云"河间，古渤海郡。"南际大河，北邻幽、朔，右太行而左沧海。虽牵涉太远，而形势则然。此地即唐瀛海驿。寺僧言：城东南大觉寺高处本瀛台旧址，尚可远眺云。五里进头店。亦曰真福店。五里龙花店，西与肃宁县分界。五里邵洪铺。五里尖商家林，献县属土产天鹅毛、白草帽，山游必需，以青蚨三百购之。十八里臧家桥，亦曰通济。石梁廿余丈，跨滹沱，水势壮阔。今桥废，易以小木杓。相传萧王为王郎兵追至乏舟，王霸诡言冰坚可渡处。十里献县治，南城外有献王庙，殊隘，倩导至王墓。东去十三里，丘垤下碑题"汉河间献王陵"。陵上则遗庙崔巍，以毛、贯二公配祀。毛苌为王博士，治三百篇，一以授同国贯长卿，递传解延年、徐敖、陈侠，故今仍称毛诗。后以短垣周陵，陵穿狐穴十余。守者云：数年前，初旭正照，有一孔隐隐可见地宫云。今存隆庆四年一碑及国朝重修四碑。王名德，景帝子也，嗣爵至王莽时。修学好古，实事求是，传经籍于秦火之余，先圣遗绪藉以不坠。去此数十里，尚存子孙百余户。岁时奉祀，血食至今不绝云。归途遥望，城北高楼，下绕群屋，乃洋人传教,聚男女五百余人。步月回南关店,有诗。

　　十八日(3月8日)　晴。大风。导者谓东南古长城基上有蒙恬二碑,因望晓雾中,隐若雉堞,余疑焉,遂冲风访之。一为明时八蜡庙碑,一为雍正间有司《劝耕文》,不觉大噱。然以遗址考之,汉文帝立赵幽王子辟疆为河间王,治乐城,应在此间,亦汉故城耳。东望十里,外有一山,导者曰:"此名'建成'。"余按《史记》意,必建成侯曹参所封邑也。南去十里单家桥,又名五节。正德间流贼掠五女,死节桥下,故名。十五里马家铺。十五里富庄驿,尖。过此入交河县界。滹沱、高河二水至此合流,县所由名。廿里新店。十里刘麟店。考伪齐刘豫子名麟,豫阜城人,此或其遗址欤?有望海寺,以下又为阜城县属。沙土淤积,河成坦道,隐露石梁。缘此水近聚府城南,故下游遂涸。北方沙松流急,倏忽变迁,往往如是。九河故道,后儒附会,穿凿求之,其说能尽信乎?十里县治。《广舆记》载嵇叔夜遇异人于华阳亭,传《广陵散》处。而《晋书·本传》则云游于洛西。廿里住漫河镇。道旁官柳间有新荑,若游齐鲁而南,自可作依依想。

　　十九日(3月9日)　晴暖。十里香河屯。廿里景州,汉周亚夫封條侯于此。《地理志》作"脩",《晋志》作"蓨",服虔曰:"'脩'音'條'"。《水经注》:清河又东北,经修国故城东。周亚夫侯国,世谓之北修城,元时始改景州。今城西五里,亚夫墓尚存。若细柳营自在长安,《广舆记》误入此殊谬。昔年清河决,城外皆巨浸,至今尚成水国。由东北遵水滨行,迂路十余里,乃进西门。过开福寺,极宏丽,宋宣和碑剥蚀不可句。《志》以为洪武间建殊失考。殿前浮屠十三层,隋文帝建,应与京师天宁寺塔同时,而此尚可升。余直造其巅,荆公所谓"不畏浮云遮望眼,自缘身在最高层"也。城东即董子祠,入瞻,遗像剥落已甚。有仁庙御书"阐道醇儒"及长白阿清"文献可征"二额。至康熙御碑与至元碑,则毁缺不成字。左倚女墙,一台高耸。登台之阁,而乾隆御碑又面墙不可读。考董祠旧在东南广川镇,元县尹吕思诚移此,筑台,仍曰广川,以宴僚佐,或即此。今开福相去仅数百武,兴衰迥异，良足深慨。因题祠壁一律，有"神武有君奇亦数，天人如子过堪悲"句。午正尖于南门。其西北廿余里有董学村，即下帷读书处。郊南道旁屹立二石，一书"汉儒董子仲舒故里"，一书"唐贾阆仙祭诗处"。乃同治甲子，知州皖松石元善题此，君想非俗吏。按，阆仙范阳人，岁除取所作诗，酒脯祭之，曰："劳吾精神，以是为补。"其初祝发于云盖寺，遗址在今西南贾岛村，墓葬房山。谓祭诗于此，亦想当然，留存佳话耳。二十里北刘智庙，十八里南刘智庙，皆祀东岳。古名刘智社，为直隶、山东分界，各立庙以别之。庙外四至石碑，曰"北至景州""南至德州""东至吴桥""西至故城"，固通衢也。十八里抵德州，即山东济南府属。城北门建"九达通衢"坊，州人士以不利科名，于是门设常关，辟小西门以便出入。寓马市街店。运河绕州城之西，亦曰卫河，汉屯氏河也。凡东省江南漕粮，皆由此达畿辅，地因以富。今河冰将解，数十里云帆如织，利涉之功，可千里直溯也。

二十日（3月10日） 晴暖。廿里谭家铺。十里黄河涯。二里赵家庄，烟户颇繁。八里窝高铺。二里张家庄。三里李家桥，接平原县境。五里曲陆铺，尖。醉吟题壁，有"且把轻裘换新酿，醉拖春色过平原"句。西去有马颊河。《尔雅》释为九河之一。《吕氏春秋》谓：钜鹿之北分为九河，合为一河而入海，齐桓塞九河以广田居。汉世既决金堤，议者欲求故迹而穿之，未知所是。《志》以为唐时导水入笃马河故名，非禹迹也。土人又呼曰宋王河，赵宋都汴，濬此运粮云。十五里老公村。十五里抵县治，荒凉若小村落。战国时并入赵，封公子胜食邑，无故迹可寻。唐颜文忠公来守时，增陴浚湟，选兵储廪。及安禄山陷河朔二十四郡，公遂首倡义举于此，河北诸州县恃为长城焉。明孝宗弘治十五年，始建公祠于东城邑衙之左。塑像丰裁峻整，凛凛如生，不自觉望尘下拜。庭前榜曰"浩然正气"，檐壁嵌万历彭友直楷书一绝。阶下分立四碑，一为万历十八年邢侗撰书《鲁公祠堂碑》。行楷。一为廿八年东莱任翀书文丞相《过平原歌》。行草。一为沈应奎题公祠《歌并序》。楷书。一为乾隆三十九年重修碑。分书。皆佳。
廿里住廿里铺。自入山东境,路见土人左衽者不少,此皆污习,膺民
社者所当亟禁者也。

廿一日(3月11日)　晴暖。五里翻车,收拾片刻。廿五里黎吉
寨,平原、禹城两县分治,不仅千室之邑,几于大都偶国矣。十里刘北
店。五里曰十里坊。六里禹城桥。亦大站。过徒骇河,是九河之一。
西望土坡,古名具丘,相传神禹治河,筑此望水,为小庙祀焉。四里入
西门,谒禹王庙,有前明及国朝四碑,不知庙所自始。尖毕出南门。
八里马店村,有童子六、七人,竭泽而渔,麦陇上妇人提筐掇菜,三五
为群,觉《卷耳》怀人之诗宛然在目。十二里常家店。十里黄家铺。
十五里晏城镇住,是齐河县界,即晏平仲采邑。旧有金华寺,本其宅
址,遗井甘且洌云。自德州后,凡店唱曲妓如膻蝇,挥不可去,亦"女
闾三百"之遗风欤?

廿二日(3月12日)　晴暖。东南望青齐泰兖诸山,巍峨绵亘数
百里,不觉身未到而神已先。官路积潦,稍为迂道。五里卫家庄。八
里杨家庄。一路土膏初润,麦苗青葱。燕赵渐趋而下,得春气先,汲
者改用短绠为可证也。十二里县治。即春秋时之祝阿,绕郭自北而
东,离不百步为齐河,堤高较城半。嘉靖间石梁成,南北通车马,名大
清桥,今圮,余数孔。须卸车唤渡,但黄流奔激澎湃,神为懰然。尖于
河东店。摆渡人役从县雇充,凡商贾过,必由车夫包送,否则讹索不堪。若官
车,例给大钱五百,指挥如意,如有前站来导者,赏大钱五十足矣。按,齐河初
名大清河,古济水,故道自汴省兰阳河决,灌黄入清,始穿曹州,历济
南渐东,经青城、蒲台、利津,出牡砺口入海。今易名曰"新黄河"者,
此也。盖北宋至今七百余年,河复转徙而北,为古今一大变更。若黄
水故道,本从兰阳、仪封、考城、虞城过丰、沛、萧、砀四邑,出徐州、宿
迁、淮安,至安东入海,今则名曰"淤黄河"云。尖毕。十五里黎马庄,
交历城县界。县为省会首邑,以城南历山而名。曾南丰谓:山即舜耕
处。郑康成以为在河东。一里饮马桥,土人谓明燕王故迹。十五里老

退庄。六里抵会垣,西关有外土围,俗呼子城。《史记》:晋平公伐齐战历下,汉韩信袭破齐历下军,皆此地。稍前为新城之西门,发逆乱后添筑,以护西偏者。遂沿城西南,先访趵突泉。抵吕真人观,外悬"趵突泉"额。门西偏立湖石,高约五尺余。碑记云:泉自王屋山伏流,经泰岱至此。二门内方池夹道,若泮水。东、西翼以钟鼓楼,北建黄琉璃瓦亭二,中方而左圆,分勒仁庙、纯庙御诗碑。右蠢湖石寻丈,东坡谓"仇池玉色自璁珑"者,仿佛近之。再北绮榭三楹,夹以轩廊,榭悬纯庙三额,曰"源清流洁",曰"激湍",曰"润物"。又北则纯阳殿,殿前方池一亩,雕栏护之。俯瞰渊渟,游鳞可数。有三窟,相去咫尺间,汹汹然,磕磕然,各迸晶球,跃出水际五、六寸。能勿大喜若狂?恨不舒猿臂以盈我一掬耳。明张钦飞白书"观澜"二字,嵌于池西。字径三尺余。今建小亭,其上又有碑三,曰"趵突",明都御史天水胡缵宗书;曰"我爱其清"、曰"第一泉",则国朝长白福醇、历城钟霖所题。池之东过"蓬山旧迹"坊,度石梁,转诣正殿。右旁复构亭以奉石像,榜为"云中仙表"。其左曲廊、斗室,悉入幽赏。殿北文昌阁,东廊供明李对山中丞像,阶下石刻椒山先生"铁肩担道义,辣手著文章"十字。字径六寸。精光耿耿,气象万千,乃从大明湖移贮此者。若留题之作,自前明王伯安至国初诸老,殆百余石,转恐碧纱之笼不尽也。周览毕,于池西瀹泉试茗。日落始升车,投新西门内之大花店。

廿三日(3月13日) 晴。巳刻,入内城。城周十二里,门四,东曰齐川,西曰泺源,南曰历山,北曰会波,北为水门故名。余入由泺源。明建文时,参政铁忠定公铉守御,绐燕王入,遽下铁板,几中而死,即此。诣舜祠,祠极崇峻,惜庭芜不薙,匠作纷集,岂犹是茅茨土阶、工执艺事时耶? 阶下明碑三。东庑有泉,曰杜康。相传中(冷)〔泠〕、慧泉升重廿四铢,此仅轻一铢,汲酿最佳。"何以解忧,惟有杜康",老瞒之见赏久矣。今已秽浊。余题壁句云"工缘古帝羞淫巧,酒为奸雄雅擅名。"随晤潘莲舫鸿少①，时督学此邦，阔别十年，快谈半日。虽故人邀留情重，奈游兴莫遏，遂匆匆揖别。其署居大明湖东南。北向。嘉靖间即至道书院改建，引水入衙斋，绕砌分流，点缀花石。其后高阁四敞，湖光山色，容与于几案间。前任冯展云宫詹②以《衙斋八景诗》镌石嵌壁间。"欲问君王乞镜湖"，何妨作贺监想也？既回寓，饭毕更衣，携笔砚，再趋湖南。盖湖踞会垣西北隅，周可数里。水发源于泺，兼聚城中诸泉，而出会波门。中无杂树，多植杨柳，曲汀浅渚，散布亭榭。女墙下三、五渔村，湖境居人税以种藕。仍虚道以便游船。五、六月间绿锦红云，弥漫无际，真是荷花世界，不知较钱塘、颍水何如？而柯丹丘已许"济南山水似江南"矣。先度南岸之鹊华桥，即古之百花洲，小筑三楹，中建纯庙题桥诗碑，联曰："沧浪之清兮，近悦远来，是知津矣；天地之大也，鸢飞鱼跃，得其所哉。"阶下环泊绿篷朱槛湖船十余，随意坐其一。柔橹轻摇，碧波微皱。回望东南，万家春树，其外历山、函山、鲍山、大佛山，皆泰岱孙枝，连绵耸秀，环若翠屏，影入湖中。真是景当佳处，任船迟也。须臾抵历下亭，舣棹③古柳下。趋过御诗碑，始见院落，门联云："海右此亭古，济南名士多。"浣花《陪李北海宴》句，何子贞太史绍基书之。扣关入，循苔砌曲折而登，亭八角飞檐，甚壮丽。榜为御书，下立《东巡御诗碑》。太史集《禊帖》联曰："山左有古水亭，坐揽一带幽齐之盛；大清当今万岁，时为九年己未重修。"又萧太守培元集《四书》联云："大哉圣人之道，知乐水，仁乐山，上下与天地同流，博也，厚也，高也，明也，悠也，久也；於乎前王不忘，春省耕，秋省敛，游豫为诸侯度，劳之，来之，辅

---

①　〔清〕潘斯濂，字兆端，号莲舫，广东南海人。道光二十七年进士，时任山东学政。《(宣统)南海县志》有载。

②　〔清〕冯誉骥，字展云，广东高要人。道光二十四年进士，官陕西巡抚。《(宣统)高要县志》有载。

③　舣，使船靠岸。棹，船。合指停船靠岸。

之,翼之,匡之,植之。"其后骈列五楹,互分背向,崇恩榜其南曰"蕴真惬遇",杨庆琛榜其北曰"鲈乡鸥舍"。导过西偏,又别构一楹,御题曰"水天清永"。然廊曲宛虹,壁疏透月,如文心幻化,罔拘一格。因地处湖心,故靡不俯清漪、挹岚绿,真足踞全湖之胜矣。读壁间何子贞所撰《重修记》,谓此亭兴复于李沧溟。余忆虞道园奉敕为撰《天心水面亭记》,遗迹在此,尚在沧溟之前,未见叙入,何耶? 又谓靖难兵起,铁忠定于此誓师。近萧太守梦遇真像,特为建祠。余叹曰:贤有司之精诚,真可感通数百年上,是不可不一瞻也。舟人笑指曰:"城西北隅,小沧浪之东,非所谓铁公祠欤?"因急命移舟趋之,其左通佛公祠。佛公讳伦,亦国初名宦,御题其堂曰"水镜"。翁覃溪学士撰碑极详。士夫过而吊铁、佛二公之作,不可屈指数也。巡檐渐右,引湖作莲沼,三面环轩窗,而空其东,则曲虹卧波,叠石接之。上跨翼廊,逶迤以登得月台,是乍合乍离,令徙倚者无一定之状也。阮文达元榜之曰"水木明瑟"。张诗舲祥河题联曰:"万荷入夏水如罤,千佛当头诗亦禅。"遥对历山,亦名千佛。倘果携焦桐,和南熏之歌,弄水仙之操,则濠梁之乐,又岂必庄、惠乃能物我两忘哉? 茶罢,抵北岸,过真武庙。登会波城楼,上有御碑。凭栏外眺,湖水淙淙自水关出,分流灌溉,绣壤交错。遥指正北,林梢上浓阴欲晕者,鹊山也。东北孤峰,虎牙桀立者,华不注山也。楼榜曰"鹊华秋色",是赵集贤图名,何阮公之妙手偶得也。下谒南丰先生祠。稍北之东为汇泉禅林,为文昌奎阁。时暮烟将起,三、五白鹭,拳立蓼汀,匆匆咏归,觉日已夕而兴未央也。夜微雨。

　　廿四日(3月14日) 晴暖。辰刻偶步坊间,遇蔡忠惠《宾客帖》真迹,匆匆摹得一纸,乐甚。巳刻出南门,车从坡上行。十二里王官庄,尚平衍。八里井家沟,自此两崖壁立,中通巨涧,山石荦确,车行甚艰,是为泰山之阴。仰视千岩万壑,幽靓分标。昔子期听伯牙露雨崩山之音,岂此地耶? 七里匡山岭堡。三里匡山店。路渐耸,相传为李白读书处,是与长清县接壤。过潘村,十里罗儿庄。五里药山桥。

五里开山村。沿炒米店看仙井,盖佛中丞伦悯山家取汲百里外,捐金凿之,令易地名为佛公店。讵九仞不及,桑公格继之,深倍如故,傍徨间,倏来青衣,谓诘朝可得,言已不见。至诚之验,食德至今。据碑言,乃康熙三十三年六月事。今店独以佛公名,岂知其创不计其成耶?半里过僧忠亲王庙,尚未告成。王剿捻,捐躯山左,所在多专祠,蔀屋贫民则图像祀之,忠爱感人其深如此。十里范家庄。五里崮山,形如笠尖,松石奇秀,禹庙踞其巅。三里柳芳崖。三里鸡窝铺。四里冯林店,过张夏桥。五里张夏镇,亦山村之最繁盛者。适汴省公车与朝岱人络绎奔赴,实不能容,就草店一宿。闻方山北为灵岩寺,佛图澄卓锡处,有玄奘摩顶松、辟支塔、铁袈裟及李北海诸碑。唐相李吉甫称:润之栖霞、台之国清、荆之玉泉,合灵岩为四绝。神驰者久之。讵隔药山桥廿余里,不及回车,为斯游一憾。

廿五日(3月15日)　晴。十里石店,亦名十家铺。时东风料峭,陡作春寒,沽村酿,饮数觥,体渐和畅。五里青杨铺。二里土门。三里靳庄。五里阴灵庄,渡同仁桥。三里小万店。二里大万店。原名万德堡。十里长城驿,传为齐杞梁妻孟姜女故里。旧就保明寺废址为祠,前明敕换黄瓦,改名皇姑庙。中供大士,配以皇姑及杞孟夫妇庙。有明时重修七碑,碑云:英宗北狩,有道圆吕姑者肆状风魔,阻驾下岳。复辟后欲追其异赏之,姑已入道,为建寺于宛平黄村,而姑朝岱过此,见孟姜庙,遂止焉。无何,中宫张太母梦姑以灭性归真入谢,遣使验实,故敕改建于此。考杞梁妻事见《左传》《檀弓》。而《列女传》谓:孟姜哭崩杞都,身投淄水,其妹朝日为作《杞梁妻歌》,后入乐府。五代僧禅月赋《杞梁妻》诗云:"秦之无道兮四海枯,筑长城兮遮北途。"又云:"杞梁贞妇啼鸣鸣,上无父兮中无夫。"盖直合二事而一之,不计齐、秦时代之先后,古事传讹,后人附会,大抵如斯矣。十里垫台镇,尖。十里界首,渡圣济桥。十里新庄,入泰安县境,至此石阪稍坦。有为行客除道者,及老幼跪乞不绝,饬仆散给之。十五里大佛寺。十五里出山口,道始平。盖济南来,由山北而西、而南,计崎岖险仄者百八十里,此方平畴极目。南趋泰安府城,回望岱宗,岩岩秀拔,甫识正面。日将暮,入西门出,宿于南关,而民物最盛于西。

廿六日(3月16日) 晴。晨早敬瞻岳庙。庙在城内西北隅,负岳而宫,创自李唐。守土官岁时致祭,所称泰山行宫也。前一亭重檐,有大石坊,题曰"遥参亭",其北方为庙。城周三里,分八门,阙楼四敞,崇宏壮丽,不亚钧天之居。南辟五门,中曰正阳,启左、右掖门,以通车马。正阳北曰配天门,灵侯、太尉二殿夹之,分置铁狮子,每高八尺。铸作甚工。再北曰仁安门,石栏中分列奇石八。又北露台上屹然中立者,介石也,下方镌"扶桑石"三字,分书台北。数十武古柏一株,披衣北向,名曰孤忠。俗又呼为一品当朝。其后黄瓦重檐九间,穹隆者为峻极殿,殿前露台,三面升阶,建纯庙诗刻碑亭二。阶下有宋建中靖国时李琼施送铁桶二。道士辟门,导登殿。殿上祀岳神,岩岩气象,不敢亵视。康熙以来,三朝赐额,曰"配天作镇",曰"岱封锡福",曰"大德曰生"。联曰:"青社开封,峙者宗山称岳长;苍精降德,圣惟产物与天齐。"又吴云小联云:"帝出乎震,人生于寅。"殿壁绘《岳帝出入》二图,如王者仪,诸神导从以千计。再后寝殿祀碧霞三宫,赐额曰"权舆造化"。联曰:"震出泰亨,万物广生推盛德;云蒸雨降,八方甘泽遍崇朝"。而峻极东、西,各接长廊数百丈,悉绘幽明果报事。宋祥符碑,尹熙古书。宣和碑,张漴书,立配天门外。金大定碑,黄久约书,党怀英篆额,立仁安门东,其西有剥落。石表高二十四尺,俗亦呼"秦皇没字碑",制类经幢。其余我朝暨元、明诸碑,东西林列,莫不崇隆精妙,不胜屈数。庙中桧柏参天,约三百余树。最奇则孤忠柏,外有如虬龙翔凤形者,至台西之飞来柏,同柯异叶,更非范经可得而稽也。寻出配天门之东曰炳灵宫。据《文献通考》,以为祀泰山三郎。殿前存汉武手植柏六,本东二、西四,连理者双,拳曲支离,莫不霜皮黛色,质干如铜。其一经纯庙御笔图之,一为崇祯时陈昌言图之,皆勒石。树下口占一截,有"元封六叟两连理,鹤骨龙姿御笔图"句。又按《志》图有枯柯斜出者,今又化去。道人出柏木少许以赠,味香而不辛。尚有唐槐,在配天之西延禧殿外,已中空而半枯,又不知其几经柯梦矣。明甘一骥题碑其下。又占一截,有"旧梦千年初睡是,新阴数尺半空心"句。殿北复有诚明堂、藏经堂、鲁班殿诸处。惟环咏亭为觞地,四垣嵌历代题咏数百石,于韩、范、欧阳诸公题名摩挲久之。有持墨拓乞售者,展视则李斯篆始皇二世诏书。此间有明翻一石,亦亡,今乃聂氏再翻本,实模糊不可辨。顾亭林所得廿九字原拓,今信希世珍矣。遂由庙出,登封门。即北门。先仰瞻岱势,周回千余里,郁以巍峨,张彼云锦。其奔腾也,若沧海之波;其峣屼也,如垂天之云。宜夫峻德配天,纲维镇地,此道经推为"三宫空洞之天"者也。里许,"岱宗坊"跨道,为登岳始基。稍东则玉皇阁、白鹤观、王母殿诸胜。于是斜陟三里,卸车于关帝庙。车仅至此,而游者多于城内雇兜。道士张松珠为具素面,易腰舆。例给京钱六百。舆如竹兜,无足坐处,用络两竿夹之,状若弓褂,前后悬革条,挂膊横行而升,坐者无俯仰之劳。简斋诗云:"土人结绳为木篮,令我偃卧如春蚕。两人负之走若蟹,横行直上声喃喃。"刻划尽之。一路交林上合,蹊径下通,约百级为"一天门"坊,盘道之始从此。危峰并峙,崿崒相向。道东涧水,时激石作灵胥怒。忽仰面,有坊曰"孔子登临处",急舍舆,距跃徘徊其下。坊为明罗洪先书。道左一碑,嘉靖(戴)〔载〕玺题,曰"登高必自"。右碑曰"第一山",有背篆,若蝌蚪。半里抵"天阶"坊,坊北跨道牌楼额曰"瞻岩初步"。天启时重修,丹其壁,故俗称红门。其西即元君庙,僧引入,导登楼。俯视东南,则徂徕如几,汶水如带矣。一里有类红门者,为万历旧创之万仙楼。壁嵌崇祯间题名,共六十三石。楼后镌"谢恩处"三字,无考。东可达桃花峪,即钟宇淳"疑入武陵源"者[①]。舆夫北指绝高处,曰:"岩岫削成,中通一窦,悬磴隐隐若挂练,所谓南天门也。"余忆"巉屼空所依,天梯兀倒竖",先君子《题衡岳南天门》句。今此险峻,其或伯仲间欤?一里经"初步登高"石。四字镌石上。渐陡,

① 〔明〕钟宇淳《泰山纪游》:"时桃着花,秾艳若绮,疑为武陵桃源。"

诘曲逼侧者二里,为古龙泉观,今名斗母宫,女尼主之。半里渡高老桥。三里忽穹岩上飞垂晶簿,玤瑽之声与松涛飕飕响答,是为水帘洞。其前歇马,崖下石梁曲卧。既过,则磴傍东岭,而洞傍西流矣。相传吕真人墨书石间,风雨三昼不灭,故亦名三字崖。一路梯云,御风而跻。又三里划然崔崒,崭绝天关者,为回马岭。有壶天阁倚之,极目千里,能不笑顾红门、万仙,曰卑之无甚高论？峰回路转,循药王庙渐折而西,过十二连盘。遥望一峰屹崒,似得中央正色,非所谓黄岘岭,为泰山转起、转伏之脉者耶？逾岭,陡崖四峭,荡胸生云,俯视傲来诸峰,莫不低首伏脊其下。有坊曰中天门,庙曰伏虎,以巨石蹲踘故名。计隔壶天,倏经五里,是为登岱之半云。折而北,自此又别具丘壑。下趋半里,名倒三盘,道忽垣者。三里名快活三,缘履险倏夷,久迫骤舒,又复好鸟呼名,山花含笑,忆坡公句云"听取林间快活吟",不啻为此咏也。旁有龙口泉,其凉冰齿。渐而岩谷螺旋,一重一掩。其下山溪汩汩泠泠,沿麓绕出,西南而汇泮水,与顷所谓道东大涧又别为一支,俗传为漆河。旧建石桥,又讹为奈何,谓游魂不得过,特为警世骇俗之论耳。于是北折而东升复降,东折而西降复升,倏睹陈预敬摩崖大书"佛"字,径四丈有奇,不胜叹诧。约盘纡者又二里,抵雪花桥。仰视中峰麓,两边丹崖翠壁,繁阴下垂,石坪数亩。有悬泉五百尺,直下注之,喷雪翻涛,迸珠溅玉。余徙倚红栏下,不知少文①之澄怀观道何如？此心已泠然作世外想。昔宋真宗驻此,因名御帐坪,其题壁半经苔翳。桥西鳞鳞石磴,缘陟者又数百级。休于"五大夫松"坊,此秦皇之所以避风雨也。五大夫本秦爵,前人辨之。今松久已化去,而飞来石上离立二株,虽霜鳞剥落,亦不过名世之寿而已。昔好事者每憾处士松之不辱秦,封转逊五大夫,名至今不朽。然《独异志》载：祖龙封时,闻松上人言,曰："无道德,无仁礼,而得天

----

①　〔南朝宋〕宗炳,字少文,河南镇平人。好山水,爱远游,因疾还江陵,叹曰："老疾俱至,名山恐难遍睹,唯当澄怀观道,卧以游之。"《宋书》有传。

下,妄受帝命,何以封?"是五大夫者,且将与鲁仲连后先辉映矣,夫何
憾? 一里崖之颠,石屏碨磊,露潮阳洞焉。旧名迎阳,一曰云阳。米万
钟篆"云根"二字于壁。峰头独立,觉天风琅琅,吹人欲坠。俯瞰来
路,则中天门直如几案间物。望北四里,觉两崖撑天,云光岚翠,在清
空缥缈间。至则百尺长松,下临绝涧,人行其中,仰见蔚蓝一线,则又
对松山之绝胜处也。东壁上朱垣隐见鸟道,可通三仙洞云。蜿蜒又
三里,迎面巨石碨屼,以为决不得过,忽从石缝斜穿而出,方叹鬼斧神
工之不测,讵果立王灵官庙,报其鞭石开山,于传亦或有之。从此二
里,抵新盘口,有峭道矢直,顷在万仙望之,究不虞其阻且长也。梯四
百三十七级,歇于升仙坊下,此名漫十八盘。过此则昂首天门,更悬
空陡削,仿佛面壁仰檐,余步不能以寸,气益大夺。舆夫云:"此系十
八盘,舍之无通天路矣。"见其鼓勇攀锁栏,步步作牛喘声。余坐舆
中,目注神凝,但觉惕惕然,欲罢不能。如是又跻四百二十九级,始入
南天门。联曰:"门辟九霄,仰步三天胜迹;阶崇万级,俯临千嶂奇
观。"是为登岱上方,去顶不远矣。门上有阁,曰摩空,登之。夕阳在
麓,城郭井里,历历可绘,振衣浩歌,岚霭四合,觉身立氤氲鼓荡中,不
复知为人间天上也。卫道人傅纪扶下。观其门北,即武帝殿,东、西
庑乃留客处,因止焉。殿东有夹道,登顶所必由。旁辟石室及茅屋三
十余区,缘山上祠庙香火十二处,共道侣二十人悉寓此,轮值岳庙。
例于元旦开门,百日为期,俟朝使降香毕,然后扃锁。时朝山者累累
如贯,虽邻省亦结队来,香火之盛,盖冠宇内云。夜小雪,微醺而睡。

　　廿七日(3月17日)　早起。积雪满山,晴光流润。虽王叔明[①]
张素图成,夹弓弹粉,恐未易仿佛也。出殿东,肩舆。见有庐而市物

---

　　①　〔明〕王蒙,字叔明,浙江湖州人。赵孟頫之甥。敏于文,工画山水,兼
善人物。《明史》有传。〔清〕方薰《山静居画论》:"又陈惟寅与王蒙斟酌画《岱
宗密雪图》,其雪处以粉笔夹小竹弓弹之,得飞舞之态。仆曾以意为之,颇有
别致。"

者廿余家,名曰天街。由此登顶,尚有六、七里。然雄厚平整,向东北逶迤行,不复知有危磴之险。过老君堂,北石壁上大书"孔子岩"三字,遂先趋之。入望吴坊,恭谒文庙,先圣、四配皆石像,南穷目力,了无障碍,《家语》谓与颜子辨吴阊白马于此。敬瞻先迹,徘徊不忍去。久之,始历礼斗坛而东。群峰屏扆,象纬森严,碧霞宫在焉。宫即宋之昭真观,今呼元君上庙。前立敕建坊,东、西曰安民、济世坊,大门上为歌楼,当中香亭,以奉行宫。亭后正殿五楹,设三官像,皆范铜为瓦,两庑易以铁,分祀眼光、送生二母。阶前天启、万历铜碑二,璀璨夺目。进香者悉磨以钱,故字多漶灭,可惜。拈香毕,敬瞻圣祖以后赐额四,曰"坤元叶应",曰"福绥海宇",曰"震维灵岳",曰"赞化东皇"。联二,曰:"碧落高居金台传妙诀,苍生溥佑木德仰慈恩。"又曰:"三素云英扶绛节,九光霞缬丽青坛。"时士女环拜,手击小锣,颂祝齐鸣,别有音节。凡捐施金钱,皆遥掷殿内。相传此风起自汉武,名梨枣钱,遂成香税,楚之太和山亦然,雍正间始革其名。然古人祭神用玉币,唐玄宗惑王玙之说,始易以纸钱,今而知古之遗意未尽亡也。道人出观"天仙照鉴"玉印,径四寸许,炙损一角。《文献通考》谓祥符间赐,疑非秦物。然李斯存廿九字篆,乾隆时祠毁已亡,而印独出煨烬,其或有呵护者欤?出祠后,观圣水泉、玉女池,一泓清冽,所谓"玉冠绛衣",三山诗人,后其谁遇?稍趋东北,望青帝、神憩两宫,皆废。因瞻东岳庙于大观峰下,即唐、宋封禅处,乾隆间赐"资始惟元""上摩苍昊"二额。此本岱宗之主,而庙制远逊碧霞,且香火特盛,何也?遍按历朝碑志,言人人殊。一谓黄帝建岱岳观,遣七女奉香火;一谓文王梦泰山神女告以太公作灌坛,令阻之,不得归;一谓玉女即石守信妻,益不经。及宋真宗创碧霞之封,刘伯温又辨其诬袤。虽然,元君之崇奉,海内帝王之洁修,禋祀久矣。大抵东方为万物始,故天孙主人、生命玉女执掌奏牍。后世季氏多而林放少,于是祈福辄应,功德在民,民心所向,无神有神,亦圣人以神道设教意欤?随导至庙后,大观峰麓有黝岩,名桃花洞。其上悬崖即唐玄宗分书《纪泰山铭》处也,世呼

"磨崖碑"。高三丈四尺,广丈七尺,字大六寸,开元十四年镌。竹垞称碑铭典雅,是燕许手笔,御书遒劲,不惭汉隶。昔藏拓本,今睹原石,信有"兴酣落笔摇五岳"之势。稍东,宋真宗《述功德铭》为"德星岩"三字镵毁[1],颜鲁公题名为方元焕镌诗其上,与苏颋《颂》之厄于林焊"忠孝廉节"四大字[2],同一慨也。有谓当刻"某人毁某公书"于旁,明正其罪,论刻而快,亦可以儆将来。其余元符、建中靖国、政和以后题名百计,不暇遍读。余题壁,有"两翻御笔磨崖后,藓蚀苔封半姓名"句。遂西北直跻天桂峰之玉帝观,俗呼玉皇顶,是岱宗绝巅。《志》云即古太清宫,不言所始。按《通鉴》,徽宗奉册"宝上玉皇上帝"尊号,诏天下,洞天福地筑观造像。则此当政和六年所创无疑。今悬纯庙赐额,曰"妙运无为",联曰:"统驭群灵端紫极,絪缊真宰肇元功。"殿阶下青石堆鬢,莹滑可鉴。隆庆间,万恭命济倅王之纲彻土出之,方识上界之绝颅,青帝之玄冠云。余题观壁,有"七十二君遗迹处,至今人说古登封"句。相传观前方基,即古登封台遗址,有碑。又台基下方石表,高一丈六尺,广三尺有奇,厚二尺数寸。顶盖如幢,跌为土壅,即秦皇无字碑也。质坚色白,上半多剥蚀痕。或言中藏金书玉简,动则有风雷之异。或云神主石碑镌其内,始皇立以愚万世。顾亭林力辨汉时所建。本《志》谓与琅琊石制相符,而西南棱下行楷"帝"字,类唐人书。予抚摩久之,复于东面下方近北棱处,再辨得一"极"字,笔法直出一手,酷肖《怀仁圣教》,为晋唐所刻无疑。按,《尔雅·释地》之"四极",是言其远。《周髀算经》:天之中央,亦高四旁。"四旁"犹"四极",是言其高。今青帝主东方,岱又为东方之极高者,证诸谢庄《请封禅表》曰:"惟皇配极,惟帝祀天。"则"帝""极"二字,似有所本。或前代祀岳,立石山颠,以表绝高,不详其说,致后儒聚讼,未可知也,姑识臆说,以俟

----

① 宋大中祥符元年,宋真宗曾作《登泰山谢天书述二圣功德之铭》,并书于岱顶大观峰之东侧。惜后被明人翟涛所题"德星岩"三字覆盖。

② 〔唐〕苏颋曾作《东封朝觐颂》,被林焊所题"忠孝廉节"四字覆盖。

博雅。余题没字碑,云:"只为去天几尺五,丰碑究未敢文辞"句。复登台四顾,东、西遥拱如摈介,曰神、霄二峰。正西屹然作伛偻状,曰丈人峰。东北顶平,而可觞可咏,曰乾坤亭。从探海石而东,有峰尊耸,几与天柱争衡,曰日观峰。西天门上石间直敞,可见已没之月,曰月观峰。东南之陡削冲霄,愚民误撺以作轮回想,曰舍身崖。其下鸥而蹲者,非诸葛所吟之梁父耶?蛇而绾者,非《鲁颂》所美之徂徕耶?奴趋而隶伏者,非周成、汉武所禅之社首高里耶?至大、石、牟、嬴、北五汶诸水,丝牵缕结于尘埃野马中,不甚了了。嗟乎!语其概,则南面鲁,北背齐。然推而广之,殆将俯瞰八荒,括极万里,所谓"不登泰山高,安知天下小"。今而后庶几免俗,不为木犬瓦鸡之讥乎?下顶,过白云洞,循壁上缭曲而入,即南天门之东峰也。俯视百丈崖,下临无地,不觉股慄。遇朝山者,有八十老姬,携九岁孙,从千里外行乞而来。诚可嘉,状亦可悯,因少济之,神其假手于我乎?夜归南天门,与道人订观日出。时繁星在檐,举手可摘。

廿八日(3 月 18 日)　漏五下,寒不成寐。披裘隐几以俟,更将阑,道人至,举酒属客,而后提灯导之。不二里,晨鸡未报,曙星欲稀,汲汲然若恐不及。道人曰:"子毋遽,向言五更候日者,乃自麓而登耳。"又言:"玉皇顶东偏与日观同,并可坐待。"余意弗然。且行且语,罡风如虎,冻云尚凝,不觉心欲急而步转迟,伸掌渐辨。抵日观峰头,则亭中纯庙诗碑,厘然可读。相传此即迎旭亭旧址。下视岳麓,尚混茫若烟海,未割昏晓,始恍然此身之在上界也。正东纵目,天际如拖岚、如沉雾,其为天耶?海耶?不可知,但鸿蒙混沌而已。是杨次公奉使登岱,言:"鸡一鸣,见日出。"无乃诳人语,道人曰:"子姑待之。"因指峰西一处,谓乾隆间掘得金绳玉检,识者以为祥符旧物。谈次忽睹岚气上红影一抹,映射千尺,不禁喜跃,曰:"出矣。"道人笑曰:"未也。"俄顷而没,如是者三,则岚气渐薄,清光大来,隐隐中水天一色。未几曦轮将升,如赤金晶球,表里洞澈,中有漆点,恍八、九苍蝇,散布作北斗状,上下荡漾者久之。咸池之浴,毋乃是欤?须臾渐出海水,

乍沉乍浮,验天水之交,则已浮半规,晃若镜光,不能透视。既而全体
丽天,金光绚烂,下射鲸波,弥漫尽赤,而山中之五云楼阁忽散霞绮,
影入林薄间,嘤嘤然春鸟争鸣矣。不转睫,红光炎炎,冲融夺目,诚斯
游之奇观也。因忆去年作浮海之观,日轮较大,想高视与平望自别。
但海上为涛头所障,未浮水以前景象,殊尚梦梦。故古人观日,必推
泰山。余更携得洋人千里镜,纤毫辨晰,比前人所记,差觉有间。下
峰麓,于山凹睹一碑,题曰"孔子小天下处"。信步复至登封台,徘徊
久之。脚底诸峰,觉袅袅如轻烟,渐蓊蓊如堆絮,俄而分驰弥布,下方
竟成陆海,不知其几千万顷。道人曰:"天门以下雨矣。"而此间晴晖
弄色如初也。吁! 泰山之云,触石出,肤寸合,不崇朝雨遍天下,《公
羊》岂欺我哉? 回南天门,饭毕,分书题名七十五字,嘱道人镌于门外
东壁。同治辛未孟春,南海孔广陶将游五岳,先朝岱宗。敬瞻圣祖遗迹,候日
峰头,因审无字碑。据《志》,谓西南棱有唐刻"帝"字,今于碑下东面近北棱再辨
得一"极"字,笔法正同,前人未睹,并志之,以俟鉴者①。下山至高老桥,过
涧,东访石经峪。盘折于崩崖乱石中,泉声潺潺,会心独远,转忘夫跬
步崎岖之苦。岩麓再转,洞天别开,谷中岩石倒垂,间植桃、柳。依岩
构一石亭,不假寸木,题横榜曰"高山流水",联曰:"晒经石上传心诀,
无字碑中写太虚。"亭之左嶂垂石坪,作肱抱,约广数亩,斜平状,覆掌
若天工磨砻以俟之者,勒成方格,镌分书《金经》全部,字大尺三寸。
其北有瀑横泻,若垂短帘,时激湍于石上,故剥勒过半,仅存三百字有
奇。据《泰山述记》,有谓右军书,有谓北齐梁父令王子椿孙克弘②《碑
帖目》作韦子深。曾刊石经于徂徕,与此当一时作。今观其笔力遒劲,
虽怒猊渴骥,而羁束雍容,是上追两汉风骨,下开三唐面目,为六朝所

---

①　此石刻今存《纪泰山铭》之西。
②　〔明〕孙克弘,原文因避讳作"孙克宏",改之。字允执,号雪居,上海人。
以父文简公荫授应天府治中,擢汉阳太守。收藏鼎彝、金石、名画、法书于室中。
工于书画。《(崇祯)松江府志》有载。

作无疑。兹山秦篆已毁，古刻无出此右。旁有北宋陈国瑞题名于上。又有节刊圣经及《诗》《书》二段，欲以胜之者。陋儒习气，可发一笑。亭右壁勒万恭《磨崖记》，又分题"水濂曝经"四字，皆大书深刻。读其记，知表泰山之颠毕，而后经营此亭，信不磨之举。转思趺坐其中，抚琴动操，一吊遗徽，曰："先生之风，其亦山高水长乎。"旋下至关帝殿。尖。仍乘舆，循麓东半里，访老君堂，即古岱岳观也。唐武后时筑宫，赐名白鹤堂。西有唐显庆以后六帝一后修斋造像记，其制合两石为一碑，中缝尚可容手。上作石幢盖以束之，故俗呼鸳鸯碑。两面分四、五层，层文一首或二首，空处俱唐人题名。东、西碑侧，则题名与诗。幢盖上有宋元祐时题名，以书非名笔，摹拓少而能完。然笔法不俗，多近欧、褚，今世亦足珍也。下半有出土痕，则亭林先生发之者。赵集贤题"汉柏"二字碑，则树与石俱亡。又稍东为瑶池，俗呼王母池，受小蓬莱水。《水经注》称：帝王升封，咸憩于此。今殿前石沼，跨以小桥，飞鸾泉、观澜亭皆非旧观。步竹径而北为吕公祠，所谓纯阳石像，无有也。为高台祀八仙，得其七。朔像须眉如活，良工哉！又东廿余里，过红庙，相传红亭故址。昭公八年秋蒐于红，即此。遥指岳麓，似有古城址，名谢过城。相传齐人归鲁郓、讙、龟阴田，并筑以谢过。则此应为齐、鲁接壤。又一里有方池，泉清且洁，复涓涓一线，潆折南去。小碣斜卧草际，曰明堂泉。其东突起石坡，高约四丈许。登之，周可三亩，支麓庋其后，徂徕列其前。坡下清浅小溪，濯缨可咏，所谓汉武明堂故基也。其南陇立纯庙御诗小石碑，亦将漫灭。若齐宣王问于孟子者，乃周明堂，在岳阴之东，道远不及往。日将夕，返城南店，而原车亦从庙至。

廿九日(3 月 19 日) 晴。将游徂徕，访先巢父与太白竹溪六逸遗迹。误道数十里，临河返，遂改趋曲阜，由曹庄。十八里南留村，尖。十七里许庄。八里大汶口，五汶合流，石梁横跨，然水浅可厉。南岸即兖州府属之宁阳县境。十二里太平集。十二里宿南易村，大镇也。

三十日(3月20日) 晴。五里井龙庄。三里石桥庄。七里陈家庄,曲阜县界。回望泰山,隐约云际,而石门、九仙二山又东西相迎。按,石门山为先圣作琴操处,小有岩壑。太白、少陵曾往来唱和于此,以趋庭念切,不及一游。五里歇马亭。二里卫家庄,尖。自泰安来此,以非官道,直无车辙可寻,纡曲殊甚。四里关村。五里济村。廿里越家砦。四里济泗水,河有败堵,周环废宫数亩,桧柏森列,门前亦清阴夹道。其石坊半没草莱间,拭读道左残碑,曰:"洙泗书院,元至正十年豁识达题。"则先圣之旧讲堂也。其西一带红垣,前跨洙水,而直接城北。茂林中佳气葱郁者,孔林也。是孔林与讲堂,皆面洙背泗矣。遂下车,先进书院,徘徊于茨阶棘础之中。若为殿址,若为堂基,若为两庑,尚依稀可认。虽海滨微裔,能不仰遗徽而出涕,叹堂构之不易承哉?堂基后,仅存至元后戊寅创修及嘉靖、天启重修诸碑,言元顺帝时始改书院,置山长。正德时奏改山长为学录,今仍之。有土人引观,殿北柏驳椿,两树合生为一,奇古,作左纽文,殆数百年物。按,《志》谓:夫子反鲁后,删诗定礼于此。及光武帝东巡过鲁,曾坐讲堂,其时弟子房舍井瓮尚存。今考杏坛近圣宅,在城中,相去三里,是当时分处七十子,故曰设教于杏坛、洙泗之间。余恭纪一律,有"即今断井颓垣里,想见升堂入室时。"因依恋久之。而后升车,循孔林之东,向南行里余,过通圣桥。又半里隐起土基,自北而东,或连或断,乃鲁国故坡遗址。所谓黄帝生于寿丘之地,亦为少昊氏之虚,有大庭之库者也。当日伯禽奄宅,以城中之阜委曲长七、八里而名,今只仿佛而已。一里抵城之北关店中,已酉正矣。有宪理者导余进城一周而返。按,城东十里尚有故城,本宋之仙源旧治,元正统七年始徙于此城。今广不过三里。分五门,北曰延恩,东曰秉礼,西曰宗鲁,东南曰崇信,正南另辟一门,曰仰圣,圣庙所在也。计阙里拓地,几得城半。外则颜庙,东北行宫,东南县署。西北所余闾阎廛市,实已无几。

同治十年(1871)辛未日记

鸿爪前游记卷之四

(山东 河南)

二月初一日(3月21日) 晴。入城,考棚街晤善堂族长衍福①,致闾周大令札,请代达公府,而后恭谒林庙。他人令守者导入,余不敢亵。因谈宗牒,云东省繁衍至十二万丁,现居曲阜三千人。询及圣庙,云江督李宫保鸿章、东抚丁中丞宝桢奏请重修,已筹款银六万两,未及半工,向存林庙,费银三十万,生息久已耗散,而军务未平,又未便请帑。问所存法物,谓年湮世远,无复旧观。仁庙幸阙里时,公府曾以二十代文举祖雅琴一张、周簠一执、右军《乐毅论》等真迹六种面进。今车服已渺,礼器尚存,而我先圣亦在德不在鼎也。并殷然为扫榻,以未便相扰辞出。过陋巷坊,谒颜庙。其制正殿七楹,盖绿琉璃瓦,檐柱用石,前盘龙,而后镌花。中奉兖国公复圣颜子像。额曰"德冠四科",又曰"粹然体圣",皆雍正御书。联曰:"一阳复收天下春,周冕虞箭,五百帝王分讲牒;三月仁通古今运,文经礼纬,万千俎豆应箪瓢。"不知何人笔。北为复圣夫人寝殿,并配殿二,分祀颜氏始祖杞国公及夫人位。配殿前有退省堂,建纯庙御诗二碑。正殿东、西为两庑,祀其子孙之贤者。隋唐间如之推、师古、杲卿、真卿,皆复圣嫡裔

---

① 〔清〕孔衍福,山东曲阜人。曾任三品执事官、五品执事官、六品执事官、世袭六品官、孔庭族长等职。《(民国)续修曲阜县志》有载。

云。当中建方亭,右碑篆题"乐亭"二字。宋熙宁间胶西太守所创,即颜乐亭,司马温公铭之,苏文忠记之,程子咏之者。亭东唐柏,肤理左缠,直干二十四尺,顶分而二,如双虬东、西攫拏状。亭南为仰圣门,外建明御碑亭二。前为三门,中曰归仁,左、右掖曰克昌、复礼。归仁之西,颜井在焉,碑题"陋巷井",明人书。上以八角亭覆之。其东配以湖石,雕栏四护,八尺玲珑。上方镌分书"卓石"二字,取"如有所立卓尔"之意。中下方分书"尼防独秀太初岩"七字,背书不可辨。旁题曰:"乾隆四十一年,知县吴光龙因上东巡,督修颜庙,购石置此。"又前为复圣门,门外坊题曰"复圣庙",东一坊曰"优入圣域",西一坊曰"卓冠贤科"。庙中存国朝与元、明碑,共三十有三,以欧阳圭斋分书者佳。而元中统时封颜子,戴氏充国夫人,碑上用蒙古书,下汉字释文,亦称创目。庭列古柏二百余株,苍翠郁然,统观庙貌,尊崇壮丽,大足洗二千年陋巷中固穷气象矣。回寓,饭毕,族长来,遂同谒觐堂宗主祥珂①,是为七十五世裔孙,兄弟四,觐堂以次子袭爵,嫡也。至公府下车,府居圣庙之左,亦南向。东、西为钟鼓楼,前立"阙里"坊,榱题宏敞,阀阅森严。大门三,榜曰"圣府",联曰:"与国咸休,安富尊荣公府第;同天并老,文章道德圣人家。"二门榜曰"圣人之门"。仪门建坊,曰"恩赐重光"。其后大堂,堂后宅,宅后园。堂之左、右则六房办公所。又东、西轩堂数十处,幕客沈君延人,知宗主以谒庙未归,少谈,辞出。闻府中历代赐田,积累至九千九百余顷,藉所入以供粢盛。今观规模,非此不足当之。因叹先圣遗泽,食报万世,贤子孙继继绳绳,应如何克光前烈也?按,《宋史》至和二年,祖无择谓祖谥不宜加子孙,请以文宣公孔世愿改为衍圣公。衍圣公名自此始。元祐二年(1087),鸿胪卿孔宗翰奏袭爵奉祀,当终身在乡里,自是不复兼领他职。至今仍之。而当时赐田,原有供祭外,许均赡族人之谕,若能踵

---

① 〔清〕孔祥珂,号觐堂,山东曲阜人。孔子七十五世孙,孔繁灏之子。同治二年世袭衍圣公。《(民国)续修曲阜县志》有载。

而行之,将见衣食足而礼义兴。后起彬彬,不有经学如安国、颖达,抗直如巢父、道辅,政事如君严、宗翰,文章如文举、文仲者乎?趋城东南,过行宫,驾幸阙里驻跸处。《县志》谓:在鲁为泮宫,在汉为灵光殿。乾隆间始改营。有石洞、水亭诸胜,而六龙频驻,焕锡天章,又非僖公之颂、延寿之赋得媲美已。遂出秉礼门,东北里许,望高阜,隐见茂林中巍然瑰伟者,周公庙也,庙即鲁太庙旧址。秦并六国,公祀忽诸。宋真宗封禅归,始赠文宪王,重立庙。明给祭田。乾隆时幸鲁,求圣裔,东野氏授翰林博士,世袭奉祀,以伯禽之季子鱼食采东野,遂以为氏。庙殿五间,中奉公像,东配鲁公像,西金人像,王光埔书铭词于背。纯庙赐额,曰"明德勤施",联曰:"官礼功成,宗国馨香传永世;图书象演,尼山统绪本先型。"后为夫人寝殿,嵌石刻,公像已残勒。正殿两庑,祀鲁三十三公。主庑东即"子入太庙,每事问"处,故名问礼堂,勒《御诗碑》及明人题咏。庑西更衣亭,立"苏杨呈瑞图"石,记东巡时铁干复生,恩纶骤沛云。其南达孝门,外建仁庙御制碑亭及祥符、天历御制赞、万历至今十余碑。又南成德门,又南棂星门。左"经天纬地"坊,右"制礼作乐"坊。庙前辇道,百步为石桥。桥南又立"元圣庙"坊。夜回寓。

初二日(3月22日) 晴。早善堂族长赐盛馔。巳刻觐堂宗主枉顾。绿帏紫缰,仪从甚简,适谒林还也。族长随遣导谒庙,过公府西,入毓粹门,转金声门,肃趋大成殿下。礼毕,退出更衣,然后敬瞻庙貌。正殿重檐九间,高约八丈。四面榱题,皆障铜罘罳。殿前白石露台二层,雕栏四绕,中陛城,左右十二级。檐前盘螭石柱十,余则镌花,悉元时精匠制。仁庙幸阙里,抚视移时,即此。大成殿榜为纯庙御笔,旧则宋徽宗飞白书。殿内朱楹三十六,每楹周丈五尺有奇,虽明长陵柱不足以方之。承尘斗拱,皆错金装龙,五色焜耀,不愧素王居矣。南面龛奉先圣冕服执圭像,较吾粤像体大而色紫。向闻四十九表,粹然露五德之容,不意两世趋庭①,稍慰羹墙凤慕。像创于东魏兴和三年兖州刺史李珽云。东、西傍为四配像,像各一龛。又东、西傍为先贤十二哲龛,龛每二像。盖有子若、朱子熹,我朝始升配者,亦皆冕服执圭。惟九旒九章,玄衣纁裳,以别于至圣。案陈雍正间赐法琅五供。又中设商周牺象云雷三罇,为汉章帝亲祀所留礼器。三代法物,于今仅见,非祭祀时,则以后世仿制者易之。上悬列圣御赐"万世师表"等七额。联二,曰:"德冠生民,溯地辟天开,咸尊首出;道隆群圣,统金声玉振,共仰大成。"又曰:"觉世牖民,诗书易象春秋,永垂道法;出类拔萃,河海泰山麟凤,莫逾圣人。"殿东、西庑祀先贤、先儒神主百二十有奇。中央有亭翼然,金碧藻绘者,杏坛也。庄子谓"孔子游夫缁帷之林,休坐乎杏坛之上",汉明帝曾御此说经,至宋四十五世孙道辅始除地为之。金党怀英篆"杏坛"二字碑于侧。杏坛下云龙石炉,乃金章宗令巧工镌赐。其前旧有先圣手植三桧,左右纽者,经殿毁化去,仅存坛东南枯干,尺有八寸,其质坚,其色黑,俗呼铁树。旁一株高数丈,盘曲若翠盖,乃雍正间再苗者。相传自晋、隋至今,枯而复生者数,故世又谓之再生桧,今筑石栏护之。正南为门五间,曰大成。左、右掖门曰金声、曰玉振。门外列戟二十四,中悬御书,联曰:"先觉先知,为万古伦常立极;至诚至圣,与两间功德同流。"门左、右朱垣,历代留题镌石嵌壁者数层。稍前,东、西横列碑亭十有六,皆我列圣暨唐、宋、金、元御碑。有一亭而立四、五石者。亭东侧三门,曰毓粹,即陶顷间所由。西侧三门,曰观德,通四氏学。前为儒学,先圣"射于矍相之圃",即此。亭南甬道之旁,亦皆古今碑记,分行露立,总总林林,不可胜记。再南为奎文阁,七间二层,旧藏历代所颁书籍、墨宝,阁名本金章宗命。阁辟左、右掖门,东、西又建直房数间,

---

① 孔广陶之父孔继勋亦曾拜访曲阜孔庙,"道光丙戌科大挑二等,选授化州学正,绕道谒孔林,观先圣礼乐祭器,得宗谱条贯以归。"《(同治)南海罗格孔氏家谱》卷之十二《孔炽庭编修许宜人合传》有载。

一为有司斋所,一为衍圣公致斋所。圣驾三幸,皆于阁下降辇,少憩于致斋所,然后步入行礼,故此间曾设宝座焉。阁前又列建明御碑四。亭又南曰同文门,五间,左、右皆有角门。同文门内、外分置古碑,汉篆如五凤十三字残石,汉隶如《谒孔子庙碑》《孔谦墓碑》《孔褒碑》,皆剥蚀太甚。若《汉乙瑛百石卒史碑》《韩敕复颜氏亓官氏繇发及修礼器碑》《孔宙碑》《史晨祀孔庙碑》《史晨后碑》《孔彪碑》《魏黄初孔庙碑》《北魏鲁郡太守碑》《东魏孔庙碑》,犹可仰窥笔法。尚有隋、唐、宋数碑,及米芾《桧树赞》,皆移置此间。昔先太史曾手拓十三碑而归,陶幸继踵祖庭,抚摩古墨。因念北上时与闰周大令重梓《阙里广志》,原欲全拓庙林遗碣,扩而充之。惜不能久留,为之低徊叹息,以俟后缘而已。又按,《乙瑛碑》土人呼为《百户碑》。庙中向设典籍、司乐、管勾、百户四官,号兵、农、礼、乐司,惟百户一官非朝选。驾幸时观碑,究其名实,始特恩一体,咨部题授。是因古碑在,而典制赖以全,所系不綦重乎。又南为大中门。又南为弘道门,制如同文门。外壁水前跨桥三座,皆雕石栏。然水无源易涸。驾幸时准导城东文献泉注之,抚臣以有碍民房奏止。而芹藻终于无托,惜哉!《陶庵梦忆》载:此桥在杏坛后,洙、泗汇焉。又仪门楼上扁"梁山伯祝英台读书处"九字,今可证其传闻误记之谬。门东侧为快睹门,外即阙里坊,西侧为仰高门,皆三间。又南则五间壮耸,中为三阙者,圣时门也。以上正南四门皆御书榜,门前立"至圣庙"坊。再前立"太和元气"坊,东立"德侔天地"、西立"道冠古今"二坊。又南为棂星门,门外左、右建下马碑。又南石桥,桥南立"金声玉振"坊,坊前即南城之仰高门。明胡缵宗旧题"万仞宫墙"四字于城上,纯庙易以御书。门外里许,夹栽翠柏,是为神路云。又按,大成殿后为寝殿七间,祀亓官夫人神主。左、右掖门,可通神庖、后土祠、神厨、瘗所诸处。殿后又五间,为圣迹殿。凡晋顾恺之画《行教像》、唐吴道子画《凭几像》《燕居像》,名手所画《司寇》《乘辂》各像,宋太祖、真宗、米芾诸赞,共八石。又《圣迹图》百二十石,并我朝列圣赐书联额,皆镌石,敬藏殿中。相传以《行教像》为最真,盖得端木子所传楷木像而重摹者,偕木像宋南渡时归衢州。为后来李斑塑像所由本也。出金声门而东,有门三间,亦南向,曰承圣。入为诗礼堂,东庑即礼器库,所谓先圣旧宅,独立趋庭之处。列圣亲祀毕,曾御讲筵于此。有御书榜曰"则古称先",联曰:"绍绪仰斯文,识大识小;趋庭传至教,学礼学诗。"宋真宗、金章宗亦经临幸。阶前植太初石,高寻丈,唐槐、宋银杏夹之。堂后有先圣遗井,凭栏以瞰,湛然莹澈。昔驾临命汲而尝,叹其甘洌云。井之西即鲁恭王毁壁,闻金石、丝竹声,发得九世祖鲋藏古文《尚书》《论语》《孝经》之遗址。旧建金丝堂,明时始迁于庙西耳。又北为崇圣祠,祀五王,以先贤颜、曾、孔、孟父配之。孔易以二世祖伯鱼。而先儒之周、程、蔡、张、朱父从祀焉。祠前立世系碑二。又北为家庙,祀始祖、二世、三世,暨中兴祖考妣。礼毕出,复趋至玉振门之西,为启圣门,制同承圣门。北金丝堂,西庑为乐器库。时将丁祭,钟磬、琴瑟已陈列堂上,即《诗》所咏"肃雍和鸣,先祖是听"者也。北为启圣王殿,祀像。又北启圣颜夫人寝殿,祀主,亦礼毕出。统观庙制,崇垣可周二里,四隅雄峙角楼,惟正殿覆黄琉璃瓦,余俱用绿。大成门以外排植桧柏,约二千余株。桧多柏少。皆非元、明以后物。茏葱郁茂,蔽景障空,灵禽数万,日回翔于其上。庙庭碑碣,计二百七十石有奇。凡碑阴、碑旁,历朝皆有镌题,而《圣迹图像》不与焉。虽车服砚瓮之不尽存,然庙貌之肃,尊崇之典,法物之具,上下数千年,纵横亿万里,莫之与京,所谓"自生民以来,未有盛如孔子者"也。余谒庙廷,恭纪一律,有"幸窥美富趋庭日,转愧帆零合仕年"句。虽然,陶幼读《檀弓》,于"伯鱼之母死,期而犹哭"一章,孔氏《正义》以为伯鱼母出父在云。"子思之母死于卫"一章,郑氏注以为伯鱼卒,其妻嫁于卫云。"子上之母死而不丧"一章,郑氏注以为其母出云云。先儒狃于旧说,世遂谓孔氏三世出妻,不敢辨妄。心窃疑之,今得趋谒,细考寝殿奉亓官夫人主,由来已久。而汉韩敕之《复颜氏亓官氏繇发碑》亦凿凿可证,不独《先圣年谱》大书特书:"六十七岁,夫人亓官氏卒也。"至二、三世祖则以无专

祠,故妻不能祔庙,由圣配以推,则诬蔑三世,益显而足征。夫圣人之
道,造端夫妇,谁谓既乏刑于之化,反令子孙效尤,而可垂宪万世者
哉?近年安徽颍州教授当涂夏弢甫先生炘进呈《檀弓辨诬》一书,援
引该博,极力发明,其学识高出孔、郑之上,若他年论定有功圣教者,
先生其当据一席乎?更有进者,按世系,叔梁父先娶于施氏,生九
女,而无男。又古本《家语》:叔梁公年七十余无妻。盖其时施氏已
卒,其妾生孟皮,亦病足,不任继嗣,始求昏于颜氏。先圣生三岁而
叔梁父卒,是施氏不能牵合为出也明矣。孟皮终嗣否,不可稽。然
有子可妻,亦已祔葬于防矣。今施氏、孟皮几等若敖,夫母虽无出,何
可使圣人无前母?兄虽有疾,何可使圣人无庶兄?若以施氏合祀于
启圣寝殿,孟皮配祀于崇圣王祠,庶几圣心安而礼无阙。至推恩于
妾,又视在乎当事者之位置何如。因忆咸丰年间,廷臣曾有孟皮从祀
之请,用敢私陈管见,以当刍荛云尔。随出北门,不半里,南向有纯庙
御书"节并松筠"坊,乃赐衍圣公毓圻祖母陶太夫人者。坊北为圣林
神道,其直如矢,夹植古柏。半里有镌花石梁,曰文津桥。半里石坊
五洞,巍然焕然,大书"万古长春"四字。夹坊为万历时碑亭二,东立
《大成至圣先师孔子神道碑》,西立《重修圣林碑》。又半里为"至圣
林"石坊,坊左、右聚族而居,皆自汉以后给扫除之户。《史记》云:弟
子及鲁人从冢而家者,百有余室,命之曰孔里。即其遗址也。坊后圣
林门,门前列狮子二。昔驾幸林,命从臣下马于此。于是肃衣冠,而
后入门内。东、西朱垣夹甬道,桧柏森森郁郁者。又一里抵观楼,亦
题曰"至圣林",即外林墙之门楼也。外林墙高丈许,周十余里,永乐
时筑。门外亦列石狮二。入门折而西为辇道,以宋真宗谒林,降舆乘
马于此故名。道旁多国朝暨明碑。约百步,南向有大石坊,左、右立
下马碑。坊内洙水横过,上跨白石桥三。桥北数十武为墓门三间,列
圣至此降辇。门北甬道,分列石华表二、角端二、文豹二、翁仲二,左
执笏而右按剑,中设石鼎一,制皆精巧。再北享殿五间。此后又缭以
朱垣,方可一里,以卫圣墓者,乃内林墙也。殿后甬道,直北二百步,

西折数十步，有南向而封如马鬣者，圣墓也，遂行展谒。墓高丈有奇，周约五十余步，石碑二，一题"大成至圣文宣王墓"，永嘉王养正书。一称"至圣先师"者，乃明人立。墓前白石祠坛，唐时旧制，有四面题名者，久已易之。《孔圣全书》云：既葬，公西赤为识。后世墓志祖此者，愈不可考。墓西南有东向室三间，即庐墓，堂内供端木子神位。墓东稍南十步许，二世祖伯鱼葬处。商人尚右，从其祖也。碑题曰"泗水侯墓"。又南三十步许，三世祖子思子葬处。前立翁仲二，与享殿前石仪皆为宋制。碑题"沂国述圣公墓"。诸碑皆篆书，俱礼毕。按，三墓独二世祖无翁仲。金粘没渴兵至阙里，军士误发泗水侯墓，遂斩十二人以徇，大约此时所毁未可知。墓之东南为纯庙御制诗亭，又南仁庙驻跸亭，又南宋真宗驻跸亭。又南楷亭，有图与诗勒石。稍前石台上护以短栏，则子贡所植楷也。八尺直干，柯叶尽脱，内垣中鸟不巢而棘不生。当时群弟子各自其国徙植之树，不辨其为鱼毒鼠梓、白枣赤棠，但觉拔地撑空，氤氲杳霭而已。虬柯上见有细叶，蒙茸缠蔓而下垂者，曰文章草。余因问，所谓蓍草丛生五十茎，今无有也，相传只圣林与伏羲陵产始灵。缘守林人悉刈以获利，陶意以为林内蓍草，应照樵采例禁。于是瞻仰盘桓，抚松楸而动色者久之，然后复出。享殿外转，东偏有三楹。南向曰思堂，是春秋祭扫、族姓燕会之所。旧有宋、元题名，今存重修一记。圣驾幸林亦曾驻跸于此。思堂东为土地祠、为神厨。稍北为祭孤坛，祀无嗣者。遂循外林墙而周行之，高冢累累，悉四世祖下历代子孙祔葬。其西北隐隐有小沟十余丈。相传始皇发冢，白兔出其中，闻冢内琴声而止。今呼白兔沟，不过传疑耳。此间亦万木森罗，楷桧最多，余则柞、枌、雒离、女贞、五味、鼍檀之属。初林地仅十八顷，余皆历朝增赐。圣驾幸林后，复赐十一顷有奇。今林墙东垣外，诸坟丛杂，碑镌云螭而无字者，乃未字之女云。按，《史记》称鲁哀公葬孔子于鲁城北泗上。王充《论衡》曰孔子当泗水而葬，泗水为之却流。故形家言自岱宗麓，东趋三百里至曲阜，皆隐隐石骨棱起。既渡泗水，则回礴盘旋，平展数百顷。洙水抱其前,而孔林居洙泗之中,荫庇不穷者以此。陶意不然,夫天辟秀灵之区,为圣人妥神之地,理所固然。然圣教之所以万古常新,遗泽之所以至今不朽者,道也。苟无其德,虽有其地,将奈何?日暮回寓。公府以蒙茶、点心数事见赐。夜赋谢一截,有"得非岭海怜微裔,许试蒙山顶上茶"句。

初三日(3月23日)　晴暖。洙泗书院学录家昭虔来,旋有四氏学录家春原宪誉来,以伊子庆锴在教职任,保升知县,托查选期,亦长兄之甲辰同年也。随往各处拜辞。出东门四里,隐隐隆隆,为鲁国东城故址。《国语》曰爰居止鲁东门外三日,则此旧即建春门,海鸟所止处。计其遗址,不过约周三十余里,是千乘国都,直今一大府城耳。四里过旧县治,破庙颓垣,居民鲜少。又半里,见贔屃斜卧,纵横十余尺。有碑断而为三,计高二丈有奇,上无文字。按,杨奂《东游记》谓:少昊陵有大碑四,俗呼万人愁。宣和末重修勒石,未及镌文而金兵至。且北去半里又有断石数堆,与所云四碑正合,但不知复断自何年,想非以百牛曳之,不能倒也。半里有神道,翠柏波娑,为"少昊陵"石坊。坊北宫门三,南向东、西两庑,正中享殿五间。纯庙额曰"金德贻祥",联曰:"前统绍轩台,纪因凤鸟;崇封传鲁阜,守有熊罴。"盖少昊金天氏即位穷桑而徙曲阜,纪官以鸟因制凤鸾书,圣制表而出之。殿后陵状如斗,广博八、九丈,高如之。甃以青石,宝顶上黄琉璃瓦亭奉石像,有半枯楷树斜柯出亭东,却不可阶而升也。陵后封土为丘,其外四周土垣而已。有本朝及明祭文碑记,凡二十三。陶赋一诗,末有"且拭尘容陵下拜,五千年外旧苍生"句,题壁间而出。正东行,五里瓦窑头村。七里陶乐村,尖。西南有周、鲁诸陵,制不可考。又三里,防山之阴,为启圣林。林广数十亩,亦周以朱垣。其南元柏百株,是为神道。林门三,外列石狮二,内陈石仪八,中享殿三,重檐碧瓦,制如祠。后聚土阜,不仅封崇四尺。篆碑二,曰"大元追赠圣考启圣王墓",杨守义题;曰"圣考齐国公墓",益津孟涛书。嘉靖间改王为公,至宪庙复追王五代,则孟涛碑乃明时立。稍东小坟,碑题"圣兄之墓"，乾隆五十年立，而创实自永乐间。墓前展拜毕，过东角门，壁嵌小石记，尚隐隐辨为至元纪年。然殿宇隳坏，霜露堪悲，愿当事者亟以兴举废坠为心也。按，防山石骨土肤，兽伏林之东南。去墓二里，泗水绕林之北，墓处平旷中，非依山傍崖可比。虽新筑之土，雨甚亦不易崩。且由鲁至防，不三十里。先圣二十四岁而颜母卒。地如此其近，年如此其长，焉有不知父墓而殡五父衢，必俟曼父之母告之者？高安朱氏曰："孔子有姊、有兄，非皆少孤也，何待问之他人。《礼经》背谬无过于此，亟当删之。"卓识哉。余谓《檀弓》数以不近人情之事妄加先圣，其实两篇皆诋訾圣门而作，当屏出四十六篇之外。知我罪我，纪之以俟公论可也。升车西向，一里折而南走，平陂乱石，荦确如泰山道中。十二里过颜子林，享堂摧塌，有鞠为茂草之叹。碑篆"兖国复圣公墓"。稍北而西，为先贤杞国公路墓，林地广袤可百寻，颜氏子孙亦祔焉。有石楠树二，皆大四、五十围。任昉《述异记》云颜子手植，毋乃至今尚在欤？一里成庄。五里南信村住。夜，刮大风。

　　初四日(3月24日)　晴，仍风。东行十里北村。重峦逦迤，大溪中流，蹒躅山梁上，泉清石秀，一解尘颜。碑题曰"鲁源溪"，亦呼白云溪。由此达于沂水，是为尼山之阳。循溪行，八里王姑村。折而北，二里昌平，山下鲁源村，即鲁之昌平乡，先圣诞生处。《史记正义》言阙里在此，长徙曲阜，仍号阙里云。一里颜母山，作尼山前案，中夹鲁源溪，上有古柏数株，支离于岩石间，古名文德林。《搜神记》谓孔子生空桑，今名孔窦即此，未免荒诞。然此去昌平不远，山之东尚有颜母祠井遗迹云。立溪边西望，则万笏罗拱之中，五峰连崾如掌，高不百仞者，为尼山五老峰。峰腰绘柏千章，金碧隐耀，仅露飞檐一角于树杪间，为观川亭。其麓岿然而隐秀，杳然而深藏，中和壑与智源溪二水自山间夹出，汇于岩下鲁源而南去者，为坤灵洞。只觉霭然瑞气，酝酿深醇，窃叹我先圣之生也，实天地赖其赞化，借山川以毓秀灵。若必据堪舆以形岳降，不独失尼山，且失夫子矣。驱车自浅流济，先抵山麓坤灵洞。石壁数寻，而空其中，质黑理横，深丈许，可掉臂。入五、六步后，狭不容其中，户牖玲珑，得天然之妙。外立《尼山孔子石像碑》，剥蚀中隐辨"至元三十一年"数字。《阙里志》谓中有石床枕几，则又援洞天福地例而铺张之耳。溯智源之旁，登山三百余步，石梁跨涧，树阴萧森。相传圣母祷时，草木随而升降云。临槛徙倚，见鸣泉泻石上，下窥人影，又泠然如入玉壶中。桥北有坊南向，坊东一亭，下瞰溪光，即顷隔溪所见者。然"子在川上"处，昔人以为陪尾山下之泉林，此等考订，殆难据依矣。坊北至圣庙，是为中峰之腰。中峰顶上洼，《祖庭广记》所谓"圩其顶"，此圣讳所由名。然五峰之脉下垂皆面东，而庙则南向，故前临智源溪，而后绕中和壑。庙三门，中殿祀先圣，旁四配皆像，两庑十二哲祀主，后殿奉亓官夫人。左曰讲堂，堂后为后土祠。庭立元碑三：一危素撰，李稷书；一陈绎曾撰，季彦博书，文字双妙；一已模糊。另一碑，道光间发帑三万重修，纪恩也。庙西偏曰毓圣侯祠。宋以尼山神能毓圣故封。尚有永乐十年碑。又西启圣王祠，前祀圣父，而后祀圣母。碑为虞集撰，衍圣公克坚书，元至正二年立庙。北数十步即尼山书院，同治初毁于贼，今重建数楹，无复旧观。门外尚存弘治六年碑。昔元、明间先哲聚鲁诸生讲学于此，遗教未泯，其或有继踵而兴者乎？命守者汲智源，煮山茗，进一碗，而后缓缓下山。从旧路回王姑村，遂折向西南，无店可尖。五十二里抵邹县，入东门，出南门，名曰崇教路。东立"三迁故址"石坊。坊下二碑，题曰"子思作《中庸》处"，曰"孟母断机处"。循孟庙西墙，至庙左之店投宿。

初五日（3月25日） 晴。谒庙，正殿七间，亚圣冕服像，须眉皓白，而气象岩岩。东配先贤乐正克，西立圣像石碑。御书额二，曰"道阐尼山"，曰"守先待后"。联曰："尊王言必称尧舜，忧世心同切禹颜。"殿北为夫人寝殿，殿东、西为两庑，南为承圣门，三间。东侧门为知言，西侧门为养气。再南为仪门，亦三间，榜曰"泰山气象"。再南棂星门，门前"亚圣庙"坊，东、西"继往圣""开来学"二坊。承圣之左为启贤门，圣父邹国公、圣母仉夫人二殿在焉。承圣之右为致敬门、致严堂,家庙在焉。规制宏丽,与颜庙伯仲。若桧柏之苍郁,又似非祖庭可同日语。然宣和间始创为庙。今殿左一柏最奇古,环以雕栏而图赞之,犹宋时物云。墀下有井,方鸣球《碑志》谓:康熙间有声如雷,从地穿出成井,与孔、颜、曾三井并传,名曰天震井云。两庑中祀主二十,公孙丑而下弟子十有七,孟仲子亚于万章。《孟子世表》直作孟子之子,谓赵歧注以为从昆弟非是,是亦当知。余三人则韩愈、孔道辅、钱唐。初祀杨雄,前明始黜之,而进道辅。钱乃洪武初刑部尚书,太祖读《孟子》,至"草芥""寇仇"语,诏罢配享,毋许入谏。钱伏阙抗疏力争,帝始释然,事具《明史》本传。至于丰碑短碣,列衢环壁,不亚孔林。遍观二百二十三石中,前人留题精作不少。以金赫然、元赵文昌题壁、明董其昌《桧》诗为甲观。虽有一、二宋碑,殊不足媲美。忽从致严堂檐际,睹古隶二石。其一横二尺,高尺五寸,存字三十有五,字大二寸余,碑题"天凤",为新莽篆国纪年。旁跋云:"嘉庆丁丑滕老人颜逢甲得于卧虎山前。"盖封田赡族,勒石戒子孙者,二千年来未勒,可宝也。其一则残石半截,横尺五寸,高半之,跋云:"道光戊戌从石廧村移贮。"字细而剥多,非全拓不可读。二碑简质古朴,无论魏晋矣。庙西亚圣府,袭五经博士居之。府前"节孝""旌忠"二坊,为孟翰博等立。又西即三迁书院。复至南门之东,有南向者,为子思子书院,乃授《中庸》处。后即景贤堂,西有"曝书台",为元秘书杨桓篆书。书院左子思子祠内,正殿奉述圣。北为率性堂书院。右孟母祠,中即断机堂。相传孟母三迁,而徙学宫之旁,即此地。而城北付村,亚圣生处,今存孟母故宅。若四基山之孟林,马鞍山之母墓,又在付村西北,不及遍谒。按,四氏皆世袭博士,亦给祭田五十余顷,而繁衍以我族为最。颜氏二千有奇,孟氏五百余,曾氏林庙在嘉祥,不满百丁,缘嘉靖间诏求得嫡派质粹一人于江西,归以奉祀故耳。乡试额中六名,我族常居半,次颜氏,次孟氏,而曾氏无闻,是在培养读书,而无负先德者矣。回店。午尖。将访峄山,导者指孟庙东南,文贤冈又东去廿余里,乱石巉岩,人见濯濯者,是山之前即古邹国。春秋时,邾文公卜迁于此,而易国名。但《书》称"峄阳孤桐",早已斩尽。秦碑经后魏太武仆之,续为聚薪所焚,故《峄山碑》世无原石。今乃元祐时张令重摹。然闻石洞玲珑,神为之往。仆从请赶济宁站,勉从之,舍而西行。平畴极目,十五里天公庄。五里名二十里铺。五里渡平阳桥,跨白马河,源自邹北孟母泉来。二里臧村。三里横河村,居泗水之旁。《禹贡》言:"浮于淮泗,达于河。"今滔滔尚可方舟,惟就浅处亦策马可渡。河堤上杏苞初放数百株,如霞舒云卷,与嫩柳争媚春光。洲边忽起芦雁千行,回翔沙际。此景虽元人画、晚唐诗不能绘也。五里刘狗村,济宁州属。三里新基村,妇稚拾土于町畦。停车问之,谓此地土生白泡者,煎能成盐云。五里高树村,厥土黑壤。十二里南寄村,抵州东郭。壁垒旌旗,军容甚整,谓将西征者。城周约九里,四关间阎扑地,其外加筑土围。过护城河,为文盛街。北省悬街名者绝少。穿城过,寓于西关店。按,济宁古任国。《孟子》"季任为任处守",即此。今运河绕城,西南设闸蓄水,时启闭以通漕艘,故繁富甲他郡。盖自元、明定都燕蓟,遂成一大都会云。夜,天际乌云,础润将雨。

初六日(3 月 26 日) 早雨数点。肩舆入城。访闽周大令家,代探平安,消息竟不可得。出南门,夹运河而居,皆高阁云连,嚣尘辏集,不独帆樯如织而已。闻咸丰时河帅驻此,又益盛。门之东新修金龙四大王庙,久钦灵异,瞻仰而出。按,《河防志》:神姓谢名绪,宋亡,题诗赴江死,葬金龙山。明太祖吕梁之战,见神拥黄河北流,以败元兵,故封。庙东御碑亭,后为宫门,驾视河工,曾驻跸处。倩导访古迹,从东小巷引入城根。昔杜工部同任城许主簿游南池,诗云:"秋水通沟洫,城隅进小船。"风景宛然,惜不复闹红一舸耳。池地仅百弓,斜傍女墙如带。初循堤入,诗碑立道左。从南岸度九折虹腰而北,中跨小榭,河帅苏赓堂先生榜曰"息机观化"。桥尽处,曲径三三。西建八角琉璃亭,有纯庙赐"唐臣杜甫荩臣诗史"之碑。遂趋拜文贞公祠,稍慰私淑意。祠中诗、像分镌壁间,明嘉靖时杨君某所立。门外嵌沈椒园《重修南池记》,剔藓可读。乃少憩于濯缨之台,台可觞可琴。池南亦隐有轩窗遗址。时嫩柳舒黄,浅草荈甲,别饶一番春意。须臾遵水滨而西,则彤垣碧甍,行宫在焉。穿径百步余,有金碧重檐者,仁庙御题"莱风亭"也。亭前柳堤通南岸;分一池若夹镜者,御道也。出古南池坊,有翼廊东西向者,当时待漏处也。又南,明楼上耸,始为宫门内之阙门。阙西双亭对峙,复为五孔雕栏石桥,渡之,复北抵牌楼下。当中有亭翼然,与桥南遥遥鼎足者,皆镌纯庙东巡视河之作也。于是复绕莱风亭下,选嘉树之荫,与客稍息。欲登太白酒楼,遂与客别。客言:"当乞铁塔寺僧导,不导则不得登也。"如其教,僧果辟户以俟。楼凭城,上下三楹,近俯洸、泗二水之交,远揽马陵、牛来、承匡、缙云诸山之翠。南面榜曰"太白楼",其北大书"诗酒英豪"四字,中供贺监及太白先生像,四壁过客题诗,挥毫殆遍,然余不敢向雷门布鼓矣。复出城,回店。闻州学向存汉《武君》《郑君》《鲁君》《景君》等碑五,惜未一访。西南行,八里马神庙。沿途咨询古迹,有谓东南女娲陵,正南仲子庙,以相去数十里,难以迂道。闻仲氏裔则汉时自泗水流寓此,今世袭奉祀事焉。八里四平桥。十四里汤家口,尖。渡赵王河,十二里王家鼓堆。十里卢家楼。三里郭家庄。六里入金乡县界。六里胡家集。十二里小戴家集住。是日刮风。夜有警,闻公车被劫二次。余亦以戒心,不成寐。

初七日(3月27日)　晴。先太史讳日,南望叩拜,而后出车。十里曰十里铺,过柳河。一名新开河。四里遥望金乡城塔,即汉之昌邑也。杨伯起义却怀金,范巨卿信留鸡黍,遗风未泯,缅想昔贤。二里荒垌间有真武破庙,列天神四十,巍巍三仞。殿制浮螭石柱,精妙绝伦,莫考所自始。四里西关,居然大镇。十五里马家集。自邹县至此始西,见远山横黛,为单之栖霞云。八里李桥。六里氾水集,尖。五里蒲家村,为曹州府之单县界。五里乐城河,已涸。十里高庄。四里李家路。八里入县北门,过明朱忠烈公祠。出寓西关店。时巡防甚密,设循环部以稽过客。按,此为春秋单父,宓子贱、巫马期皆宰焉。一则端居鼓琴,一则戴星出入,劳逸异而治理同,问今之贤宰,风流何如耶？

初八日(**3月28日**) 晴。西行。三里黄花村。七里仪家楼。五里陶楼。二里石庄。十八里王家砦。十里有土堤断续，缘淤黄河在县之南，当时筑为拦水坝，故名临河堤。过此即曹县界。二里花塔庄，尖。席地于茅檐下，尝新芋，饮村酿少许，陶然升车而去。三十里侯家集堡，周可十里，北方少见。十五里张家店。十里止于县东门。曹本春秋曹国地，县南数里外有小山，即《曹风》所咏"南山朝隮"也。

初九日(**3月29日**) 晴。出西门。十一里穿堤过，名旧老堤。一里王吕基，李花盈雪，红杏在林飞，诗谓"分得春光最数多"也。西南行八里即淤黄河北岸。黄河自兰仪改道，汇入齐河，故此河底变为桑田，小有村落。破堤而出，驱车横过，沙松轮涩，转碍于行。七里抵南岸下之流通集，傍堤外皆筑民居，想当日不几与鱼鳖为邻耶？是为河南省归德府界。十八里尖于考城旧治，即春秋郑之谷城。东南不远有葵丘盟台址。又西三里，复登淤河堤上。行十里丁家砦。十里石家楼。十四里刘井窝庄。四里住黑村。

初十日(**3月30日**) 大西南风。仍行堤上。十六里王庄。八里石鼓庄。四里下堤，有洪庙集，颇繁富，交开封府之兰仪县界。初本兰阳、仪封两邑，熙雍以后河决，始招集流亡，合而一之。极目平沙，非生聚教训，无复旧观。复逆风行，人马共乏，且连夕劳顿不寐，头目欠安。又廿五里尖于县之北关，遂止焉。地本春秋卫之仪邑，为"封人请见"处，有请见亭，今毁。

十一日(**3月31日**) 风益甚，黄尘蔽天，不可开目。所过农田，望雨甚殷。六里石家庄。六里观音砦。七里皇甫砦。六里曲兴集，入陈留县属，即古称"有莘之野"也。十二里蔡楼。六里邵头营，尖。已交祥符境，首邑也。十里饮带河，源于汴。按，汴西自蒗荡渠，历鸿沟，从开封北而东穿陈留，曰汴河。由鸿沟分而出开封，南绕朱仙镇者，曰沙河。秦王贲攻魏，引灌大梁，即此。八里抵汴梁会城东郊，城周二十余里，辟门五，康熙间重筑，乃宋内京城址。相传艺祖都汴梁时,扩修为四十八里,城墙曲宛如蚓。蔡京擅国,改其制为方直,而金兵得以逞。然黄河在城之北,历代为患久矣,非曩日规模。入曹门,即侯嬴监门处。唐胡曾云:"惟有侯嬴在时月,夜来犹自照夷门。"故今亦呼夷门。过南京巷,卸车于三圣庙街河帅行衙,晤苏仲新、叔赓两世兄,随谒赓堂师帅,慰勉殷殷。

　　十二日(4月1日)　饭毕,偕叔赓、泽生同车出游。至城北龙亭,有南面牌楼,石狮子半没土中。其北百顷湖光,倒涵寥廓,长堤中亘。约二千步抵真武观。门内敞殿崇隆,盘龙石陛,左、右历城数十级而后登,上供真武像,座下有镌龙石墩。檐间纵目,觉帝城云里,春树万家,虽风景已殊,而人烟凑集,尚可想见灯火樊楼之盛。按,汴宋故宫今改贡院,周世宗金明池旧在西郊,其余宫室、苑囿陵夷几尽。此应是龙德宫,本徽宗潜邸,即位而广之,亦硕果之仅存者,故狮子、石陛、龙墩犹是宋物。绕殿后北望,闻有苍颉造字台,而《雍胜略》以为在长安。惟三十里外是子房令力士狙击祖龙处,今则犹呼博浪亭耳。下殿,循行东西垣,门阙数重,草莱欲没。有《五岳真形碑并序》,书法可爱,不辨为何时刻。又废圃内怪石一枝,白质皱里,足供奇赏,抚摩间得"宝月峰"三字。昨闻师言,抚署尚存花石旧物数拳,疑此当亦艮岳之遗者欤?昔读祐陵《寿山艮岳记》,方叹阿房建章之不如,无何金人至而拆屋为薪,凿石为炮,徒令吊古者依稀于东北城隅间。吁!北宋之亡,亡于艮岳;南渡之亡,亡于半闲。两朝君臣,后先一辙。甚矣,玩物丧志之足为有国有家者戒也!虽然,以此湖论,亦未尝不可因民之利而利之。令于深者界之渔,浅者植芰荷、茨菱之属,小渚间筑书院课士,环植堤柳而通之,则风日清美,咏舞雩者踵相接也。周、苏二子然之。随过西南鼓楼,大书曰"声震天中"。诣大相国寺,寺创于北齐,而名于唐,盛于宋。《归田诗话》谓:"艺祖至,见寺僧赞宁,曰:'朕见佛,拜是?不拜是?'对曰:'现在佛不拜过去佛。'帝意大合。"是今之称上为佛爷者,得非祖此耶?寺内禅堂、斋室数百区,庭间廊庑容万人,商旅聚之,居然榷货之场,自宋时已然。忆《宋名臣言行录》谓:穆修重镂唐人集,鬻于此,必读终篇不失句而后售。似此书贾,岂独今无矣？诣大悲殿,殿形八角,势若摩空,于黄旛丹幢、香缨宝珞中,立千手千眼佛像一躯,而四面又应真五百,周环若众星之拱,他处罕见也。抵老五龙宫,神座后有艺祖卧像,覆衾跣足,一冕服神与土地鹄立伺之。相传微时避难,默祷百灵为护。但《宋史·本纪》:"帝于(北)〔后〕①汉初漫游无所遇,舍襄阳僧寺。"事纵有之,亦非在汴,其为好事者附会无疑。出经北土街,酒帘在望,泽生遂邀小酌。所谓"卖花担上观桃李,拍酒楼头听管弦",非复东京景况矣。复入龙王庙,适海棠盛开,因念京邸手培,已供他人吟赏。少谈返署,于叔赓斋中得阅赵集贤小楷《汲黯传》真迹,旧为周容斋②藏。乌丝栏,绢本,末云:"延祐七年十三日,手抄此《传》于松雪斋。此迹有唐人之遗风,余仿佛得其笔意如此。"册后文衡山跋称:"内缺自'反不重'至'率众来'百九十七字,乃为补书。"又惜册首数行,为伧父妄填数十字,为少玷耳。师又出观书画十数种,内有北宋拓《圣教序》,大瓢道人杨宾故物,经前明韩逢禧诸人鉴藏,末有方扶南、陈汝楫、李馥数跋,"内出""出"字,下半尚隐约可辨。先余颜氏本二、三十年,不过墨色少逊,诚海内所罕觏者。余本有金祖静跋,亦及大瓢。不意翰墨渊源,师弟间各有所遇,难事也,尤快事也。夜早寝。

十三日(4月2日)　师召畅谈,复罄观近年所得,如小李将军山水、张伯雨缩临《岣嵝碑》,皆入赏。惟《化度寺铭》张凤翼跋为唐石,忆余旧得宋翻宋拓颇相似,又与繁昌鲍氏所得范氏书楼本迥异,故未敢臆断耳。午间偕叔赓出南门,土人呼曰宋门。逦迤东南三里,访梁园遗迹。蔓草春风,徒萦幽思,不意屹然麦陇,尚有繁台繁,读音婆,蒲

---

① 《宋史·太祖本纪》原文:"汉初,漫游无所遇,舍襄阳僧寺,"此处"北汉"当为后汉。

② 〔清〕周尔墉,字容斋,浙江嘉善人。道光五年(1825)科顺天副榜。娱情翰墨,长于书,出入欧虞。《(光绪)嘉兴府志》有载。

波切。下塔亦同。壮丽,高参霄汉,即《九域志》所称师旷吹台,而梁孝
王增筑者也。《游山志》言旧有桐百围,峄阳方此为劣。今无复存。
遂层级升,中奉禹王像,前立"古吹台"坊,后建御诗碑亭,四周轩廊翼
翼,亚以朱栏,极游目骋怀之趣。其下禅房颇精洁。东则三贤祠,以
唐李太白、杜子美、高达夫三公曾同时觞咏于此而建,今为课士观耕
之所,每春时,都人士女车马来游云。又西半里,国相寺中繁塔三级,
高二百余尺,一砖一佛,一佛一像,亿万化身,无一相袭,镌镂之精,叹
为奇绝。内嵌宋兴国石刻梵经,书亦不恶。本五代周显德时天清寺,
明洪武间始易今名。有旧碑云:桂山和尚本东粤人,以明孝廉改官山
海关武职。我朝定鼎,披剃而重饰招提,得毋亦药地、今释一流人物
耶?由是趋东廊花圃看牡丹,魏紫姚黄,南东其亩,而芍药、棠棣、木
香亦复烂漫如锦。徘徊良久,折桃花数枝而归。

　　十四日(4月3日)　　刮风。时大吏步行求雨。午磁州王丹麓司
马承枫闻余至,特来相晤。年六十三,工书画,精鉴别,一见若平生
欢。即索素笺,绘《十万卷楼图》以赠。并谈嵩岳之胜,亹亹不倦,各
相见恨晚。夜尽醉始别。师言司马人品亦高,不惊宠辱,殆雅吏而亦
诗人云。

　　十五日(4月4日)　　花朝。欲告别,师情意极殷,不能不再留一
日。暨聆绍廉访得耿藩《醴泉铭》于成邸者,恳师函借一观。披展至
再,似不逮所闻。甚矣,古刻之不易也!午与叔赓遍游书肆,无佳本
可购。道遇丹麓,同车返,谈至二更,依依而别,并订粤游作东道主。
夜,灵雨应祈,少慰农望。

　　十六日(4月5日)　　清明,小雨数点。午间告辞,升车。顺道瞻
五彩窑塔,遂出南门,向西行。霡霂既益,良苗怀新,桃李争妍,更助
行色。三十二里回回寨,尖。十里抵中牟县,即春秋圃田,汉初置县。
若范、中行之邑,佛肸据之以畔者,在今直隶顺德府。二十里东庄。
一路从河堤上行,每段归某厅属,立坊堤上,大书丈尺,以专防河之
责,法至密也。十八里闹市口,宿于堤上小店。冰轮初上,乘马登开

口坝一观,忆先君子诗:"黄流作势风助吼,寒月自皎霆喧轰。"此景仿佛。

十七日(4月6日) 阴晴。仍遵堤行。鹭鸶三五,拳立沙洲,叶叶风帆,远出天际。此景王晋卿①、刘松年②亦尝为之。十二里杨家寨,中河厅管。进大王庙,其敕封灵佑侯,为国朝衣冠像,则朱河道③也。半里上南厅。又半里冒庄。十二里水波庄,河傍北流,南堤下原隰畇畇,皆河兵所私垦。六里尖杨桥寨,过此属郑州。十五里老马头。囊曾漫口弥望,败堵漫沙,遗民采草根、剥树皮为食,心殊恻恻。四里过运河桥,即宋东京河,可舟通朱仙镇。九里蔡庄。十五里严庄。五里入州,北门出,寓西关。周初以此封蔡叔,使监殷,春秋始入郑地。又按,黄河北入边墙,穿河曲、府谷二县之间,南抵潼关,始折而东趋,千余里至郑州止,皆两山夹护,天设金堤。唯汉文时河决酸枣,溃及荥阳,此后不复见河患。自郑州再东,堤工始纷然起矣。夜拟《圣教序》跋。

十八日(4月7日) 阴晴。将先访嵩山,以土人导。连日皆沿河西行,今稍西南,土山逦迤。九里姜利村。六里三官庙寨。过小贾鲁河,由贾鲁支分故曰小。其大河源出荥阳,过郑州之北而东去。元使贾鲁修治以达漕运,因以为名。今自郑州以西,亦呼为京水。五里抵荥阳县界,本古东虢,郑桓公灭之为京,后太叔段居之。过此则坡陇连绵,平壤绝少,民耕于山。余车走深沟中,土壁夹耸,目无所睹,殊不耐人。十里须水镇,俨然陡绝,山城也。须河之水出万石山,绕

---

① 〔宋〕王诜,字晋卿,山西太原人。驸马都尉。弈棋图画,无不造妙。《宋史翼》有传。

② 〔宋〕刘松年,浙江杭州人。淳熙画院学士。师张敦礼,工画人物山水,神气精妙,名过于师。《宋史翼》有传。

③ 〔清〕朱之锡,字孟九,浙江义乌人。顺治三年(1646)进士。治河十余载,徐、兖、淮、扬间颂之锡惠政,相传死为河神,民称之曰朱大王。《清史稿》有传。

镇而东北流,合京、索二水入贾鲁,或又称为小索水。既渡,尖于西岸土窑。俯躬而入,陶复陶穴,如见太古风。五里姚家庄。六里庆云寨。九里淮西村。十里打铁店。过南河,又七里七寸河庄。六里崔庙镇。觅得草店,卸车。此去登封只可骑行,拟明日留舆人看守行李。

　　十九日(4月8日)　晴。易骑,向西南。六里六门口。四里黄村店,石坡夹涧,盘谷纡回。五里大红坡,山势重叠,崖颠多筑寨城,皆土人避乱之所。十里出石破口,则坡陀曼衍,禾麦间错,如展青茵。南望诸山,白云乍合,青霭欲无。十四里昌平砦,为许州府密县所属。四里米村集,尖。尖毕,过南坡岭。八里和春寨。二里列村。十里马河村,与登封县接壤,已为河南府属。五里月台砦。十四里马跑村,六村错布,鸡犬相闻,皆以马跑为名。十四里漫漫暮色,熟视不见嵩高之形,直抵山麓,始见岳庙。晤王本学、张本志两道人,借寓小楼宫。饭毕,与谈山中形胜,若何周览,曰:"《诗》不云'嵩高维岳,峻极于天'乎? 然分而言之,状若列眉。其东北二十四峰,磅礴浑沦,四岳所不敢争雄长者,太室也。其西北三十六峰,插天竞秀,视太室成主辅之势者,少室也。中间陵阜相属,若绾秋蚓,似断实连。至于两室之麓,琪林瑶树中,散布琼台金阙,大都缁流羽客之所逃名。俯视平壤,有所谓颍谷封人故居,今为弹丸之登封矣。赖玉案山横带其前,而东达箕颍,西通石淙,皆灵岳支连,胜概可举其略。惜连日春云笼岫,目不及远,盍先平易而后窔奥? 亦游之不可胶于一辙也。"余抚肩而起,曰:"善。"时山月透棂,料天公放晴,不觉忘寐。

　　二十日(4月9日)　晴。晨,肃衣冠,谒岳帝毕,乘笋舆出庙之左掖门,循麓而东。二里新店,涉流过,即太室灵岩之水出汇于五渡者。五里黄楼村,踯躅青溪绿杨中,有妇稚提筐,采新叶以充食。渐东南,历紫坊村,至五渡河,潆纡回旋者约七里。回顾箕山,已蓊然西镇,亦可称嵩之匄侯,宜《初学记》谓其"高大四绝"也。又二里有镇,曰部成,立坊曰"古阳城",禹避舜子处。傍麓平畴百亩,殿宇中开,所称元圣庙,亦即测景台也。趋拜,则门外粉壁大书"千古中传",二门榜曰"古圣人也"。后为公殿,阶下整石方台,状类斗,高六尺五寸,下每方四尺五寸,上狭半。台中立石表,高二尺四寸八分,大楷题"周公测景台"五字。按,姬公定此为土中,立土圭测日,以验四时之气。唐仪凤四年,姚元之仿古法,改为表,南宫说勒石若台,北面分镌行书,曰"道通天地有形外,石蕴阴阳无影中"二语。忆《上蔡语录》所引程明道先生诗,必后之好事者从此脱胎耳。殿后为观星台,高五十余尺,可左、右梯石升。台上之北,小屋三楹,中楹榜"金壶滴漏处"五字,空其下,为方槽至地。地接石尺,自南而北相连三十有六节,计长八丈二尺数分,高一尺数寸,广如之上。划溜槽二,首尾周回可通。相传悬挈壶于中楹,滴漏尺上求刻,以符日景。又谓台立北表,以观极星。李空同直指为元郭守敬量天尺,李《通志》①仍目为周公遗制,旧说不一。又后为帝尧殿,岂以曾游阳城,故并祀之欤?庙存国朝及明碑十五石。墙东麦陇一古碣斜仆,扪读,知为《大唐洛州告成碑》。《邑志·艺文》改"告成"为"登封",误矣。溯流东八里抵石淙。武后久视元年作三阳宫于此,东、西御苑逦迤二十余里,与诸臣游宴赋诗。此水源自玉女台下,入平洛溪,成石淙河。临河怒石丛耸,环蓄而成曲峡,奔流自岩窟喷出,游屐可望不可即。于是解衣跣足,缘壁之折,始下涧底。仰望晴空,居然身作井蛙矣。峡中奇石巉巉然,瑰诡错出,平侧异状。时则有若试剑,时则有若展旗。低而伏者,时则有若猛兽之饮羽;高而悬者,时则有若崩云之垂根。复有短濂,从峡北横泻而下,潚湃之声,与石争角。余盘礴间,岌岌然又惧危崖之将堕也。乃起,效猱升至半壁,有石台撑空出可坐。读磨崖碑。崖之北为薛曜真书武后《御制诗》,笔法酷类褚登善。下即侍从题名、和章及狄梁公七律,皆以艰于捶拓,故不漫灭。南崖无名氏大书"千仞壁"三字,甚雄健。其上分镌张易之撰序、宋至和二年范忠宣题名、宣和甲辰王绩

---

① 〔明〕李濂所修《(嘉靖)河南通志》。

题诗,悉入赏。独张序内有后题数刻,互相参错,然亦不足惜矣。舆
夫复导登崖西,俯瞰穴下,聚游鳞以千,谓夏初益肥美云。回郜城镇,
尖毕。自此西南行,八里歌子沟,渡颍水,至于箕山之阴。山雄厚,骨
少而肤多,故垦艺无隙地。以迷径盘曲,几廿里始抵许由祠。有挂瓢
崖、洗耳泉,复登绝顶,拜于其墓。太史公言:"余登箕山,其上有许由
墓。"即此。此山以巢、许著名,后来如田游岩等,尚踵其迹,故相传箕
颍间多隐君子。溯洄不得,景慕徒虚,岂昔之山深林密,今已谷变陵
迁,未足以逃泉石耶? 问牵牛墟、犊迹石,又访汉颍水太守朱宠所立
许由阙,已无可考。所可异者,以唾弃万乘之人,被以星冠羽衣,而尊
之为真君,俚俗诬妄至此,吾其能与许争乎? 此君有知,当不止洗耳。
聊记之,以发一笑。日将晡,匆匆下,趁星光渡河。舆夫请逾玉案山
道,差近,从之。适云霾月黑,乘舆,舆仆易马,马蹶。一路蹒跚,如是
者十有四里,始归岳庙,漏已二下。

　　廿一日(4月10日)　晴。早起,风稍定。张道人喜告曰:"今日
可登顶矣。"饭毕,导舆自庙后斜陟。四里为黄盖峰,实太室东支一小
峰。昔有黄云之异,遂平锐石,而建中岳行宫。宫八角黄瓦,重檐孤
峙三层,台上环以雕栏。咫尺外即绝壑悬崖,有三二虬松,若为之支
柱者然。台麓刊"岳灵"二字碑,字颇雄迈,明人丁应泰书也。翘望西
北,所称翠微以上,连崖横亘,如屏如旗,与泰岱、清凉似别开生面。
遂沿山径登,盘屈约四里,忽入山曲中,新柳毿毿,下有茅屋,春明绣
谷,桃李花红白相间,亦自不俗。再转二里,曰滴水坪,今呼芙蓉峰。
白石清泉,倏变一境。有御笔勒石,朱色烂然。然目稍旷,而陡削两
崖成万仞壁。壁际玲珑其户,窈窕其牖,只恨不能作骖云控鹤之游。
长吉所谓"上帝拣作神仙居"者,此太少室之所由名乎? 自此走岭脊
上,纡徐升者八里,歇于周道峰废庙外。道士东指鸡鸣峰,言此下即
卢岩,水石胜甲嵩岳。问登顶道,则西顾参云石嶂,巉岏崷崒,中擘开
一缺状石门者,曰:"抵此,斯过半矣。"又谓嶂西麓有东向寺,名法王,
每夜见玉兔当此门出,古人亦称为"嵩门待月"云。于是舍舆策杖,西

逾一岭,约六里有带脉递过,若横练。行尽一小峰,峰西复如前状者。再乃至嶂下,仰首则陡削嶙峋,不知从何攀陟,道士笑援以手。缘崖跻者又五百步,始喘坐万岁峰颠。少定,俯瞰脚下崟岑,萦绕而纷错,不觉置身缥缈间。道人言:"此即闻呼万岁处。"笑答曰:"岳灵昭昭,讵必登封为荣辱,况七十二君曾无颂祝之辞,此史臣铺张,汉武所由雄心益肆耳。"和靖先生云:"且喜曾无封禅书。"扬之欤?抑抑之欤?折北可二里有峰笔卓,过此则石脊棱起,如蜂腰,履不方步。东眺嵩门,西瞰绝壁,天风一来,身摇摇几不能自主。虽《孟子》北宫到此,其能曰不动心否乎?昔霞客曾披丛条以降,谓:"目不使旁瞬,足不容求息。"是诚好勇过我。稍前有山顶,状覆盂,四周平坦,名跑马岭。自可以排空蒙而掉臂,纵睥睨以骋怀。如是者五里,渐西北,始傍峭壁,上羊肠,历登高崖,今名二仙洞。洞形若半舫,跬步外,下临绝壑,须架木于石窦上,蛇行始度。余从崖顶攀援而上,过汪道人墓。道人辟谷,焚修于此,年近百龄,近已羽化。又经白鹤观址,极幽邃,相传浮丘公接引王子晋处,故呼遇圣峰。又西北三里,跻中峰绝顶,古名华盖。崭崭天际,端正而位乎中,视少室且为附庸。夫岂独控箕颍而背黄河,左襟荥阳、京索,右引伊、洛、瀍、涧而已哉!第憾太虚云海,开阖不常,向称视恒碣如聚米,望荆衡如覆簣,徒托意象间想耳。道人为余指点,若者为峻极禅院址,若者为武氏封禅坛,若者为宋真宗御井,若者为玉女窗、捣帛石,若者为纯庙御题遗迹。谈次而罡飙乍回,抟扶摇者可万里,相与抱石四顾,不须列子,直将假翰飞行。急下,回周道峰。不觉云气湿衣,遂扫叶煮茗,出裹粮一饱,乃访卢岩。东折趋山麓,溪声潺潺,循之入。当路辟武庙,西筑僧寮,神左塑老僧跏趺像,题为"鸿一先生"。按,先生字浩[1]然,其先范阳人,徙家洛阳。征谏议大夫,乞还山,赐隐居服并其草堂一所。广学庐,聚徒至五百人,

---

[1]　《旧唐书·卢鸿一传》:"卢鸿一,字浩然,本范阳人,徙家洛阳。少有学业,颇善籀篆楷隶,隐于嵩山。"日记刻"浩"为"灏"。

而著《十志》。《唐书·隐逸传》足据一说。其子复舍宅为寺,今纵不忘所自,亦何必援儒入释? 与许由之作道士装,真无独有偶,不成胡卢笑柄耶? 随扪读阶下二碑,则明邢州傅梅、虞城杨乐明纪游两律。僧持山茗奉客,询其岩景,久已荒灭,今仅补竹千竿,静翠临流,颇称幽窈。竹尽处,两山忽张,当中削崖万仞,飞泉俨自天注,其曳也如白练,其垂也如晶簿。半落有岩状半规,以蓄其势,陡触之,如跳珠喷雾,散满空谷,泻石下,作奔雷声。僧问:"较御帐坪何如?"余曰:"逊此矣。"然寻所谓樾馆、枕烟磴、幂翠亭,流风其谁继哉?《集异记》言:"鸿一先生凡异境皆勒铭。"今鸡鸣、玉女、望都三峰及天中池旧刻四铭,不可复考。因大书"卢鸿草堂"四字于瀑东梨花石下。后题:"同治辛未南海孔广陶。"皆分书,令僧镌之。徘徊而后出。六里翠柏萧森,则下卢岩寺也。抵庙已酉正。

　　廿二日(4月11日)　晴。出庙之西掖门,绕过猪头峰。迎望少室,璀璨天花,削成千瓣,雄伟逊太室,而奇峭过焉。导者请沿太室麓先访诸寺,韪之。渡涧,观刀切石,切圆为方,天然鬼斧。四里万岁峰脚,忆昨立峰头,尚有余畏。问启母庙,则已废。南一里,犹存古阙巍然。此间有石,亦名开母,旧避景帝讳,改"启"曰"开",其状若冕,高约五丈,周倍之。东北角崩卧一片,相传涂山氏已孕启,窥禹变熊治水,去之,禹追急化石,索子,裂出之。此系《淮南》杜撰于前,汉武建庙于后,石头公案,诬蔑圣贤始终,皆汉人罗织而成其实。风刮土松,石自山颠崩落,近好事者以青蚨撞入石鏬,千百载后又不知如何传神志怪矣。石北有长春宫旧碑,隆庆间蒋机镌五古其上,亦证此妄。趋阙,则长方石叠成,如坊中横处断落。阙北面镌篆书题名十行,行六字,接镌前铭、后铭及纪年,连石侧计二十四行,行十二字,而分二层。上层残阙过半,后汉朱宠于延光二年为开母立其旁。另有隶书十四行,行五字,前两行、末一行均半蚀,所称《季度铭》也。有拓者,悉弃残字,询其故,曰:"向皆然。"方叹鉴古者每以多寡聚讼,半为佣工所误。摩挲久之,而后西去。一里抵崇福宫,宋天圣中因汉之万岁观、唐之太乙观,改为祝厘所。当时名臣,如二程子、朱子、司马文正父子、范希文、杨中立、李伯纪等,前后皆提举管勾于此。余题句云:"二十二贤提举遍,至今人道德星堂。"此间东接宋之避暑离宫,廊殿千楹,鞠为茂草。今邑令徐君寿彝因奕旗、樗蒲、泛觞三亭址,而建流觞小舫,亦雅吏云。茶罢,遍读十余碑。惟宣和卢团练留题、元太祖手诏长春真人书、蒲察大使索海市诗三石特佳。盖元时丘真人主此最久,遗迹独存。余夙闻嵩阳与睢阳、白鹿、岳麓号"天下四大书院",欲先访之。导者曰:"去此二里耳。"欣然随之行。历老君洞下,话间抵书院。倚太室南麓,中祀先圣,配以朱、程,讲堂峥嵘,学舍胶葛,气象固自俨然。其故址本唐高宗之奉天宫,玄宗易名嵩阳观。门外丰碑屹存,曰"纪圣德感应颂",乃李林甫颂丹成之瑞,徐季海分书,遒劲第一,如新发于硎,唐碑中得未曾有。然自赵宋以下题名,几无一隙处。当时虽赐改书院,而不毁其碑,为后戒也。又庭前八角石幢一,悉镌宋人苏舜元、祖无择等题名廿余段。另一段云:"余与子由考试西洛进士毕,同游二室。"三十九字,前人疑为坡公,而未敢定。但末置"熙宁五年九月",然则坡公是时正在杭州监试,赋《试院煎茶》诗时也。东、西廊壁分嵌大观张杲、嘉祐文潞公、政和陈彪题名,亦有足观,皆自他处移来者。若汉之三将军柏,明季祝融已夺其一。今两树青葱无恙,最巨者空中,而透牖可着楸枰。出院,逦迤西北三里经玉柱峰,下有汉法王寺。相传其后生公说法,殿池曾开紫金莲花。余得句云:"放笔有人题素壁,拙诗如我玷名山。"复至后魏闲居寺,内有李北海书《普寂和尚碑》,今不复存。又二里,闻水声潺潺,自断崖泻落,绕林穿石而之东南者,为司马温公之叠石溪。公曾筑别馆,与邵尧夫先生数日一游,故有"暂来还似客,归去不成家"之句。今俯清湍,对嘉荫,念昔贤之遗韵余风,不觉慨然久之。既涉,复回望法王、嵩岳,两寺名。浮屠双矗于晴岚夕照中,画景如绘。一里有会善寺,僧迎入,琉璃宝地,法相庄严。寺仍隋开皇旧赐名。引瞻古碣,门左嵌广平宋儋楷书《道安禅师碑》,万历间雷轰两截,再出土而漫灭,仅可读。然风骨遒紧,酷类欧阳兰台,与淳化旧刻迥异。东庑立大历年《戒坛碑》,上层敕牒,中层谢表,惟下层代宗御书批答廿四字,颇超逸。碑阴镌贞元十一年陆长源撰、陆郢分书《戒坛记》。都为合作,寺中得此两唐碑,诚为增重矣。因嘱诸僧,善护勿坏,揖别。约四里,历茂林丛筱中,石佛铭、高僧塔小志,可观者甚多,未及遍纪。忽仰见一峰,两穴挂于悬崖万仞上,豁然开朗,曰虎头峰云。山回路转,折旋钩曲者又四里,始逼视少室全面。诸峰如柱立,如剑拔,如笋抽,如香炉,如华盖。杨盈川推其“发挥宇宙之精,喷薄阴阳之气”,讵弗信耶? 再五里,小歇于茶棚,顾瞻周道,时闻铃铎声。盖闽越轘辕达洛邑,实出于二室之间者,即此。于是渡张公桥,过郭店山村。渐折西南四里,则层峦缠抱于少室之中,松柏蓊郁,琳宫隐现,即唐太宗称柏谷坞之少林寺也。自是不复再睹太室面目矣。寺据五乳峰下,南面御砦,展若翠屏,山泉汩汩泻出。绕寺门,穿小溪桥而东北去。余循溪入天中福地门,乃抵寺。左、右大坊,表里分题“跋陀开创”“祖源谛本”“嵩少禅林”“大乘胜地”十六字。自山门入佛殿,至毗卢阁,七座,东、西周建禅房百余所,莫不紫桅星错,丹梁霞焕。而《五百应真图》《紫竹林图》《王世充鏖战救秦王图》画壁,尚有古人遗意,为之击赏不已。后殿之西,敬瞻“初祖面壁石”,不知何时从洞内移供其东。仁庙赐白玉大佛配焉。石高二尺数寸,中阔一尺数分,锐顶平足,黑影白章,作达摩侧立状。前人以为趺坐,因下半模糊致误耳。其西轩设宝座,纯庙御笔,榜“秀挹嵩云”四字,联曰:“登峰何必全规李,筑室无妨小似卢。”此间旧有西僧手植贝多树,久已荼毗。惟阶下秦槐一,汉柏四,依然秀色。文潞公所为咏五品封槐,今尚在也。古碑林总,屈数可百,而最佳者曰北齐武平元年《少林寺碑》,结体在正书、分篆之间;曰唐王知敬奉敕小楷《金经》,稍惜剥落;曰永淳二年《天后御制诗并书一通》,亦知敬正书;曰开元十六年裴漼书撰《少林寺碑》,碑阴上方有太宗为秦王时赐寺教,分书,行押用“世民”二字,下方刻赐田牒闻晚唐时,寺僧补刻。曰天宝十四载《还天王师子记》;曰宋建中靖国元年武林僧参寥书《三十六峰赋》，派近眉山；曰蔡京大楷《面壁之塔》；曰重摹米南宫《第一山碑》；曰元赵承旨正书《裕公和尚碑》；曰明董思白《少林禅师道公碑》。古茂劲逸，各擅所长。僧以余喜古碑，愿引初祖庵一观，不过二里。遂从寺后西北数盘绕登五乳峰，亦名五顶庵，殊小，庭下有六祖手植柏，阅图记，则云自粤东移种，不忘所自。其余碑铭三十石，惟蔡下大书"达摩面壁之庵"六字，及山谷《颂》曰："少林九年，垂一则语，直至如今，诸方赚举"十六字，神妙无匹。再上三里，过石坊，上有石洞，旁即立雪亭址。其西钵盂峰，二祖庵在焉。日将落，未便恣游，返少林。寂昇、纯志两上人遣徒各炫其技，矫健精熟云。丹麓司马宰此，曾选小队随胜帅保御敌，未奏功而散，今犹怅怅。余按，少林拳勇亦传自初祖。自唐秦王遣志操、惠玚、昙宗三僧拒贼立功，为僧兵所自创。元僧紧那罗持火棍变相，率僧队以御红巾，后遂奉为伽蓝神，为国宣力，经见二代。今资粮稍乏，渐逊于前矣。夜听寂昇述游太华，纯志复持《唐律》乞讲授，言下似有悟机，因劝令小僧读书，化其悍鸷，毋贻后患。问："何以故？"曰："汝寺自北魏天竺跋陀开创，相继慧光、流支达摩、惠可，隋则洪遵，唐则惟宽，明则澈空、匾囤、王道，皆精通戒律，旁及文艺，成一代名僧，可不远绵坠绪耶？"均首肯。三鼓借卧禅榻。

　　廿三日（4月12日）　晴。早告别，拟穿城而回。盖此游舍近而图远，岳庙规模仍未遍览也。于是遵麓东南，数里观石阙，亦汉安帝时为少姨庙所立。阙之北篆书分二石。一可读者，计二十一行。一仅存每行之末一字者，计十六行，下镌"少室神道之阙"六字。阙南则隶书四行，计二十四字。上二层遍镌牧人、奇兽，古朴可爱。舍此趋大道，行十八里至十里铺，尖。十二里穿登封城，西门立"颍考叔故里"碑。按，传考叔为颍谷封人，是守土于此，故里则未知所据。然郑庄寀母于城颍，《史记正义》以"城颍"即许之"临颍"，相去亦非大远。随过懊来山下，仰瞻塔影，日已中天。抵岳庙前，麦畴中又立石阙，与前同。东阙南面隶书四十六行，文已半剥，北面二十六行无恙。另篆九字,仅辨其六,曰"中岳太室阳城"。是汉元初五年所建太室阙也。过阙两旁,乃四岳庙废址,中建遥参亭,左、右两坊,周以石栏,制同岱庙。亭北为中岳庙,三门上敞,飞檐五间,榜曰"天中阁"。东、西列肆,亦名天中街,岁以二月朔至望庙会最盛云。门内"镇兹中土"坊,翼以钟鼓楼,分列朝房,每凡七所。北为崇圣门。又北为化三门,旁为东、西华门。再北三门,曰峻极,旁建风、云、雷、雨四神殿,前立"嵩高峻极"坊,旁列铁狮二,御碑亭二。于是登白石露台,为中岳正殿九间。殿下两庑,则十阎罗、七十二司,气象肃穆,翊卫森严。正殿后三间设睡像,曰寝殿,仁庙柴望所留铜镜尚存。再后则曰御书殿,凡朝廷《祭告文》敬勒于此。庙之西侧,则太尉宫、祖师宫、三宫殿,可通老君、龙王二庙。东侧则泰山殿,与余借寓之小楼宫。其大致如此。古碑之存者,若崇圣门外立宋祥符《白宪碑》、乾兴《邢守元碑》、开宝《孙崇望碑》、金大定《郝氏碑》,郝书诚甲于四碑,宜孙退谷称有唐人遗意。峻极门外有后魏太安二年碑,分书杂以楷法,古意盎然,中一圆孔,尚仍汉制。嵩山《三阙铭》外,莫能先此。若宋刘太初书《御制醮告文》,镌之石幢,笔法全类怀仁《圣教》。至元猪儿年十二月一碑,体裁则向所罕闻。又东华门侧有铁神四,高八尺,以守古神库,背镌"治平元年登封押司"等字,亦宋物也。周览毕,乃定诘朝行。夜,道人以石刻及嵩参见赠。

廿四日(4月13日)　晴。易笋舆,回崔庙镇。有客谓曰:"若洛阳来,不必纡道。"余亦闻欧阳永叔、谢希深官洛时,同游嵩归,暮抵龙门,遇雪,钱留守遣厨传歌妓至,曰:"山行少劳,且留赏雪,府事简,无遽归。"固一时韵事也。是其途更捷,纪之以便后游者。

廿五日(4月14日)　晴。出车。十三里仍过丁铁店。七里曰七里沟。五里范道良庄。四里杭砦。四里荥阳城,仍郑州属,城颇雄整,京索诸河绕其东。旧说炀帝筑堤,自板渚历荥阳蒗荡渠,东达汴河,夹植杨柳。今隋堤风景,无可问津矣。尖于西门。一里抵汜水县界坊。廿里二十里铺。稍东即成汤祷雨桑林处。八里白衣庄。二里尚家砦。十里县城,寓东门外。按,县即郑之制、汉之成皋。南面翠屏山,北背黄河,东距荥阳,西阻虎牢,虽非奇险,守固有余,此虢叔死而郑以为岩邑也。其后宋高祖使毛德祖戍此,魏人昼夜围攻,亦三日始下云。惟汜水从东南翕受诸流,绕县城南而趋北,于两山断处出,汇于黄。昔称玉门古渡,今呼黑沙河,又呼王家口,而商贾俱从此搬运渡河。讵百余年来,山涨数淹,重城加筑,民鲜平土而居,城内三山冲裂之余,俨似岩墙桀立,景象殊萧索耳。余道中得句,云:"漫溯都城过百雉,竟教洪水割三山。"遂登金龟冈,东眺敖仓、广武诸山,鸿沟如在咫尺。转叹荥阳、成皋相去四十余里,中原多事,此为必争之地。今际圣朝,得安耕凿,此方之民,何其幸欤!复得登眺句,云:"六年京索膏原野,草木犹悲古战场。"又按,《通志》谓汉高即位于汜水之阳,即此。而《史记正义》言即位坛在曹州济阴。济阴有汜水,汜音汜。或以此误。况垓下败而楚亡,汉王引兵降鲁,还定陶,即夺齐王军。甲午,即位于汜水,取"汜爱弘大而润下"意,是在山东无疑,未敢据《志》而信也。夜喜雨,有"今宵满慰三农望,翻念桑林祷雨时"句。

廿六日(4 月 15 日)　仍雨。自开春至今,杲杲者七十余日,得此差慰农望。计初历燕赵,麦苗仅始发青,今过虢、郑之交,芃芃遍野,及时之润,自不可少。然北地虽荒瘠,古艰水利,而人事未尝不可补救。今车尘马足数千里,竟无所谓尽力沟洫者,故涓滴靡遗,播种后咸仰食于天。此蒙古谚语,呼耕种为靠天收也。愿有民事者,其劝农为先务乎。午雨未止,局坐草店,有散勇数人搏击狂歌为乐,喧扰殊不耐人,幸晚间已护送出境。

廿七日(4 月 16 日)　阴雨不定,午后稍晴。出车西门外,约半里瓮城,斗大,横锁两山之凹,题曰"虎牢关"。为周穆王养虎之地。《传》曰:"王与之武公之略,自虎牢以东。"是郑界止此。出关,道殊坦。五里渐上坡,马上得句,云:"画意诗情驴背上,鞭丝笠影虎牢西。"廿五里公武砦,山巅上设巩关,又入河南府之巩县界矣。北望层峦积雪,为嵩岳之背。下坡廿里,辙滑如飞,纵无峻坂之险,几濒覆辕之危。古语云:"奔车之上无仲尼,覆车之下无伯夷。"虽不得自主,亦不可不慎也。晚,抵洛汭水滨,则帆樯云集,殆东关之小都会云。卸车毕,散步,道左立有"杜工部故里"碑。按,元微之撰《墓志》,云其先襄阳人,曾祖依艺令巩,生审言,审言生闲,闲生甫,流寓成都而卒,殡洛阳。《通志》又谓依艺侨居于巩。然读子美《游龙门》诸诗,则足迹常经,必有所本。

廿八日(4月17日) 晴。出西门,十五里谒宋仁宗昭陵。山脉北来,陵亦北向,咄咄怪事,或即宋人取国音之意欤?此朱子《山陵议》之所以痛斥也。陵广不过十亩,土阜周环,若分数门,门置石狮二,中有大阜,高三丈有奇。陵碑已毁,其前分列石柱二,云凤石屏二,石兽十八,石人二十有七。其一非中国衣冠者,或外藩率服,特设侍像,仿唐文皇故事耶?即规模朴狭,想当时观刈麦,图《无逸》,庆历已后,与韩、范、富、王诸贤孜孜为治,得不谓之赵宋一代贤主乎?如其仁,如其仁。陵左勒国朝及明御祭碑文二十余石。陵后一小阜,亦列石仪八,相传葬后妃处。陵东一里,为徽宗虚陵,自北狩后,狱成三字,使五国馁魂长侬雪窖,迨梓宫南返,局已偏安,故今会稽之有永祐陵。《纲目》仍书攒所,此实当时预定陵寝,是以规模依旧而无历朝御祭碑文可知也。又南十余里,为太祖昌陵、太宗熙陵,西南则真宗定陵,悉已颓坏。守土者盍复其陵址,禁彼樵牧,缭以短垣,推圣朝一视之仁,亦所深望者。余题宋陵诗,有"一自河山甘半壁,白杨衰草至今悲"句。三十里尖于黑石渡口,东曰黑石,西曰北邙,两山夹控,中则洛水飞流,因设关以守,即古称洛阳,有成皋、巩洛之险者。然唐置洛口仓,为李密所据,亦疑在此。临流处筑龙王庙,壁嵌题咏甚夥。道旁有乾隆己亥巩令陈龙章大书"李郭同舟处"碑。当时送车千辆,望者以为神仙中人,缅想昔贤,不禁神往。既渡,路渐平坦,惟邙山在北,延亘至新安四百余里。五里过偃师县界。五里温泉桥。一里孙家湾。四里遥望,有周大夫苌弘墓,趋拜毕,过墓而后升车。大夫,我先圣所从学乐者也,以范、中行之难冤死,其血三年化为碧。张汉诗:

"如何西亳路,抔土缺明禋。"吾亦云然。然余题墓一律,亦有"东洛尚闻留碧血,北邙那得掩丹心"句。二里复有高冢累然,而碑不及尺,题曰"魏偃师伯王弼墓",即陆士龙夜遇谈玄者。少年可作,我当俟之。复题一律,有"先生再作嵇中散,后世应无陆士龙"句。稍前,建古贤祠祀公与伊尹、杜甫八贤,闻士人会祭焉。又三里,止于邑之西门,繁盛甲他郡。大抵汤居西亳,圣泽未湮,故穰往熙来,俨古邦畿之盛。只景山南望,不复松柏丸丸耳。今去此十里,有汤王庙沟,尚岁祀维谨。至县名,实缘武王孟津之会偃师于此而后易之,其来亦甚古矣。饭罢,信步出游。再访土人故迹,则曰:颜平原墓空倚残碑,王子缑山①不闻鹤返。

廿九日(4月18日) 晴。五里经少陵书院。前即唐张睢阳②太守墓,式而后过。四里迎面一碑,曰"古贤人伯夷、叔齐墓道",又曰"正北至首阳冢,二千八百八十步"。山虽不高,亦北邙支派也。一里新砦镇。一里杨村,乃伊、洛交流处。二里治庄。十二里妙王庄。五里义井铺。尖。半里立洛阳分界坊。二里中道有废城坊,大书"金镛"二字,土人呼曰金镛镇,仅存破庙,即魏明帝所建金镛城址。元帝禅位于晋,始出舍于此。读北魏温子昇诗,曰:"胶葛拥行风,岧峣阘流景。"可想当时之盛。七里有东白马寺,破壁颓垣中,古塔岿然。下立唐天祐五年小楷《陀罗尼经碑》、金大定五年《重修寺碑》。稍西百步许为洛京白马寺,尚整齐。亦有天祐五年《蜀僧景遵碑》、元至顺四年一碑,书名已剥,然皆合作。又经幢一,上楷下篆,为宋以前物。惟

---

① "王子"指王子乔,传说在缑氏山驾鹤升仙。《列仙传》卷上《王子乔》:"王子乔者,周灵王太子晋也。好吹笙作凤凰鸣。游伊、洛之间,道士浮邱公接以上嵩高山。三十余年后,求之于山上,见桓良,曰:'告我家,七月七日待我于缑氏山巅。'至时,果乘白鹤驻山头。望之不得到,举手谢时人,数日而去。亦立祠于缑氏山下,及嵩山首焉。"

② 〔唐〕张巡,河南南阳人。博通群书,晓战阵法,死守睢阳故称之。《新唐书》有传。

《释教源流碑》题:"康熙五十二年,传临济正宗第三十五世弘法沙门释源如琇撰书。"无异玄宰精作,必传无疑。按,汉明帝永平八年建此招提,另筑清凉台,贮《四十二章经》。旋欲毁之,梦白马绕塔悲鸣而止,故两寺皆名白马。一说谓竺法兰自西域以白马驮来,止于鸿胪寺,遂创寺名此,为佛法入中国之始。宇内梵刹,此与五台显通为最古者矣。五里象庄镇,访阮嗣宗故居不得。十五里曰十里铺。五里唐湾。五里洛阳,东关瀍水北来,达南岸,入洛,渡瀍桥,迎面有碑,大书"夹马营"三字。绕出南门外卸车。按,洛阳为河南府首邑,汉则去水而加佳,魏又除佳而加水,其实地居洛水之阳而名。自姬公卜瀍东涧西,营为东都,平王迁之,继之者东汉、曹魏、西晋、后魏,及隋炀帝又徙焉,唐号东都,宋作西京。其地则前伊阙、后邙山,左成皋、右函谷。洛河横带,伊水朝宗,虎踞龙盘,天然城郭。论古帝都形胜,秦中外无逾此者。今之雉垣仅周九里,数十步,当日城址尚在数里外云。是日洛阳怀古诗,有"离离芳草双龙巷,寂寂斜阳夹马营"句。

三十日(4月19日)　晴。南渡洛河,先访伊阙。策马于浅流中,因慨龟书呈出水之文,神女解凌波之佩。身至其地,能无望古遥集也?登南岸,纵横数十里,皆引伊、洛,分段蓄渠,悉成沃壤,是以向无旱魃忧。直前五里望城庄。十里豆腐店,小有村落。东名午桥庄,即裴晋公所称"松云岭未成",与《汉书》未终篇"为可恨者。西曰潘村,乃安仁卜西宅以奉母处。余若温公独乐、卫公平泉、潞公耆英堂,洛阳名园虽盛,而遗迹则百无一存矣。又五里朱垣绕匝,翠柏葱郁者,关圣林也。遥望林墙上,非烟非雾,清气动荡,如水漾微澜,与孔林相仿。导者曰:"正脉佳气。"尚似近理。尖于林外店,始整冠恭谒。按,林南控伊阙,北列三门,榜曰"忠义"。二门联云:"尺地妥忠魂,巫峡荆门而外;中天留正气,河声岳色之间。"内则雕栏夹甬道,上为享殿五楹,章服冕旒者,称为文像。纯庙御榜曰"声灵于铄",联曰:"翊汉表神功,龙门并峙;扶纲伸浩气,伊水同流。"阶下乩笔二语,曰:"香袅余烟悲汉鼎,花开三月想桃园。"乃偃师令钱玉琳摹石。中殿作戎

装,称为武像,河南守张松孙联云:"《易》曰刚健中正,《书》云文武圣
神。"后殿中则奉行宫像,左睡像,右看《春秋》像。东、西庑祀圣嗣,夹
室分祀张、黄、赵、马四将。再后建坊,题"汉寿亭侯墓。"下设石案,案
北墓碑曰"忠义神武灵佑仁勇威显关圣大帝林"十五字,上覆八角飞
檐。亭后接土阜,短垣圜之。中留小石门,横镌曰"钟灵处"。计万历
至今御碑与赠咏约三十余石。其张松孙碑,内引其祖题许州八里桥
武庙联曰:"亦知吾故主尚存乎? 从今日遍逐天涯,且〔自〕①休道万
钟千驷;曾许汝立功乃去耳! 倘他年相逢岐路,又肯忘尊酒绨袍。"爱
其吐属,因附录之。谨按,帝遇害于吴,而归元于魏,操于汉〔建〕安②
二十四年,以王礼葬此。宜夫历朝护祀,特致虔恭也。瞻仰毕出。五
里槐树洼。五里龙门镇,正南上石岭横耸,绵亘无尽,中间划然开辟,
有若阙门,左右壁立,天工鬼斧,劖削宛然,此大禹之所以称神也。其
下伊水,自熊耳发源,从西南入阙,奔腾翻泻,势挟风雨。复由北而东
趋杨村,始汇于洛,故名伊阙。土人呼阙西曰龙门山阙,东曰香山。
两壁之寺,自元魏胡太后以讫唐、宋,所建著名招提凡十,今仅存半。
莫不倚岩辟殿,架穴开栿,高下参差,东西掩映,虽荆、关、顾、陆③妙
绘,又何从为之著笔哉? 望间已到龙门之麓。遇行旅络绎,问之,曰:
"此路可达汝州,惟五、六月惊涛拍岸,不可行耳。子好游乎? 盍先沿
此壁,后渡伊水,东访香山,庶无遗憾耳。"笑谢之。过山凹黄花寺,再
循山麓数百步,乃拾级升。有虚亭,榜曰"试看源头"。稍前小峰卓
立,皴绉如龙鳞,其侧山泉鬐沸,自石罅喷出,蓄栏成方丈池,其清若
镜,唐天后游此,称曰"温泉",实不如昌平之蒸气如炊也。池下琼膏
雪液,直泻壑底,以入伊河。复蜿蜒缘梯百余级,则虚廊横构,嵌刘文
清诸公纪游诗。石廊后穴壁作洞,曰潜溪寺,方仅四丈。仰视穷窿,

---

① "自"为衍字。
② "建"为补字,日记刻为"汉安",改为"汉建安"。
③ 五代画家荆浩、关仝,东晋画家顾恺之、南朝宋画家陆探微。

就洞壁原石镌成华盖,中座牟尼,列侍菩萨、金刚四尊,高皆三丈,莫不离立。其金容活现,设非细辨,鲜不疑为木偶也。方惊喜诧叹,以为无出斯右。适滨阳洞僧海法来迎,笑曰:"龙门内凡佛像皆然,能从吾游乎?"许之。又佛座下有《尊胜幢》,类褚书;宝元二祀幢,类欧书。摩挲而后出。沿壁登,忽睹陈希夷先生草书"开张天岸马,奇逸人中龙"十字,乃赓堂师帅所摹,陈太守肇镛镌于此者。再上,抵滨阳洞,地稍拓。穴壁为三龛,法像倍大于潜溪。所余三面空壁,则小佛层叠,自数尺以至数分,毫发毕具,必凝神细审,方知无一隙处。佛旁每镌小记,大都造像资福之辞。当时风气所尚,自天子以至庶人,例所不禁。洞口磨崖碑极夥,以隋开皇残石、唐神龙二年石塔铭为最。僧指龛右之径寸字者,为河南书,惜款已崩裂。欧公《集古录》与《古墨斋金石录》所称"龙门山三龛记"是矣。岑文本撰,褚遂良书,乃贞观十五年(641)十一月,魏王泰为长孙文德皇后造像并记。欧公推为褚书第一,非他碑可及。鄙意谓韵致殊乏,岂石质粗劣使然?抑千余年雨淋日炙,无复旧观欤?于以知古拓之为可贵。洞外构前轩五楹,左、右翼以禅房。推轩窗,则东面香山,下临伊水,不自觉置身百仞上矣。轩额曰"望云",燕山氏联曰:"山借乐天名振,门从神禹开来。"姚秋农尚书联曰:"胜地千秋思洛水,寒泉一勺为伊川。"茶罢,僧导从下麓南行,不百武,指半壁上废刹,曰:"少陵诗'已从招提游,再宿招提境',即此,奉先寺遗址也。"又南遇万佛洞,登天竺寺。寺亦废,惟世尊三、天王四,与诸尊者,皆庄严露立。其最高者百五十尺,顾谓僧曰:"犹不能为两山石佛甲观乎?"笑曰:"观止矣。"相传武后建寺时,曾跨飞桥,达香山,幸以避暑,亦侈极矣。问答间又抵老君洞,扪壁而跻,始知青牛老子与弥勒同龛云。洞顶有磨崖,拓跋魏碑十石,其《始平邑子释迦弥勒造像》四记尤足观,然殊不易拓。僧许见贻,笑谢而下。又沿麓行,将抵龙门尽处,春水未泛,尚有草约卧波,横亘二百余丈,以渡行客。因策马过。至半渡仰观两崖,东西相望,奚啻十万八千佛,而云光山色中,犹觉依稀屹立于数百仞巅者。虽灵鹫峰头,金粟变相,其能较此恒河沙数耶? 然私意当建禹王庙,以纪开凿功,是亦发四千一百数十年未有之想。桥尽处抵香山。先入看经寺。俗传唐玄奘西域归,曾看经石上。遂沿麓而北,过小刹三、二处,约已三里,欲先访白少傅坟,故经香山寺未入。又半里榛莽盘互,一丘兀然断垣,围绕有碑,书"唐少傅白公之墓"。乃督学使者汤右曾重修,康熙四十八年汪士鋐题。又赵于京《碑记》云:《长庆集》有自撰《墓志》,谓葬于渭南下邽里。此达者一时游戏笔,渭南实葬公之父、弟,公则葬此。旧有李义山《墓铭》,今不存。随还香山寺,寺创于后魏,白傅既与胡杲、吉皎、刘贞、郑据、卢慎、张浑、李元爽、释如满,结香山九老社于履道坊宅。时偕来游,香火缘深,更写文集,留藏寺内。故寺昔久废而名益著,继起亦不难。虽高崎翠微,与滨阳遥遥相对,今已辟成盘道,竟可缓辔而登。且层殿曲廊,居然大刹矣。顶建纯庙御诗亭,因登绝壑之上,坐繁阴之馆,纵目千里,仙乎仙乎! 室中有汪退谷大楷白傅《重修香山寺记》,汤公修寺,镌木为十二屏。今僧易以覆本,且去其印首,并改阴文印章为别,盖虑毡蜡多而损原刻云。既而夕阳下西阙,沙际轻舠纷载,鱼鹰竞出,浮沉雪浪中,以捕得鲂鲤为最美云。兴尽,仍返滨阳借宿。海师出《龙门图》索题,率笔应之。有"倩谁催起香山月,照我诗心清似秋"句。既知智水是其师兄,能诗,工书,于嵩之会善寺曾见所作,是得香光三昧者。夜星光渔火,明灭岩阿,恍廿年前泊昌滩时也。三鼓始就禅榻。终夕河声如吼,颇聒清梦。

同治十年(1871)辛未日记

鸿爪前游记卷之五

(河南 陕西 山西)

三月初一日(4月20日) 早起。凭轩领略清气。须臾初旭起，香山霞彩逼射，移时而散。信步徘徊于温泉侧，犹怯春寒。适从者秣马以俟，将过万安山谒范文正公墓，道远不果。归途访牛奇章之灤鸂滩，吕文穆之饎瓜亭址。十五里回豆腐店，始改趋西北。六里洛水滨，有石坊，面南题"宋儒康节邵夫子天津故居"，北题"道德坊"。稍北为门，天启四年知府梁建廷榜之，曰"安乐窝"。门上露台可登，望龙门二门，内堂三楹，塑像清癯而少须，有飘逸之致，自不觉抠衣下拜。有趋而答拜者，则今袭博士裔孙也。敬读楹联，曰："道阐先天，术数家漫推宗主；志存经世，隐逸传误列姓名。"无款。又曰："托唐虞之际为天民，外王内圣；卜河洛之间作地主，坐啸行歌。"此则张汉书。后堂追祀三世，旁立二石，为正德、万历时刻先生与周子濂溪、程子明道、伊川、张子横渠、南轩、司马子君实、朱子晦翁、吕子东莱九先生像并赞，衣冠殊古茂。尚有碑记十余通，谓改宅为祠，实创于宋嘉祐间云。问："子孙若干?"曰："不足十人，读书者三。"而博士年甚少，因谬为敦勉，使振儒风于不坠。博士欣然引而西出数十武，去天津桥不远，则蔓草埋砌，拱木破垣，惟石坊一、明碣二，尚屹然无恙。询之，旧窝遗址，以河患始迁今所。然考此间前朝曾建九真观，天顺时始访而兴复窝址，是今之坊碑又应保存俟考者。博士然之。余题窝壁一律，有"心才安乐天将复，身到无求世岂遗"句。又闻祠旁为伊洛书院，兹不能实指其地矣。半里登桥，即邵子闻杜鹃啼处。桥创自炀帝，跨洛河以通车马，于今仅存一孔，从前当事者取石以甃路云。因忆唐人记明皇元夜奏新翻之曲，李暮于天津桥柱插谱记之，遂以笛进幸，则上阳宫址亦应傍河北。遂唤渡过，游城之西，历程、朱、范、邵诸贤祠。尽处有周公庙，公避流言者三年，周南之化，民德最厚，庙食最宜。庙外立"明吕忠节公维祺死节处"碑，则死靖难之役者。入西门，出南门，回寓。阴雨。

初二日（4 月 21 日） 阴晴。按辔复出西门外，云淡风轻，郊原如绣。六里见土阜断续，唐东都故城也。西北一里，川阜隐隐，有茅屋五七家。相传以为石季伦金谷别业所在，美人名士，白首同归，俯仰豪华，为之一慨。余得句，有"借问春风旧相识，桃花可似坠楼人"云云。于正北趋邙，山麓古冢隆然，残碣无考，只存石仪十有八，疑其气象迥异。案，邙山自汉、晋、北朝、五代，葬帝王者十有七，其余公卿以下，丘陇鳞砌。张籍诗："山头松柏半无主，地下白骨多于土。"盖虽当时亦难尽辨矣。循麓复东，四里过明工部尚书沈应时墓，万历御祭四碑犹存。五里登一高冢，据洛城东北，可揽全局，有碑题曰："晋宣帝高原陵，地周五亩四分，乾隆十年洛令龚崧林立。"案，仲达袭曹瞒故智，攘窃当涂。未几典午忽衰，中原板荡，江左一隅，久已无复一盂麦饭矣。不料龚令竟保存之，因慨题一律，有"七十二坟今在否？有人端护晋宣陵"句。逦迤行，复访张茂先、羊叔子诸墓。则空野霾云，拱木蔽日而已。五里逾邙山背，吕祖庵在焉，香火甚盛。推窗远览，群岫罗列，瀍水自西北谷城山来，绕庵下而东入洛，颇擅形胜。遂尖于茶棚下。入北门，且行且访，所闻中郎石经之鸿都、汉儒修史之东观、张纲埋轮之都亭，无复故迹。转向东南，有三清观，峨峨高耸，俗传云台，或以为曹瞒将台。下四井为饮马泉，殊无足证。出东关，于文庙侧敬观《孔子入东周问礼乐至此碑》。过铜驼街，不复会见荆棘。然顷过城中，有铁兽伏道下，是耶？非耶？左折忽睹土窑八孔，相传即夹马营,宋太祖、太宗诞生处,今尚称双龙巷。旁有艺祖庙,余题壁,云:"一双三百年天子,陶穴依然太古风。"稍前得千祥寺,叩关少歇,怏怏惜无佳遇。一僧雏嫣然导客,从之入小园,轩亭无多,结构颇雅。其南有堂接长廊,廊堂内古碣层列,虹光触目,如身入山阴,应接靡暇,不觉大喜若狂,为之手之、舞之、足之、蹈之,顾盼摩挲,几无从而誉之。计堂壁三面,分嵌碑铭二十七石。堂西矮垣中,藏零碑断碣一十三石。堂中之经幢、佛铭,大小参差,分行排列,若棋布星罗者,三十有九石。又分嵌廊壁者十石,完碑屹立者一石。中以《晋骠骑将军韩寿墓碑》为最古,碑仅存十余字,字径四寸,用笔如剑斫蛟鼍,峭劲古拙,在分楷间,得非上承汉魏,下开六朝风气者欤?其次柳谏议真书《高府君碑》,剥蚀无多,尤堪世宝。余悉唐、宋佳刻,可传者六七。当中镌"存古阁"三大字,读前令马介山明府恕《自序》云:宰洛九载,凡搜罗古刻一千三百余种。其在名胜区者,仍之;在荒塍破庙中者,移之。悉聚阁下,共成九十之数,为穷幽剔藓。助者,寺之如兰上人也。余案,明登封令傅梅曾建存古书院于嵩麓,雅令云遥,不料二百年后得介山继起,名与暗合,亦称佳话矣,愿后来者更增置而善护之。流连不已,思手拓一过,然非数日不办。既而僧复引出,小亭啜茗,又觉窗明几净。适栏外牡丹数本,姚黄魏紫,争艳逞妍。转叹抚古碣、对名花,不意征尘蓬勃间,有此佳遇。独恨不能起贤令上人,相与酌酒讨论,极平生之快,为未足耳。爰题一律,有"贞珉荟萃推元敬,古墨摩挲有辨才"句。案,马君山西人,政声卓著,人能道之,阁则创于道光庚子云。随过迎恩寺,虽无奇致,然庭院风和,花树如锦。洛阳春色,固自不减当时耳。回寓,微雨数点。

初三日(4月22日)　辰刻出车。是日为上巳节。一路古涧争流,秦山竞秀,洛滨游禊,似不必独溯会稽也。西去十里,名十里铺。渡五孔桥,涧水自此汇洛。十五里谷水镇。五里王祥河,昔传卧冰得鲤,今则厉揭可涉。前即孝水铺,以晋太保王公墓在而名。一里道左有太保祠像。二里抵新安县界,春秋时入西周地。七里尖于磁涧堡。

十五里尤彰堡。越一岭,自后群山夹护,纡曲盘旋,在在有当关一控之势。十里南山麓,迎面篆碑,题曰"秦甘上卿墓道"。墓在岭顶,封树无多,前人诗所谓"萧萧短发驱羸马,羞过甘卿古墓前"也。五里遥望,层嶂岭岈,一关中辟,涧河横阻,之折而东,形胜又非虎牢可同日语矣。过涧,斜陟数百步始抵关,设抱关厅,以备盘诘。门内题曰"汉函谷关"。盖武帝时楼船将军杨仆耻为关外人,上书乞自毁家,移关于此。今呼新关,与灵宝异。因揽辔关门,俯瞰来路,直如方槽,深如釜底。史称项羽坑秦降卒于此,予往读史,疑羽虽强,此二十余万人岂甘束手就死。及抵此,始知秦军已落阱中,无能用武,故能一夜坑之,亦地势然也。因以一律吊之,有"地无用武知天数,人自难明束手坑"句。又西二里,过县城。负山面山,可战可守。过宋尚书钱宣靖公若水墓,陈希夷称其神清,可学道,然富贵不宜速。公果以儒臣知兵,而不永年。十里巌由铺。五里克昌铺。五里二十里铺。十里渡谷水,与涧河合。忽两山对耸,名曰龙凤,中缺如门,遂称铁门。村民设险寨以自固,潜师亦未易飞渡也。日暮止此。登高眺望,知西南即烂柯山,俗谓王乔观奕处,相去当不远矣。

初四日(4月23日)　阴晴。半里入渑池县界。十里又嵌釜盘互,中两峰高并,中辟坦途,峰麓各成村落,名东、西崤店。以形类崤名之耶?抑地近崤而名之耶?案,沈季和淑撰《春秋分国土地名》,引《左传》杜注,谓:魏武西讨巴汉,恶崤之险,更开北山高道。或即此矣。十里义昌驲,危坡上玉皇阁,颇壮丽。纡道一登,遇一塾师,询故迹,谓《汉书》"新城三老董公,遮说汉王为义帝发丧"即在此间。别行十里抵一村,名三十里铺。此后沙碛更觉碍行。七里千秋砦。三里石河庄,尖。十里十里铺。十里邑治,山城斗大,渑水所出。战国时分属韩、赵,故西关外尚存秦昭王、赵惠王会盟台址。当日蔺相如以颈血溅五步,辱秦王击缶,闻者壮之。窃以为挟君作孤注,功虽幸成,未足为法。十里十里铺。五里槐树店。十五里历东、西英豪二庄。十里过交界坊,为陕州境。前明仍属河南府,雍正初始升直隶州,以灵宝、阌乡隶之，其后又以卢氏附焉。一里过七里村。四里观音塘庄住。夜雨。

初五日(4月24日)　仍大雨。土人言："前途险径逼仄，骑不比行，车不方轨，行者倍艰于泰山之侧，盍请稍待晴霁？"从之。然思向过麦畦，尚花而未实，今既优渥，虽杂莳秔稻，亦需余润，不禁为农民加额矣。所幸门对嵯峨，云气开阖，因诵崔曙诗："三晋云山皆北向，二陵风雨自东来。"今竟得寓目，为之拍案叫绝。夜出所携稻米炊粥，剪烛删订游记。

初六日(4月25日)　早丝雨蒙蒙。然门外铃驮不断，遂急偕行。此间向设帮车，因多雇二人。五里甘亳村，村业陶，悉穴居。先导者指南陵巅，欲询夏后皋之墓，而滂沱大至，迎面峻岭，泥滑如油，上不二里，马蹄屡蹶，欲还辕，又苦径狭，正所谓进退维谷时也。稍歇，复贾勇，如登漆城，乍前乍却，十余里然后至顶。纵目间阳崖阴壑，壁立合沓，森森然欲来搏人，不知其几千百丛也。不觉愕立良久，然又乐而忘苦。其下也，雨益甚，磴益险，势益不可止。手据前轼，目注危石，回旋于崛坡峻阪中。车轮触石，如辒辌作轰雷声，几濒于危者。再如是者亦十余里，始抵硖石驿。案，《古迹志》：地本唐之废县。宋仍称石豪镇，今始置驿。又案，《春秋》：晋败秦师于崤。崤在今永宁之北，渑池之西，陕州之东。故《通志》辩疑，引老杜《石濠吏》，直指此为崤底。又《千家注》卞圜亦以石濠为西崤。而宋欧阳忞《舆地广记》言：永宁本汉宜阳、渑池二邑地。其西北有二岭山，连入硖石界，二陵在焉。沿革不同，险阻如旧。缅想秦帅潜师千里，由崤而东，经洛阳，故《传》曰："过周北门。"又东至偃师，偃师南即郑之滑，故又曰："灭滑而旋。"与今河北卫辉属之滑县不同。夫以崤之奇险，师行必艰，而晋师复据，邀其惰归，不必蹇叔之贤，亦能决其不返矣。又五里，尖于庙沟。浑身泥泞，主仆相顾，几不相识。然已车殆马烦，止而休焉。申初晴霁，层崖上斜阳红抹，山翠犹滴，三五湿鸦，理翅其间，直是天然画景。知古来名手多以造化为师，信然。夜微月。是日硖石驿题壁,有"万里黄流支底柱,一天风雨过肴陵"句。

初七日(**4 月 26 日**)　大晴。五里曰十里铺。五里曰五里河。五里张茅所,此道崎岖而不险。五里位店岭,既过,倏然开旷。时走沟中,时行坡上。北望三门,南顾熊耳,大都巉岏并矗,剑戟森罗。独惜砥柱据黄河中流,此间为三门所障,不能远见为憾。廿里磁钟铺,尖。廿里州城东,左氏谓神降于莘处,亦即寇莱公访魏野处。野诗有:"惊回一觉游仙梦,村巷传呼宰相来。"今草堂遗址,无有知者。入东门访古,则召公棠矞,草圣池埋,谯楼下谓存祖龙所铸金人二。然与?否与?适出南门,不及返观。于此须从正南行,缘黄河在州西北,渡之即山西境。昔秦伯封殽尸,殆由此济。今尚仍其茅津古名云。日已夕,南行十五里,桥头沟村投宿。

初八日(**4 月 27 日**)　出村登陇,纵眺陕原,昔周、召二公于此分陕。又南十里,温塘山村。始折复西。时晴空无片云,遥睹三峰,秀峙天外,若黛色初洗者,太华也。为神驰者久之。五里大营砦。十里曲沃村。春秋晋备秦师,以曲沃之官守之故名,非绛之曲沃。立坊曰"陕灵交界"。二十里灵宝治,汉既徙关于新安,遂以故关置弘农郡。及唐玄宗得宝符于此,改元天宝,而赐今名。尖毕,周访城中。其南有山如覆簸,旧立望气、鸡鸣二台,所谓尹喜、老子遗宅,今仅存万历时碑,题曰"著《道德经》处"而已。城以西则坦旷如战场者数里,正对秦关。相传即古桃林塞。《括地志》以为武王放牛处,又《潼关吏》诗注以为在华山东,《水经注》以为在阌乡夸父山北。但广围三百里,则秦关内、外皆可名之。于是舍车,缓骑据鞍,以览关之形势。觉芙蓉千仞,横障其东南;黄流浩浩,径绕其北面。弘农河水下沿山麓,自南而北入于黄。扬鞭以渡,叩关下则磐石巉巉,中就缺建关,巍巍东面,至今尚有雄视六国之势。关门上大书"函谷"二字,联曰:"未许田文轻策马,愿逢老子再骑牛。"门外稍南,丰碑屹立,题"夏直臣龙逢关公之墓"。趋拜毕,缓步进关。阒其无人,今非守隘,故不设备。遂登犹龙阁,上塑老子、关尹像,旁列童子、青牛。极目而东,远岫环列,俯视灵邑，真如弹丸耳。噫！天设之险，四塞之国，此秦之所以并六合而朝诸侯也。虽然，险可恃哉？孟尝、信陵之战，军败而闭关者再；武安君之约从，不窥函谷者十五年。递及沛公，赦宛之降，不五旬而袭武关，破峣关，入咸阳，使秦人食不下咽。夫非犹是此秦哉？吴起曰："在德不在险。"苏洵曰："六国破灭，非兵不利，而①战不善。"旨哉言乎。下阁从关后渐升，夹壁千尺，色黝如铁。中仅容一车，值来者，有预营土窟可避。于是西而南，南复西。仰望天如一线，其缭曲竟莫屈数。升七、八里，而后跻顶。顶平如掌，南东其亩，可食千人。想必先秦壁垒之遗。然其凭高临下，以逸代劳，所谓地利也。因驱车傍北山巅上，若驰坦荡者，五里始下。又十余里抵麓，忽前有高岭相接，中隔沙河。涉河而过，经桐桑村。又复升，幸山道斜平，亦须二十里乃越之。回望天际乌云，东南如注，急向西。二里止于大字营寨，即古所称云底头也。夜复微雨。雨过，星月皎然。

　　初九日(4月28日)　晴暖。十里李家营。十里阌乡治。黄河向傍北岸之山西芮城境，未知何时改近南岸，竟冲去东北半城，零落殊可慨然。自郑州以西数千里，亦惟此为患耳。过晋龙骧将军王濬故居，尚有残碣可认。余导沙岸，西南望太华，北望首阳，杳冥磅礴，百有余里。夹黄河而东趋，不得逞其怀襄之势者，巨灵所擘也。今华之东峰与历山之麓，尚存掌痕足迹。《遁甲开山图》言：其得坤元之道，故能径启地脉。此等故实，亦姑妄言之耳。稍前入深沟，行约二十里尖于盘豆镇。镇外之山，小河所出，亦汇入黄，均以盘豆名。二十里旧阌乡山，有鼎湖。昔黄帝采铜于首山，铸鼎于荆山，由鼎湖上升，即此。汉始筑城，而北立轩辕台，今悉废矣。其南有遥峰巨障，秦头而虢尾，隐似与太华相钩连，即昌黎贬潮时咏"云横秦岭"者是。二里为汉杨伯起三鳣堂址，正统时已徙。二十里抵潼关山下，以潼水出山中得名。且黄河自北来，恃山之雄悍，直抵之而东，是为黄河一大

---

　　①　今传本无"而"字。

转折,亦中原一大关键也。马上口占,有"山色别分秦晋界,河声淘尽古今才"句。又论山之大势,如常山蛇,南连岳而北界河,上崎崇埔,下临山沟一线。凡初入窄狭,容单车。一里登前岭,顶有瓮城,外题曰"第一关",内题曰"金陡关"。既又下谷,中作螺旋行者亦一里。然后百雉当头,跨于两山之巅,滨河三面,门开四扇,车马络绎,气象万千,诚为西邮之锁钥也。又斜陡上者数百步,入东门。人烟繁盛,往来商贾,盘诘綦严。余遣仆先投刺,只报人马车辆之数。遂于大街之西觅寓。夜步月,通衢灯烛灿列,则关内之夜市云。驻关官吏,镇一、道一、厅一。关属陕西同州府,与河南分界。入秦之道,阨塞甚多,不愧秦关百二,而最险则有三,在新安者曰汉关,在灵宝者曰秦关,在此者曰唐关。此关险亚灵宝,而出新安右,皆所谓"一夫守隘,万夫莫向"者。然哥舒翰守之,不料桃林之败绩,田令孜守之,不虞禁谷之潜师。皮袭美云:"壮士不言三尺剑,谋臣休道一丸泥。"有味乎其言之矣。

初十日(4月29日) 晴。早出西门,亦须报关。五里"华阴古道"坊,过此即华阴县界,仍属同州。五里吊桥,亦名十里铺。官道左建四知坊,约五十步为门榜,曰"清白吏迹"。门后享堂,堂后即汉太尉关西夫子杨伯起墓。面岳背河,封而不树,太尉以枉死改葬此,时有大鸟悲鸣。唐太宗过墓,为文以祭。我朝汤文正斌、毕中丞沅后先修之。存万历至今七碑。忆《白孔六帖》载唐人立鸟象于墓下,今无矣。十里泉店铺。过蒲谷水,折西南行,始见灵岳真面,缘入关后,为土坡逼近所掩。因得句,云:"岳惟太华朝北,河自潼关始折东。"遂过邑之东郊,邑在山北,故名华阴。十里始抵岳庙,庙建平原,去岳麓十五里。有道士迎入白玉宫,恰值庙会。先更衣谒帝。周仰庙貌,五凤楼前制如岱庙,楼后棂星门,门内东、西灵官,殿当中又敞金城门。渡璧水,石桥三,始诣灏灵正殿,达寝宫,而出后宰门。过御书楼,始为万寿阁。若碑亭道舍,辅翼云连,其规模实宏于嵩岱。惜回氛蹂躏,今仅修及半工,百年之木,半遭薪斧,且柏抱槐枯。此树名,今已枯。

尚幸老子青牛树依旧婆娑耳。向闻秦、汉以下石刻，莫多于华。今以欧阳《集古录》及《华岳题名跋》诸书核之，已百不存二。缘先劫于黄巢之火，继则明初地震与嘉靖之修，取代砖甓。自康熙初王山史①搜访全拓，递乾隆间毕中丞之收拾残烬，分嵌亭壁，以入《关中金石记》者，又与日递减。今存汉隶书碑阴残石。自"故武都太守"起，七行八十八字。前人以有棋局文，疑即袁逢、樊毅二碑之背。后周天和二年赵文渊书《华岳庙碑》。以隶法兼篆籀，碑阴镌开元刘升分书《精享》。碑右侧镌乾元元年(758)颜鲁公正书，题名八十三字。其余行间字里，悉唐、宋至今题名，无一隙空。唐玄宗御制《华山残碑》。分书，与《纪泰山铭》同一笔法。黄巢毁碎南面，仅存"驾如阳孕"四字，土人不知，呼为五岳石。李卫公《告西岳书》。行楷，此近百年间重刻耳。潞州有崇宁间刻，藤县有绍兴间刻，以潞刻为最。据《赤雅》谓，真迹乃黄绢本，毁其半，尚余四十字，藏云鬓娘家，请邝海雪跋之。吕向正书、玄宗御制《述圣颂》。碑阴之右，天宝间韩择木分书《昭告华岳碑》。其左乾元元年李权分书《祈雨记》。宋智通真书《赐乳香碑》。右侧镌大中祥符贾得升题《纪韩国长公主建醮记》。陈希夷《福寿碑》。碑二，每一字径三尺许。明郭宗昌隶书《太华山记》石幢二。一八面，一六面。末有康熙初，县令董盛祚真书跋。国朝再摹蔡中郎《西岳华山庙碑》此碑原石毁于嘉靖间。相传旧拓海内仅得三本。其一历藏前明之陕西东云驹肇商、云雏荫商兄弟，武平郭允伯宗昌。○国朝之华阴王山史弘撰，一字无异，淮安张力臣弨，上海凌侍郎如焕，黄星槎文莲，而归大兴朱竹君学士筠，已缺百字，世称华阴本。其一历藏前明之长垣王文荪鹏冲，○国朝之商丘宋漫堂荦，及陈氏，而归成哲亲王诒晋斋，内多"山镇曰华春秋传"等百余字，仅缺十余字也，称长垣本。其一历藏前明之宁波丰学士熙芳万卷楼，○国朝之鄞县全谢山祖望，及范氏天一阁，嘉定钱太学东壁，转质于印氏，后归仪征阮文达公元，亦缺百字，世称四明本。然全碑整拓，未经裁剪者，独是耳。今三碑，闻皆易主云。又○国朝翻刻，曾见

---

①〔清〕王弘撰，字无异，号山史，华阴人。明诸生。博雅能古文，嗜金石，藏古书画金石最富。工书法。居华山下，有读易庐，与华峰相向，称绝胜。《清史稿》有传。

其三。雍正元年如皋姜任修以华阴本重刻者；文达公以长垣本补足四明本，刻于扬州北湖者；道光十六年钱方伯以北湖刻重摹，立石庙中，上方有程春海先生篆题、阮跋者，即此。若毕秋帆中丞抚陕时，翁北平钩得无异本，合金寿门所钩宋商丘本，寄勒庙中者，今不复见。或乏良工而遂终止耶？至前明曾翻刻二本，亦经寓目，但失考为何人所摹耳。是其最著者。其余唐、宋来题名，以至国朝新镌，或整或残，约共百二十石。为之遍览摩挲，直至日暮。适道人邀饭，因指汉碑阴与后周碑，语道人曰："此至宝也，幸善为护持，勿如南山寺僧之于《化度铭》也可。"饭毕，道人请登万寿阁、待月阁，废而址存，耸若高台，有夹栏可通翼室。阁之前数椽，仅蔽风雨，设木屏，镌明太祖《梦游西岳文》，故又名御书楼。仰视岳形，负南面北，峻嶒竦处，横展天半之云，环列奇峰，如鲸牙，如龙盾，如霜剑，如天戈，莫不肃肃森森，逞其锋，欲破天以出。而中间复乎莍崎，体正若方，接三光以相摩荡者，信所谓"三峰削不成"也。喜极而惊，不必到回心石上，已觉望而生畏。况《白虎通》云：其高七千仞，周三千里，应井鬼而帝少昊。此东夷之入关，安得不步步礼拜，遥望叹诧者七日？决为四岳之不可几及耶。须臾月出东斗，万籁渐寂，纤云不痕。徘徊间，恍然于"太华夜碧，人闻清钟"，司空诗境，其在斯乎，其在斯乎！

　　十一日（4月30日）　凌晨复望。初觉石间抽絮缕缕，既而倏散飞烟，倏结沉雾，蓊蓊郁郁，不转瞬而弥漫满谷。道人云："雨矣，请俟异日游。"余悄然曰："昨曾默祷，愿无暴风烈日，今又将首尾之畏，神其谓我何？"毅然行。恰三峰正迎马首，云气乍开处，则奇峭豁露，紫翠烂然。扬鞭大呼，洪谷子那能有此得意笔？十四里抵云门池，则魏太守遗柏一，虬偃醮碧，尚是晋太康旧植。池北即《宋史》称陈希夷所重辟之云台古观也。右通朱子祠，以曾主管于此，顾亭林来关中，始与王山史合创，皆荆榛不薙者近百年。逦迤南趋仙迹坊，相传汉、隋之拜坛，清修之别馆。沿蘼顾盼，可得其略。去坊不半里，隐望张超谷，欣然知为入山首隘，谷口当关处。突涌小阜，其上虚廊缭曲，如宛虹碧阴，与台榭争出，所谓玉泉院也。正思款关，适道士送客出，遂邀以入,坐我于无忧树下之山苏亭。亭倚绝巘为翠屏,抚渭流如玉几。更有玉泉奔赴亭下,激怪石,作铿訇声。旧潴为深池,令旋历于纳凉、含清诸亭麓,泛天然石舫,而后泻出院外,几使我乘太乙舟,便可折取十丈清莲也。自亭左转,过古冢碑,载嘉靖间姚一元函瘗图南先生遗蜕处,万历间始返葬于希夷峡云。至今留遗冢,并祠祀之。冢旁一小洞,石像横卧,幅巾而博带,俨然有道者风。故杨用修游玉泉院,有"洞里睡仙何日起,不堪吟罢绕林钟"一联。而余亦有句,云:"游仙好梦无忧树,招隐还镌避诏崖。"遂引出,试茗泉,甘且洌。茶话间,谈及嵩岱,道士笑言:"子毋狃于嵩岱之游,而轻觑太华也。"余问:"何以故?"曰:"游者历三关,抵青柯坪,是为凡境。果得入通天门,凌三峰,是为仙境。然自青柯而通天,中间皆与铁锁争性命,其险不可人理测者十有一,非刘因所称天设隔仙凡乎?游屐当止青柯,吾姑待子。"怫然曰:"盍贾吾勇?"笑曰:"以佛骨抗疏之勇,曾不免一哭,请尝试之。"揖退,于是绕院东入谷口。迎面睹醉溪石,有泉宛宛,如白虹,特卷地而来,滚滚北去,已觉令人心醉。稍进,忽峰麓交错成犬牙,溯流循之,履巉岩,历蜒蜿。虽舆夫指若者为石养父母龛,若者为王猛台,其实如初祖面壁者。数里陡而苍崖夹峙,涧涛奔突,不得渡。惟西边故垒,空其中成窦,侧身入。仰视,翠羽啾啁,岚影拖曳,则又大隧之中乐也融融矣。此昔之避兵者所遗,以为第一关者是。俗又呼五里关。前百步曰桃林坪,南曰张仙谷,破庙存焉。汉安初,张楷字公超,好道,荐辟不就,尝隐此,作五里雾,有称为张超谷者,几误《文苑传》中之张子并也[1]。徘徊凭吊,不识仙人未渺,洞口桃花尚肯容我问津否?盘屈复登约数里,洞右覆崖中隐露方厂,黝狭而深,高并十寻。杨嗣昌状为玉棺,实即顷言返葬之希夷峡矣。闻昔有盗窃趾骨,色红

---

① 　《后汉书》卷三十六《张楷传》:"楷字公超……隐居弘农山中,学者随之,所居成市,后华阴山南遂有公超市。"即张超谷之名源于〔东汉〕张楷曾居此。"张子并"乃〔东汉〕张超,字子并,《后汉书》亦有传。

而香，故今断铁緪，使人不得复升。迤逦间，渐入铁门。旧本万斤顽石，谁驱六丁操斧劈之，以便游者？自桃林至此，恰又作一蓄，得非都玄敬游记所称之"第二关"乎？然四壁悬泉，如烟霏，如练曳，修短丰纤，莫不因风作态，飞溅石旁，与游人争路。既欣入佳境，且行且玩，却不虞败叶之几蹈危机也。适小道接舆歌过，顾指曰："二里外有莎萝坪，为谷中稍宽处，盍小住为佳？"余急下携，抵莎萝下之茅庵。莎萝实类吾粤菩提，旧与无忧树皆移自西域者。道人又贻我干松数株，长不满寸，云匣藏数秋，浓翠不减，投研池中半日复活，是名还魂。即向见《图书编》所纪之万年松也，殊不料于后凋外复进一解。东眺阴崖，有飞甍凌灌木上。问之，谓为大上方，稍北缘崖高下架阁为小上方，由此去唐金仙公主上升处不远，独虑緪已久废，不若姑留余力，为三峰计矣。颔之。遂北，则一线羊肠，弯环陡蔵，始登十八盘。盘较泰岱名虽同，而险过之。忽仰视西南，有樵者隐映于绝壁间，欲问其径。舆夫言："可达古丈夫洞，而抵毛女峰。故老传闻此避骊山之役，而逃祖龙之殉者，后先偕隐，皆饮玉泉而餐柏叶，衣薜荔而带女萝。至今月下，时闻动操清越声，远薄林表云。"余曰："噫！是焉，得谓秦无人哉？"盘尽处，陟三皇台。台后距云门颇近，即所谓第三关也。然一路巨石、亘蟠类雉堞，参差状芙蓉，则又仿佛此身从石曼卿城中来者。因忆玉泉道士言，三关历而旷宇启。由此东折，非青柯坪而何？计谷口至此，嵚崎侧塞者几二十里，忽而崖壁朗豁，俨天开而地辟，人心亦怦然为之一舒。此坪一名寥阳洞，其下有太虚庵，急趋之。庵以明慈圣太后赐《道藏》而创。因午尖焉。尖毕，策杖于坪北，纵观谷若重门，渭流环带。坪南则水帘倒挂，溯自西峰麓，汇二十八宿潭而下，此天半玉虹，所以一落不止三千丈也。乃选片石，坐绿阴，濯足凤池。瀑下潭名。恨未携雷氏弦琴，令与众山皆响。则缑氏峰头、成连海上，安能与余争此胜哉？须臾从者促，始易芒屦，舍筍舆，四顾壁立，莫决所向，又几疑在水穷山尽中矣。导者东指，曰："的的非自破壁中来者。"趋迎之，斜陟半里，恰遇于回心石下，问礳道所艰，客指峭崖上大书,曰:"当思父母。"余曰:"于今亡矣。"忽转目"英雄进步"四字,默未对。客笑曰:"险从心生,心平路平,毋自画。"语毕,飘然去。余因朗吟"到此尚能真进步,半关人力半关天"句。遂不觉两足橍然,自升百步许,始贴身绝壁下,仰窥石罅,如侧槽倒竖。其外一峰斜抽,厚不盈咫,作左偃右覆状,以障外望之险。其中刀刌釜凿,为级四百数十步,步不尽踵,必侧身佝偻,只赖铁锁攀援,挨排借力而已。诸仆皆惊愕却顾,将欲进言,而余默念玉泉之轻觑,奋袂先登。及半磴,忽倾曲,欲援而引手不及,急解带结腰,令导者挽之,然后超越。于是心摇色沮,两手持锁,惴伏久始定,气亦渐衰。奈从者鱼贯相顶接,不得已再登。则见崖巅圆隙中,天光照襟,始悟《水经注》目之曰"天井",俗呼"千尺幢",为险之初试者。千尺幢,险一。既上,折而北,趄趄行壁上,仍注目不敢侧瞬。但径稍坦,心亦稍壮,以为当作如是观,奚馁为?一里许,忽东仰危崖,陡作三叠,初惊为幢之未尽,乌知其已到百尺峡乎。峡短于幢,而狭于幢,故益窘于幢。然进退维谷,只可容与缓升。因忆司马温公言:"登山有道,徐行则不困,措足于平稳之地则不跌。"名贤微旨,兢兢自持。又不觉历二险,而跻其巅。回盼有石状鼓,横撑峡中,若巨蚌之含胎,讵果虞其复合者,人耶?天耶?非巨灵之徒,其谁与力耶?计是峡为步一百有四。百尺峡,险二。由此东北,径略坦平,可以放怀高蹈,觉举目而皆适。如是两里,抵二仙桥。桥长八十尺,当山曲以铁橛驾小木栈,悬度于绝壑上。仙风袭衣,飘飘欲举,俨玉女招手于云影间,是又忘险而为乐也。二仙桥,险三。既过,登俯渭崖,越车箱谷,约三里始息于媪神洞。少陵云:"车箱入谷无归路。"不知我已几经色勃如,足躩如,屏气之若绝如,若续如。盖身已至此,愈不得不贾勇直前矣。无何,闻诸仆窃笑声、角健声、惊诧声。倏然振衣起问,莫不咋舌,指东南千仞壁,水溜直倚如沟,隐隐有受足处。约二百五十级,俨然新发于硎,究不知老君之犁自何年也?昔人评幢峡阴而犁沟突,故险出其右,岂欺我哉?为之瑟缩踌躇,然苦无别径,只得左扪壁、右撅索,闭听而一视,安步而忘危。未几,搜身立于猴王庙上。老君犁沟，险四。因望铁牛台，岌然高峙。诘曲三里，方从台下北转。有削崖峭绝弯度处，路仅一线，须属耳于壁，趾踵步步衔接，如是者约百步，诚惊心动魄之险。然余已料此为猢狲愁也。其南蜿接水帘洞，闻月逢三八，洞猿千百出戏，亦莫不自崖而返，以是得名。适有北峰方士拱候道左，问之果然。不觉抚掌大粲，曰："今而后，可以傲猢狲矣。"猢狲愁，险五。且幢峡后，屈数又三险，吾岂肯得半止哉。然中心惕惕，未尝不自庆再生。道士曰："此去云台一里，可少歇。"随之盘折登，山脊圆平如臂。过白云仙境坊，小立返顾，又戛然而惊。盖青柯视此，不啻天半，讵今去三峰尚隔九重，为欷歔久之。而后趋观，观门榜曰"古云台峰"。后人以居三峰北，因呼北峰。观倚峰腹，先绕观后，登不百步，历周武帝时焦道广辟谷处、贞观时杜怀谦长春石室址，室旁有石填巨穴，相传可穿黄河底而东出云。余造峰巅，旧建倚云亭，已废。然方仅三丈，四望悬绝，俯瞰来路，觉涧溪树石，隐罩风气氤氲中，再纵目南望，始知自观前突起连崖，南趋如练，其东、西离立陟削，真不测几千万仞。只乍耸乍伏、乍险乍夷，直接苍龙脊而骧首云中，隐露三峰之顶。如初敷蒹葭，瑞霭轻笼，宜其怀蕴金玉，藏蓄风雷，《天中记》所称"总仙之天"者也。返观，餐毕。导者请急入通天乃止，计七里犹未暮也，余乏甚，欲少歇焉。因推东窗，爱岩藤倒悬，恰张翠幕，但飘堕繁英，不知其下临无地。至王刁、量掌二峰名、飞鱼，岭名。列侍幽靓，皆可坐而摩其顶。道士云："风日清美，潼关行旅，皆历历可数。又安能起关仝、范宽辈，使之一寓目耶？"遂成一律，有"遥看行旅河阳画，俯瞰儿孙子美诗"句。谈次复出观，倚石望西峰水帘。仆指东峰之东北，言此间视巨灵掌尤逼真，五指参差，石色殷赤。鸿荒遗迹，原不可以理测有无，然华胥履迹，女登感神，母变空桑，男生破竹，何不可佐雅谈一剧？俄而暮色渐催，云阴四合，亟入。顷刻间，云台以下电掣雷轰，如闻巨鹿、昆阳之战。余揽衾凛凛，不敢寐，翻悔负神之约，不从导者请也。漏约三下，披裘起，则又碧空如洗，仙掌峨峨，桂影正挂岩壁间。清光沃面，徘徊仰眺，觉高寒之气,森森逼人,知玉女明星,非复人间风露矣。复得句云:"仙人掌上露初洗,玉女盘中星乍明。"

十二日(5月1日) 霁色开,风尚吼。分书题名一通。同治辛未,南海孔广陶从岱嵩来,登三峰,题名于此。复出观瀑。"山中一夜雨,树杪百重泉",倍觉愈增声色。早餐毕,导者喜告:"逆午则阳气冒出,狂飙渐解,可行矣。"遂循东崖边石栈,侧足过仙人碥,类猢狲之险而稍直,但苔滑如油,亦汗出如浆。百步后略宽展,有斗室祀神,曰金天洞。选石凝滑者,令镌题名。仙人碥,险六。再南,忽平临万仞,上陡立层崖,崖光如漆,就中分凿浅凹二十有六,铁锁双垂,令突面挽之作壁上行。惊叹曰:"上天梯之名不虚也!"忆《枚乘传》言:上悬无极高,下垂不测渊,虽甚愚之人,犹知哀其将绝。吾何为自苦哉!弗顾,返仅数武,默念"亏一篑耳,玉泉主将谓我何?"仆有健者,请先登,以长绳作引,笑从之。于是凝神试险,首出先者,跨下令后者持踵,每步必问脚跟定否,而后再举。移时始跻,色少逞,又欣然以手加额,曰:"虽踏东野坠魂,未夺原叔定魄,不料天之果可阶而升也。"上天梯,险七。仰见壁际隐露赤白圆形,是为日月崖。知已三里,随历三元洞。稍前,又傍西崖绝壁,险步以寸进,特呼阎王碥,较仙人亦不甚相远。因笑曰:"青柯上之人鬼关头无在,非间不容发,曷独是。"阎王碥,险八。导者答言:"险又至矣。"是即毕公所定之擦耳崖,当行如粘壁鼯者,约三十丈许,然后憩于龙神祠。屈计又已三里。擦耳崖,险九。按,《水经注》:是祠即胡趋寺,言神状童子,祷而感,云与山平。及明王履笔记亦言能祷免苍龙脊迅风。则寺名已见于唐前,何《老学庵笔记》竟以为华山无寺耶?守者进青杏,怀其二出。祠后即御道坊,升岳要道也,旧以汉武帝、唐玄宗登此故名,坊久废。南接苍龙岭,约一里而两折,中隆旁杀,狭仅盈尺,其上石骨棱起,亦曰脊。相传明皇幸时,夹树锦幔以障险。后甃石栏,高仅五寸。今废者补以铁絙,合前、后凡二百四十六级。升者毋左、右顾,顾则如独立万仞墙巅,空诸依傍矣。余瞑目良久,息妄念,屏躁气,始从容抚絙,磬折以登,仍不免五步一喘，十步一息。如是将及半，瞥俯下方，水石莫辨，万千巇崿，罗列儿孙，曾是扳髯而上升者，谅亦不过尔耳。不期想象间，罡风乍过，则群峦掀舞，万木呼号，龙脊竟蠕蠕然欲动，究莫测其厉爪兴云，抑鼓鳍歘电。不觉股慄蹲伏，心隳胆裂，置死生于度外。自分经坠云海中，虽欲作昌黎一哭而不及也。少定，导者促行，张目间瞬瞬朦朦，尚觉宇宙异色。不得已，乍踣乍蹶，匍匐以前，惟恐山灵之怒号，顿忘四体之为我有。抵龙口，导者曰："岭尽矣。"攫然兴。苍龙脊，险十。不虞峰回路转处，尚有悬崖一曲，必折身反度。上镌"韩退之投书所"六字，即《志》所称鹞子翻身者。吁！足畏也。然正欣诸险将毕，登益勇。讵僵足乍倾，大呼曰："死矣！"无何苏，乃知攀虬柯以不坠。但元神之舍，又已悠然复离。诸仆急掖至上马石，据地少歇。出怀间杏咽之，始耳有闻，目有见。其尚敢以陈仲子为不然哉？鹞子翻身，险十一。强起，可一里度单人桥，有门屹镇于峰上，即少陵所谓"箭筈通天有一门"者。俗呼金锁关。读诗而梦想三十年，设无玉泉道人，其能免步王子阳后尘乎？虽然，玉泉之睨我，亦已厚矣。再勉梯百级，曰五云峰。时强弩之末，蹒跚投小庙。见道人不暇作礼，索床倒卧，鼾然一梦。既醒，而日甫中侧。此可肩舆行，一路松桧逼天，芝菌盘礴，风冷冷而泉汩汩，不唯忘前登顿之险，而云輧风驭，可赋《游仙》，轩冕念顿然冰释。达三峰口，过宗土祠及四仙庵，即谭紫霄、马丹阳、刘海蟾、丘长春后先修隐处。二里抵玉女峰，昔人见玉女乘石马入此故名，实则东峰之附庸耳。下舆纵步，石磴弯环，峰半有璇室五楹。石壁间悬，溜垂冰固，俨然"日高佣卷水精帘"①云。左折则朱栏缭曲，石栈三盘，纡徐而至顶峰。顶平矮，三峰环峙，故亦称此为中峰。上建明星玉女祠，铢衣雾质，塑像庄严。礼毕，出祠。南度小桥，有石坡状灵龟背，横二丈许，纵百余步，所谓石马遗迹，风雨夕犹作萧萧鸣，不识遇困盐车者，其肯昂首一嘶否？坡前又有拆裂痕，名石龟蹔，莫测所底止。

———————————

① 〔宋〕苏轼《木兰花令》今传本作："日高慵卷水晶帘。"

昔唐人于此投金简处。坡东有天然石臼四,散布若氏宿,澄碧不涸,相传为玉女洗头盘云。问前明韩姑姑石室,则在石坡下,其肉身百年前已化去。闻当时名妓杨氏度为女冠,以师事之,其殆琴操一流人物欤?因遍读石上镌题,半皆销蚀,惟吾粤冯鱼山太史①大书"秀结人寰"四字,幸无恙也。既而南行,三里过细辛坪,抵东峰。古名朝阳。峰垂白石斜坡,莹滑可鉴,上凿足迹,令登者有玉山朗朗之乐。峰上旧有废祠,即三茅洞址。又有甘露池,今已改名青龙。登祠小阁,俯瞰东南,见群峦绕匝,中一峰拔起千丈,其绝顶铁亭摇飔,隐约棋枰,《志》所称卫叔卿博台也。闻铁索久断,探奇不至者已百年。按,叔卿不欲臣于汉武,其子追至,见与洪崖、巢、许对奕。而《韩非子》又谓上有"秦昭王与天神博此"数字。是则博于此者,非自叔卿始。因笑俗传宋艺祖与陈抟博而卖华山,亦未尝无本。况太宗赐陈抟诗有"如今若肯随征召,总把三峰乞与君"句,是则附会流传,亦有所由来矣。复下坪,穿二仙洞,循紫气台下。望南峰之右,石裂成峡,有坊题曰"南天门"。既入,历神祠,后西折二十步许,恰当南峰之脊。有石台悬绝壑上,是名聚仙坪。登坪纵览,始知峰背乃壁峭万仞,于半壁上凿成八寸石栈,横度二十丈,若步虚然,名曰长空栈。栈尽为朝元洞。洞中穿窍若井,敛身入,缒铁锁下,约三十尺,复沿壁而西,方抵贺老石室。此老经营四十年,始成其避静处。"避静处"三字,贺老自名。今水注、炀灶尚存。又石室巅有突崖,遥覆朱书,横榜曰"全真崖",字径丈许,数百年而烂然如新。似此御空洒翰,非赤松、黄石辈,其孰能之?余踞坪俯仰,得其大略,窃以天险不可数试也。仍出天门,绕南峰前麓而西,半里有凹崖斜出,仰若层檐,其下可布两席。上镌"避诏崖"三字,剔薜刬苔,尚露节角。闻希夷曾于此上谢表,曰:"一片野心,都

------

① 〔清〕冯敏昌,字伯求,广西钦州人。四十三年进士。其诗为岭南一大宗,书法尤精研《兰亭》。平生遍游五岳,皆造巅,题其崖壁。晚讲学于乡,学者称"鱼山先生"。《(道光)广东通志》有载。

被白云留住；九重仙诏，休教丹凤衔来。"据此，则非终南捷径可同语。
由此再登，则万本游龙，上撑云汉，微飕过处，如弄笙簧。盖古名松桧
峰，亦即为今之南峰主山也，有敕建金天宫在焉。宫仅前后三楹，我
朝因明之白帝祠修建。祠正当华之正面，特面朔方，巍然云表。香炉
峰如正笏前朝，东、西峰夹侍，直玉皇香案吏耳。若云台以下，万壑千
岩，莫不俨伏罗拜。伫望间，妙香清心，天华落袖，缥缈瑞霭，回翔灵
禽，虽无超凡越世之思，然俗念顿觉为之一洗。"借问路旁名利客，无
如此处学长生"，不虞崔灏已先我咏之。余复题三峰诗，有"金天直敞
七千仞，银汉遥通廿八潭"句。尖毕，自宫后历百级，抵老君洞，寻黑
龙潭，清浅不涸。宋封显润侯，至今亦祷雨辄应。又循洞盘折，跻约
二百步，始为落雁峰。乃南峰之别巅，即昌黎公所称"太华峰头"也。
石结层云，状若华盖，周环不过三丈，而挺出云表。李青莲以为"呼吸
通帝座"，其高可知。旁有泉，湛碧微澜，味甘如醴，郦道元、乔九烈
辈，各名仰天、太乙、太上，亦均此一池耳。纵目四极，则水光一线，自
北塞而入如蚓之东折者，其投鞭可断之黄河乎？千峰南拥，远穷天际
间，觉云光黛色相迷离者，其阴条、巫峡之交乎？东而中原如掌，构二
十有三朝之甲兵；西而终南如砺，钟九百五十二年之王气。旷观千
古，横览九州，不已若指数螺纹乎？安得不爽然自失？信嵩岱未足与
衡其高。虽然，去仅尺五，方欲以古今不平事搔首问之，讵天风入怀，
此身辄惝恍不定，将有陶士行排九圆而御六气之势，因得句云："从今
眼界无空阔，太华峰头独立来。"遂不敢留恋，觅路西下。渐近孝子
峰，有石缺如门，恰处南峰之左，余欲题为"西天门"。过此，至老子炼
丹炉，闻入关后隐此。庙之西厢，一道人鬈发髯鬐，衲衣趺坐，客入方
起为礼。与语，无甚玄妙，然胎息、辟谷已三年云。抵西峰，高亚于
东，名曰莲花，亦曰芙蓉，循石臂登。《水经注》以为"屈岭状苍龙，而
平且阔"者，即此峰。顶创西岳殿，其下有劈斧石，其右有莲叶石，甚
克肖。展覆太乙洞，以供大士题壁，颇有足观。其北有舍身崖，西有
肥蟜穴，南有巨灵足。至谓西元洞中之金阙玉台，紫林芳花，凤称

"八公曾此分金液,服尽全家上太清"者。不过据《大洞天记》所言,恐非尘脚所能径踏者矣。旋下至中污。《说文》:窊下曰污。《诗正义》:池停水,亦曰污。盖为三峰中央之最低处,平若仰掌,两泉汇流,折旋北去,其偶然停顿处成坎,累累若贯珠。上应列宿之数,因称二十八宿潭,复卸下西峰麓成水帘。污中古桧奇葩皆合抱,萝薜冒之,疏不渗日,氃氃然映人毛鬓皆碧。倚崖构镇岳宫,稍西即玉井楼遗址。宫北六十步外,玉井当中,周仅二尺,深碧莫测,如船之藕未敢知,已非在太华峰头矣。掬饮,其凉冰齿。遂于万绿深邃中,沿溪纵步。时闻菖蒲、石苇香。到三峰口乃少息。始恍然《山海经》所谓"太华削成四方",是专譬三峰当中拔起之形。缘三峰外巨壑周环,壑外群山方作众星之拱,若舍十一险之孤悬鸟道,惟飞行绝迹者可登。仙凡之分,曾是无愧。因念昔人论华以为小险小奇,大险大奇。斯评也,不过尝鼎之一脔。盖山非险则庸,非奇则粗,有奇险而乏奇景,亦何足以阐造化之秘藏、标川岳之蕴奥?若然,则舍太华其谁与归?虽然,古今来能游者,几何人造极者?几何人尘事万端,未易摆脱?余数千里马烦车殆,果能离软红,入太清,谐余凤好,正如古人所谓能不值一死哉?从容下至苍龙脊,回望投书处,叹曰:"设无此柯,吾不免石戴矣!"昔韩公遗迹,后人据《国史补》,已代镌题。讵沈颜著《登岳辨》,以为退之愤世托辞,贤者未必若是之矫,不免牵合,殊可哂也。复兢兢惕惕而后下,过北峰,不敢少留。只觉如太白别五老北归,依依不忍去而已。及青柯,则星影当头,虫声入耳,复借宿焉。

　　十三日(5月2日)　清晨,仍步行出谷口。玉泉观主笑迎,曰:"'羡君新上九霄梯',韦庄诗可移赠矣。"立谈数语,谢别,升舆返岳庙。而涧溪泛溢若决江河,不虞前夕山雨一至于此。午馔毕,察视道人分拓汉碑残字十余纸,奈无精楮轻烟,负此古碣。夜乏甚,梦中心犹怦然若历险者。

　　十四日(5月3日)　晴暖。拟入西安访汉唐故迹。时沿途兵勇络绎,虑有不虞。且欲至恒岳即须南归,未免为日不足。不得已,姑俟后缘。复回潼关。尖毕，出北门唤渡。按，《九域志》谓，阙北黄河滩上旧有土阜，能随河水高下，即娲皇葬处。土人谓之风陵堆，陆长源以为天宝时已漂没，今河北尚有风陵渡口，即此。若赵城之女娲陵，实始自宋人，未便遽信也。闻关上游河势少缓，渔船梭织，此则阔二里，急溜狂澜，旋涡怒卷。抵关外，更觉震荡。又渡无篷橹，只划两桨，顺流一放，瞬息数里。必掷缆北岸，方能牵泊。其险较齐河，殆不可同日语矣。登陆即为山西永济县界，县蒲州府附郭邑。自此车向东北，十五里匼河镇。沿河岩峦岨积，足与二华竞爽者，首阳也，即《禹贡》之"雷首"。前接历山，帝舜佃渔故迹，相传至今不生荆棘云。循山麓，过禹庙。三十五里住韩阳镇。好月。

十五日（5月4日）　晴阴。出车。条山苍苍，横跨五邑，其形狭薄绵延，故曰中条。《山堂肆考》以为张果倒骑驴处。诸家辩论，谓此即雷首，然实与首历接境，不必聚讼。余向慕王官谷并元女、桃花二洞幽胜，以绕道甚远不果，表圣亦应笑我匆匆也。十里过郡城，东为蒲坂故都，已殊风景。而道旁官柳，披拂薰风，因徘徊者久之。十里寺坡底，亦曰蛾眉坡，浮图倚空，其上废刹宏敞，残僧渺然大书曰"普救寺"。或言郭威下郡时，寺僧劝其不妄戮，故名。然据微之《会真记》，是唐贞元已先有之。今地亦称普救屯云。按，《金石文字记》：郑恒夫人即世所传崔莺莺，年七十六，与郑合葬。又《旷园杂志》：莺莺祔葬郑墓，在淇水西北五十里。又秦贯铭其"四德咸备"，而一再辱于微之，可叹文人之笔，人人转深，为千古败名丧节所自祖。因附记之，以为轻薄者警。十五里吕芝镇。十五里高市街。十三里白铺头。十二里七及镇，交临晋县界。古桑泉地，为晋公子重耳济河入桑泉处。二十里樊桥镇。月上始投店。相传唐马燧与浑瑊逼河中，曾屯兵于此。设当日无李西平"五不可"之谏，怀光漏网，可复制乎？

十六日（5月5日）　晴。廿里祁任村，入猗氏境，本周八士故里。其初，郇国文王以封第十五子，故《诗》云"郇伯劳之"。后鲁之猗顿徙此兴富,汉始以猗氏名县。十五里香落镇。五里油杜镇,尖。二十四里抵解州所属之安邑县。三里道南立坊,曰"有虞氏帝舜陵"。易骑,南趋五里,抵曲马村。村民导登平坡,即鸣条冈也。其上古柏森翳,土墙缭曲,三门内飨殿三楹。殿后陵高三丈,皆甃以甓。再后寝殿,又另隔一垣。左通大云寺,以为典守。遂扪读胜国残碣,谓历代帝王禋祀舜陵,皆于湖南永州之九疑山。鸣条之陵,实莫稽所始,守土者相沿致祭云尔。愚按,苍梧、鸣条之说[1],后儒纷纷聚辨,孟子去圣未远,必有据。依《书》云"陟方",不必定在数千里外也。谒毕返坊下。升车七里北相镇。廿里将军庙住。殊热,迟迟春日,竟比秋阳。

十七日(5月6日)　晴。早行。十二里夏县西界,亦因禹故都,而名夏台。酒池遗迹,未及遍寻。十八里水头镇,渡涑水桥,水源于绛而入姚暹渠。桥北大书"宋太师司马温公故里"碑。按,洛阳乃公宦游别墅耳。此有祠堂及先茔十余冢。公墓前旧立哲宗御篆"忠清粹德"碑,苏文忠撰书。当时令匠碎碑,今已无存。其曾孙于靖康后,迁浙之山阴而成族,故此无遗裔云。十二里抵闻喜县仪门村,是为绛州属。据李汝宽辨证[2]云:今之闻喜即古曲沃,今之曲沃即古新田。《传》所谓"封成师于曲沃"者,即此。汉名左邑,武帝次此,适报路博德、杨仆已收南越而置九郡,故易闻喜。八里尖于山郭店,殊热。十五里,土人遥指东南官庄岭,言此有香山寺,旧即裴晋公还带处也。又五里邑之南门,过桥下行。十五里下杨村,循汤寨山麓,其巅一岩,

---

① 苍梧之说者,如:《礼记·檀弓上》:"舜葬于苍梧之野。"《正义》:"舜征有苗而死,因留葬焉。《书》说舜曰'陟方乃死'。苍梧于周南越之地,今为郡。"鸣条之说者,如:《孟子·离娄章句下》:"舜生于诸冯,迁于负夏,卒于鸣条,东夷之人也。"

② 〔明〕李汝宽有《闻喜曲沃辨》。

硆砑洞豁。相传为郭景纯书堂，悬泉一滴，旧即置砚处[1]。岩边有古字，仰观，不甚可辨，只道左近立一碑而已。十五里东镇住。

十八日(5月7日) 晴，仍暖。行十二里，道左石坊巍然对峙。西曰"勋高华夏"，下立唐裴闻喜公行俭、集贤大学士垍、晋公度三碑。东曰"气壮山河"，下立宋丰公赵鼎碑，四相之故里也。考行俭，《唐史》谓"文雅方略，无谢昔贤"，垍"才与时会，知无不为"，而晋公勋德并隆，四朝倚重，裴氏多贤，尤当以晋公为弁冕矣。又按，《裴氏谱》谓登宰辅者十有七，入省者六十一，官三品者二十四，封国公者十七，郡县公四十，侯二，伯二，子四，男四，驸马五，皇后二，王妃二。门阀之盛，古今亦为罕觏。杨盈川称为裴乡贵族，洵无愧哉。至赵忠简，经济不亚三裴，惜未能先烛桧奸，卒为所陷，然丹心白首，气壮山河。不料咫尺间，阀阅相望，英贤比肩，谓非山川之钟毓可乎？八里兰德镇，行山沟中。约二里交平阳府之曲沃县南界，东巘西壑，浍水经焉。一路缭曲迤逦，时有险径，不可并轨。入山不远，渡石桥，为铁岭关遗址。八里过铁闸，出隘口镇。十里史店。五里马上村。五里石梁跨浍，雕栏数十丈，峻坊夹之，题曰"浍水桥"。《古文琐语》谓：晋平公与齐景公遇首阳之神，狸首狐尾，游于浍水上。及询师旷，其名曰耇。盖即此云。遂尖于候马驿。十里郭马村。十里杨村。十里高县，渐盘旋土坡上。十里抵新店。《通志》谓至德二年，郭子仪与严庄战曲沃，大破于新店，即此。按，子仪既收西京，追贼至潼关，再捷，于是克华阴、弘农。安庆绪始发洛阳兵，使严庄合张通儒保陕州，以拒官军。又败之于新店，而庆绪率其党走河北，遂复东京。一路自西而东，势成破竹。似毋庸过河至此，纡道千里以讨贼。盖陕州之西，亦有曲沃故城，其间必有新店地名。《通志》不考当时情势，而遂以此地当之，恐非。聊记之，以谂读史者。十里住于蒙城，谚云："高县无县，蒙城

---

① 《山西通志》卷二十八："郭堂泉，在中条山之麓，有岩焉，硆砑洞豁，纵广丈余，内有悬泉一滴，即郭景纯置砚地也。"

无城。"抑知皆山谷中一村镇耳。然数十里连冈夹束，扼险者所当知。此五代周太祖使王峻救晋州，得过蒙坑，笑其不守，而卜敌兵之必败也。

十九日(5月8日)　晴。东北行一里入太平县界。又一里渡三孔石桥，有坊曰"义士"，立碑曰"豫让"。渔洋诗所谓"义士桥边水，千秋恨不穷"[1]者也。一里文中子故里，闻龙门沟北尚有读书洞。按，文中子生周、隋之世，隐汾晋间，(注)〔著〕《礼论》《续诗》《元经》《易赞》诸篇。薛收、李靖、魏征、李勣、杜如晦、房玄龄悉游其门。故皮日休撰碑铭，以孟子比之。虽程、朱亦尝节取其论。而朱竹垞、钱竹汀力辩无其人，诸书皆伪托。姑存疑可矣。二里有碑，曰"虞名臣伯益故里"。五里闫店。十里史村。然后渐出山谷。半里南柴村，交襄陵南界县，以晋襄公、赵襄子皆葬此而名。十里荆村，晋水北来入浍，西汇于河。十里赵曲镇，尖。一酌春醪，其甜如蜜。《伽蓝记》言：河东刘白堕善酿，朝贵尝千里相饷。岂今尚传遗法欤？十里灵伯村。五里鄢村，入临汾界，平阳之附郭邑。平阳乃古冀州之域，形势远逊洛阳。大约三代上，随所在以卜都。若赵与时《宾退录》载：朱文公云冀州好一风水，以云中诸山来龙，岱岳为青龙，华山为白虎，嵩高为前案，淮南诸山，则案外之朝峰[2]。其说如此，实不过合数千里而论大局耳。十五里尧庙村，有遗井。道左立"舜尚见帝处"碑，相传馆甥于贰室，曾偕英、娥二女居此。六里经汉张敞故里，子高以谏昌邑显。其尹京兆，治绩与赵广汉齐名，惜再传无后耳。四里有碑，题"广成子登仙处"。广成子居崆峒，黄帝造而问至道之要。若仙此，不审其何据。遥望高塔凌霄，路人指为府治之西。余进南门，有坊曰"古帝尧

---

①　〔清〕王士禛《国士桥》今传本作："国士桥边水，千年恨不穷。"

②　〔宋〕赵与时《宾退录》卷二："朱文公尝与客谈世俗风水之说，因曰：'冀州好一风水，云中诸山，来龙也；岱岳，青龙也；华山，白虎也；嵩山，案也；淮南诸山，案外山也。'"

都"。平阳向称都会,然俗颇奢靡。雕墙峻宇,倏而断砌颓垣,兵燹之余,规模尚可仿佛。下车,观"仓颉造字处"碑。又南城外西赵村,尚有遗宅,虽似依托,而较汴梁差称近理。出北门西盼,姑射山在二十里外。山有莲花洞、石棋枰诸胜。行者又指邑东,七十里为古陶唐氏陵。然明初既以山东东平州陵入祀典,罗泌、顾炎武辨之,亦与舜陵同一疑案也。稍前二里,土坡下有古废寺址。闻嘉靖间地见奇光,河西郡王异而迹之,果雨不濡、雪不积,遂掘得石函,中置锡函,又裹木函。既启,得水陆画百二十轴,悉吴生笔也。崇祯时再转归城中普庵堂僧,故庵又名水陆社。国初王西樵来游,尚存三十轴,有诗:"惜哉妙迹千年稀,寸缣直等天球贵"云。今二百余年,又不知流转何所,能无兴访古生迟之叹?八里高河村,是为古高梁城址。《竹书纪年》以为智伯瑶所筑。五里沟口村,过陶唐丹朱墓。五里洪洞县南界,名以附邑之洪崖古洞也。五里住天井村。自渡河入晋,麦苗苦旱,秋成足虑。然沿途张贴"严禁种烟",以其利丰于耕,民皆趋之。故往岁频仍饥馑,今已少挽舍本逐末之风。询听口碑,知何中丞璟善政,亦足喜也。

二十日(5月9日) 晴。五里祥獬村,旧称羊獬故墟,谓尧时产神羊于此。十里阳曲镇。四里皋陶墓,稍东即师旷故里。又三里入士师村,高坡立庙,有皋陶像。《淮南》谓:瘖为大理。《荀子》谓:面如削瓜。岂其然欤?题壁如林,合作不少,云楣绣栭,春秋报赛,令人无复"不祀忽诸"之叹。四里左壁村。五里西池村。四里渡涧河桥,清波泛泛,心目一爽。绕至邑之西门外行,城高池深,颇称完固。十里赵城县界,旧与霍州、灵石皆属平阳。乾隆中,升霍为直州,遂以二邑隶之。过国士桥,碑记亦以为豫让遗迹。按,《国策》只言襄子出,至桥而马惊。赵城乎?太平乎?故迹所在,后人争以为荣,又何怪耶。十里四道桥镇,尖。十二里抵邑,南门外有"造父遗封"坊。《史记·赵世家》:造父以御穆王西巡,见西王母,归攻徐偃王而赐是邑,遂世为赵氏。出北门,又有"赵大夫蔺相如故里"碑,则后亦为蔺子食邑也。于是行山沟中,约二十三里抵霍州界。始沿汾河行,五里止于辛置店。

廿一日(5月10日)　晴阴。仍行山沟。十里曰十里铺。十里坛底镇。始出沟,尖于州城。城西绕汾河,南峙霍山,山一名大岳,高三十里,盘踞四邑。《禹贡》:既修太原,至于岳阳。《左传》:晋旱,卜之,谓霍太山为祟,即此。后世于五岳、四镇外,特推为西北镇山云。出北门,过隋中郎宋老生墓。《通典》载:老生守霍,与唐战,城破,不屈死。宋张商英过此,有诗吊之,曰:"首已尘埃尽,光犹日月争"①云。十里曰十里汎。十里周村汎。雨至。自此须上坡行,泥泞滑甚。约十里止于山店,此地无平土可居,悉沿岭穴窑。平顶圆牖,白屋青山,高下层列,俨然洋楼景象也。

廿二日(5月11日)　仍雨。车重难陟岭,遂分雇板车。上坡约二十里,抵逍遥关,为灵石境。环境皆山,层峦盘叠,其顶辟路一线,约数十里而出冷泉关,为咽喉要冲。实平阳锁钥,旧属介休。隋开皇十年,于此获瑞石,有文曰"大道永吉",因割置县焉。十里抵仁义镇。已晴。尖于山窑,有司厅驻此。稍前,又于万山上忽而雄桀陡耸,盘衺辽邈者,名韩侯岭。石骨碥砑,径险不亚于碛石,辕马蹢躅,鞭扑极力不能前。又增雇八夫,轰喧推挽而后登。余改乘笋舆先行,每一陟降,神惊目眩。五里土地庙汎。十里郭家沟,巍峨夹峙,跨沟石桥题曰"天险"。其南敌楼已圮,而屯防窑洞尚存,是为嘉靖时聂太守豹所设。再陟五里,抵"韩侯岭"坊。卸车于高壁店,跻绝顶,有古碣题曰"汉淮阴侯墓"。墓前立庙,创自金明昌间。遗像凛然,似有不虞之色,相传得侯真相仿塑者。古今题咏甚夥,以嘉靖间刘观察大观七古为最。观毕,出门纵眺,觉苍崖翠岫,环结鱼丽,真有垓下会军,多多益善之势。按,陕之霸城,去未央宫四十里,已有侯墓。今庙碑谓汉高征陈豨,吕后斩侯于钟室,函首驰代,值代平,帝旋师遇侯首于此,

_____

①　〔宋〕张商英《宋老生殉难诗》今传本作:"骨已尘埃尽,光犹日月争。"

因命葬岭巅。而班、马《列传》皆谓破豨归，至闻信死，且喜且哀，并不言其函首事。是碑文亦可与史传参看。然数百年来，祷雨辄应，此方之民实深赖之云。鄙意观高祖葬之哀之，而知尚有不忍心。讵肯夷侯三族，推诸"彭越壮士，徙蜀遗患"一言，又赐以激黥布之变。则杀三王者高帝，而成高帝者，吕雉也。何也？三王一日不死，诸吕一日不敢王。纵如太史所谓"学道谦让，不伐功，不矜能"，其遂得免乎？然则何如？曰：必偕留侯，托赤松游而后可。因扫壁自书所见，不复以工拙计也。回店，饭毕早寝。

　　廿三日（5月12日）　阴晴，春寒透骨。始下岭。五里竹竿坊。五里坡底镇。历巉石二阪，与登同。五里裴家峪，径亦险，数停舆以俟车。又五里下抵谷口，乃平邑，城踞谷中。过其东门，此后两山夹汾河而北，中衍田畴，阔者不过二里。于是遵麓行。十五里张家峪。十里吴家坟。五里两渡镇，尖。民有菜色，询之，云："地狭人众，悉以山耕，荒旱迭见，故转沟壑者日相继。"为之恻然。十里崔家沟。十里冷泉关，关今废，旧因大云寺中井而名。五里桑平峪。五里出山口，始见平原旷野，杨柳万株，又为汾州府属之介休矣。五里义棠镇。十五里抵邑治，东、西特建外城，壮观异他县。过西关，唐明皇庙门悬"钦赐梨园"额，殊惊诧。考明皇精于乐律，开元时诏选梨园子弟，得乐十六部，命供奉。然遂以"梨园"名额，不经之甚，至曰"钦赐"，或里老村巫，无知妄作者欤？城中康衢，居第华焕，为数千里所未觏。盖此与平遥、太谷等邑，均晋境繁富之区。然兵燹后，已少逊于前云。遂寓于三义庙侧。庙前层阁桀嵸，榱题金碧，夕照灿然。谒文潞公祠，《宋史》本传：公既相，请建家庙，苏颂议请依封爵之令为等差。此祠未知即当时家庙否？门外立"三贤故里"碑，则又远溯田子方、卜子夏、段干木，昔建祠祀，于今无矣。

　　廿四日（5月13日）　刮风。南望绵山，郁然森秀，山腹建介子庙。其麓乃绵上聚，即文公志过旌善田也。闻水石颇幽窈，以尚四十里远，未及一登。庄子谓之推抱木燔死，晋俗遂尔禁火。《邺中记》以为三月三日,《琴操》以为五月五日。说尚纷然,私意不言禄而偕隐,高矣。若果燔死,其如母何?当以左氏说为正。按,今万泉县亦有介山,《蒲州志》谓其牵涉云。自此正东行,五里有坊曰"汉郭林宗墓"。下立石碣,题"有道阡"三字,笔势应可凌驾五百年。其右存汉槐一,大可百围而空心,有古椿生其中,竟与洙泗讲堂之柏驳椿、华岳庙之柏抱槐,足称三奇矣。坊后有祠,祠后马鬣巍然。考《蔡中郎碑》先移入州城之大中寺,久已无存。一拜升车,十五里湛泉镇。一路野花送艳,风絮随车,殊不觉征尘之劳顿也。五里义安村。八里店上。七里张兰镇,尖。十里过遵道亭,则属平遥县。五里安宁村。十里道左有碑,大书"周卿士吉甫公故里"。相传周宣王命公北伐玁狁,师次此而讲武,故上东门有吉甫将台遗址。按,"薄伐玁狁"之太原,顾亭林以为在今之平凉,详见《日知录》。十里及城,气象又出介休上。入西门,有鼓楼,五层洞彻,五色焕彩,壮观哉。出东门,过太平兴国观,旧有唐柏十六株,今非旧观。二十里住洪善驿。

　　廿五日(5月14日)　刮风。东北十里,交太原府之祁县,祁奚食邑也。五里自名村。十五里道出邑之西郊。五里会善村,为晋温峤故里。公初烧朱雀,再会石头,读祝告天,流涕覆面,中兴名臣,其才实出江左夷吾右。虽绝裾辞母,不能无讥,然过为忠愤所激,后世或能相谅,太真其可人哉!五里经泰村,其北大沙河已涸,驱车过,循柳陌上行。十里贾令镇,尖。春秋时,晋杀祁盈,魏献子为政,分祁氏田为七县,使贾辛为祁大夫,民德之而建召憩亭。亭今废,而镇以名。午后风愈大,沙土漫漫,觌面无睹。十里西罗村,已界徐沟境。十里尧城,帝旧封之国,今庙存焉。十里高花村。十里抵县,住北关间闾,亦颇富庶,而禾麦无复有秋云。

　　廿六日(5月15日)　晴。先慈许太夫人忌日,南望叩首,然后东北行。十三里入太原县界。七里北格镇。十里流涧村。十五里小店镇,尖。十五里大马村,交阳曲县界,晋省会垣所在也。隋文帝自以姓杨,改曲曰直,唐复旧名。十五里老君庙,自大马村至此,一路如行绿天深处,触目皆春。渔洋所谓"绿杨城郭",当不独说扬州也。瞻会垣大势,则青山遥卫,而空其南。汾水傍西山之麓,中间平畴旷衍,百雉称雄。其周约二十余里,辟门八。古谓锦绣太原,而王元美《适晋纪》亦以为神京不如,气象可想也。二里狐突大夫祠,过木桥,门只余城楼一座,两边女墙颓坏,中阔一、二里,为旧日之南关城,与北关城皆筑自景泰初,经闯贼将陈永福之乱,国初补葺,今复废,故烟户殊觉寥落。再进始入迎泽门,是为南城之西。觅寓于察院后街。闾阎拔地,通衢爽垲,亦不亚帝都风景。虽华美少逊,而整洁过之。按,晋阳本唐叔封地,晋归赵鞅食邑,汉隶并州。自后魏尔朱荣、高欢父子迭据是地。至唐神尧因之而起义师,李晋王继之而开霸府,其实名同地异,但不外阳曲、太原、榆次三县之交。若今之会城,则旧之唐明镇,宋太宗太平兴国间两徙而后定,遂相沿至今云。饭毕,信步出门,则演剧于道台上。盛张灯彩,妇孺层列,车辆而观,其风俗又如此。

廿七日(5 月 16 日)　晴。早谒何小宋中丞,以家书托寄。中丞言边城马贼猖獗,欲余少俟。同行谈次,因询太华,并述其峨眉之游。又谓城西晋祠,昔因祷雨至,颇赏其水石之胜云。辞出返店,有何薇之游戎如意过访,吾邑西樵人也,现从征宁夏,自西口来请饷。历四千余里,走戈壁者十余日,略述风景,苦不堪状。谈毕出游。城中古迹无几,遂西出阜城门。一里有堤,自北而南,外绕汾河,即宋天禧间陈文惠尧佐徙并州时所筑之柳溪也。当时藉捍水患,遍植垂杨,建杕①华堂,以临芙蓉洲。每上巳,与僚佐泛舟出游。韩绛、韩缜相继来守,增筑彤霞阁、四照、水心诸亭。今风景不殊,而亭台非旧矣。遵水滨行,见乱石成堆,问诸野老,曰相传为雁丘。昔元遗山感雁失群而死,赎瘗于此,有诗,今载集中,可为《瘗鹤铭》后添一佳话。又问晋祠道,则遥指由此更西,一日可达。余闻晋祠在悬瓮山下,因智伯遏水灌晋阳之迹,后人蓄池沼而建祠。初祀唐叔虞,至北齐大兴营造,

---

　　①　日记刻"杕"为"杖"。

经唐高祖之祷、太宗制碑,而名益著。闻旧祀邑姜,实莫考所自始也。因为遥望,神游者久之。须臾雨止,返店。

廿八日(5月17日)　晴。出车。北城之西曰镇远门,极其繁富。屈数所经郡邑,北关之盛,惟天津与此。又附郭民居悉用筒瓦,他处无之。道左有"傅征君故里"碑,青主先生也。十里曰十里铺。前途或历平坡,或行沟中,别无可观。十里新店。十里阳曲镇,尖。二十里青龙镇,一名青蒿嘴,亦繁盛。自此登高陇,下渡石桥。七里黄土寨,此间有歧路。稍东成晋驿,是为官道,余车则北行。十里柏井镇,山沟积石,荦确不断。唐大历中,回纥入,寇牙将、李自良请于节度使鲍防,愿筑二垒于此,以扼归路,不从,战败。宋开宝二年,田绍斌、何继筠集其计,而扼辽师,悉夺鼓帜。均此一险,在用之者何如耳。十里马坡头。日暮止于山店。

廿九日(5月18日)　晴。东北行,则四山遥抱,中坦荡千顷。五里大孟镇。五里三和店,尖。易车轴,余以京车来,燕、赵、齐、梁同辙,惟秦、晋均阔五六寸。自入潼关后,偏侧而行,几颠覆者数矣。今出太原之北,只合二号轴子,又一省而异辙。闻前途出关,路极险巇,遂不得已易之。闭门造车,出而合辙,古语如此,乃竟有迁地弗良者。午后前进,连峰夹嶂,鸟道斜通。十里有关,名曰石岭,是为并、代、云、朔要冲。唐窦静、郑从谠尝请塞之,以为保障。若夫张瑾未屯而颉利逾,艺祖先守而契丹败,更有足征。谓非晋阳北门之阨塞,其可乎?出关路殊陡,车自关右山沟,乱石中落。五里广坡镇,越忻州界。州原属太原,雍正初升直州,以乐静、定襄隶之。前有六郎城址,传为宋杨延昭驻兵处。时随货车误行涧底,顽石积沟,星火触迸,狂飙飞卷,沙土射人,却不知身之为我主也。如是者十五里至麻会镇,路始豁。十里夏村,乃元遗山先生故里,凭吊碑下。又十里过牧马河,已涸,土人呼七里河。水经白马之山,牧水出焉,即此。抵州城,城依山筑,南北狭而东西长,然壮丽不亚平阳。其东南绝巘凌云者,系舟山也。上有铜环铁轴,相传尧遇洪水泊此,又云禹治水遗迹,又云有文

殊石,故亦称五台南埵。昔遗山父德明先生读书于此,赵秉文更名曰
"读书山",故好问诗有"从此晋阳方志上,系舟山是读书山"之句。入
南关,中道立坊,大书曰"灵辄遇难处"。按,《左氏》:倒戈报宣子,不
告里居而亡。且绛州现存庙墓,此间遇难之故,殊难臆断。出北门,
日将暮,欲赶至十里铺。野旷漫漫,驰驱于星影下。约二鼓始投深林
中草店,三鼓后雨。

同治十年(1871)辛未日记

鸿爪前游记卷之六

(山西 直隶 京师 海道)

四月初一日(5月19日)　阴晴。雨后晓风迎面,软尘不扬,此境大不易遇。独惜粮车数过,遗辙成坑,车行时患颠簸。十里抵廿里铺。十里泡池村,过云中河,亦涸。元魏孝文帝太和五年三月,车驾幸云水之阳讲武,即此。正北有文殊足迹者,曰陀罗山。西北曾匿赵孤者,曰程侯山。遗山皆有诗。然怪石嵯峨,青峰攒叠,道麓下又倍觉陀罗之可爱也。案,《史记》程婴、公孙杵臼事显与《左氏》抵牾,孔氏颖达、王氏应麟、汪氏克宽皆力辩其妄,信然。今州之西南有婴墓,西北又有杵臼墓云。五里草部落村。十里金山铺,定襄邑治在其东五里。两坡连耸,中辟大道,上设关验税,厥名忻口,亦晋阳外户。昔汉高自平城旋师,筑城于此,今遗址尚彷佛。下坡二里有村,尖焉。坦道之东,河自北之折来,是为滹沱。其未涨时,尚清浅可涉。五里代州之崞县界。代亦国朝升直州,以崞县、五台、繁峙属之。十五里平定村,大风起,黄埃漫天。十五里住原平镇,极繁庶。

初二日(5月20日)　阴晴。东望五台,西望云中,两山秀亘天表。尽日驰骤于绿柳高榆之中,几不知为边塞景色。二十里北贾村。十里半坡街。十里高坡突峙,大涧四缠,据坡为城,因涧为池,前后石梁十数丈,跨涧以通南北,形势殊雄伟。愚意以为守者须择涧外之山驻兵,藉为犄角,否则粮道可忧,险不足恃。穿城过,又行山沟中,五里始平。东望楼烦故城。昔赵武灵王出代，西遇楼烦王于西河，而致之于此第。明王钥过之，已有“楼烦隤废惟荒丘，黄沙射目风飔飔”[①]句，则知废已久矣。五里抵十里铺。微雨，风复大作。十里王董堡。十里清和堡，牌楼上大书“三班故里”，此非扶风父子可知。然《通志》无考。余案，昔始皇末，班壹避地楼烦，致牛羊数千群。至汉孝惠帝时，以财雄边，出入弋猎，旌旗鼓吹，年百余岁卒。子孺亦任侠，州郡歌之，孺生长，官至上谷守。所言“三班”，其或指此欤？十里渡沙河，亦滹沱支流。至杨明堡住，是为代州境。有羊舌大夫祠，祀叔向，额曰“晋国名卿”，盖其食邑。土人亦呼此堡为羊头城云。是日午后渐寒，以近西北边墙，地气较异。然仆痡马瘏，殊闷人也。

初三日(5月21日) 晴。十里下田村，添雇帮骡一头。半里登平坡，碎石碍行，余策骑以先。东望代州城，倚南山麓，北向雁门，耸拔雄壮，为古雁门。郡地中有金元裕之好问所咏之“看花台”，明赵忠毅公南星谪寓之“吉祥楼”。缘由州至关，路仅容单骑，未便往游，惟此尚可走车耳。回顾雁门，诸山延亘，叠巘层峦，云横霞举，屈指莫罄其名。惟绝顶双峰对峙，雁度其间者，过雁峰也。稍东，《尔雅》称出异兽如菟，《史记》载赵襄子曾登者，夏屋山也。深谷遥连，唐胡曾句云“至今谷口泉呜咽，犹似秦人恨李斯”者，盖扶苏死处，而今呼杀子谷也。此古九塞之一，李牧、卫青、李广、程不识诸名将所由枕戈田、觅封侯者。庸懦书生念及此，又不禁据鞍顾盼，久之扬鞭。前约十五里，过试刀石村，杨六郎剑石屹立，是处始与州来官道合路。自此正北入山口，绝壁夹涧，双轮之折于涧底，偕乱石奔突。五里南口村，尖。山深人踪绝少，三五破屋而已。稍上路亦坦，惟驰石坡上，觉殷雷声又与空谷相响答。十里厥由铺，渐须节节盘折升。五里道左有

① 诗名《楼烦城》，《(乾隆)崞县志》作：“黄沙射目风飕飕。”

碑,书曰"马公杀马处"①,未详故实。过此路倏陡峭,仰望云端,雄关上耸,万木翳荟。两壁崩崖中,石露胭脂色,因笑曰:"雁门紫塞,岂欺我哉?"时马不得前,候集途人喧呼助挽者盖五里,约九折乃抵关,遗山言"半岭逢驱车,人牛一何苦",其亦备尝者矣。关连两峰之间,门作西向,瓮城题曰"天险城"。上桀崎层阁,又题曰"古塞关"。门内建护国镇边禅院,下有罗汉祠。关外卡房数楹,三五老兵,出入不诘。盖国朝二百余年来,九边风静,又岂汉、唐之可同日语哉?于是跻过雁峰巅,纵览形胜,则山势蜿蜒,西自嘉峪关以极东之山海关,凡七千余里,以横卫直隶、山、陕三省之边,正如天设崇墉,所以限制中外。自祖龙令蒙恬因山高下接筑长城于其脊,历代修之以为固。间峙戍楼,分设烽墩,不逾时而万里可达,可谓雄已。又东北边墙之外,为宣府、大同、朔平地。复有重山外环若半月,以接于边墙。其上亦筑层城,东止于三座台口,西止于丫角台口,是为外边墙。出之则蒙古、哈密界矣。得关卒为余约指,谓自雁门之东,曰倒马,曰紫荆,曰居庸,拱卫神京之北者,非内三关乎?由雁门而西,曰宁武,曰偏头,为晋屏垣而藩畿西者,非外三关乎?中间所豁辖,如马兰、茹越、大石诸隘口,不知其百十计,而皆遏宣大之冲,则已了若视掌。嗟夫!以藐然一身,竟立天汉!南顾中原,北瞰朔漠,不觉意气直凌云上。转念斯游,游何壮哉!因题一律,有"九边锁钥横天堑,两戒河山表地灵"句。遂下峰登车,由西而南,落危坡者五里。道渴,汲山泉饮之,亦清冽。再下则自南而折向西北,路如入关然者十五里,惟谷中间有茅庵,若

①　当作"马公杀虎处",今石刻作此,另外〔清〕潘乃光于同治十二年作诗《过雁门关》:"舍车徒行惜马力,忽到马公杀虎处。马公未暇考其人,姓字犹存迹已泯。久无猛虎张牙爪,尚见边关固齿唇。"据《(民国)贵州通志》载,"马公"似为马国才,贵州贵定人。乾隆五年擢守备,十一年升都司,三十五年升增城参将。"任代州守备,时有虎患,旅人结伴始敢行,国才亲杀虎,民勒石于雁门关,曰'马公杀虎处'。离任后为建马公生祠于关侧。"可备一说。

奇诡之石、虬古之树不及遍纪。将出山，始见引涧泉以耕麓。抵谷口，则废城横镇，中有鳞鳞数百家，设税厂，而行客无稽，为广武司镇。始于汉，历代移徙，非其故址，惟《括地志》所载正与此合。是又雁门外之扼塞，而为山阴、马邑、朔平入关之孔道也。北望句注山，一名西陉。残照如画，汉击匈奴于此，古人谓北方三险，句注在卢龙、飞狐上。宋无故而捐句注，如自坏堤障，知其立国之不竞，今益然之。晚住镇店，廖升病，莫能兴。余沿途寻胜访碑，多赖其力，奈此无知岐黄术者。夜发箧，出九药，试使服之，五鼓少瘳。

　　初四日(5月22日)　晴。闻此非驻足地，不得已，令仆卧车内，而余跨其外。从东行，六里水河铺。八里张家庄。六里陆家庄。十里卫家庄，尖。一路狂飙币卷，尘埃障空，举目间不知所谓天之色、日之光。昼晦沉沉，仅辨车辙。稍静，远览沙漠，则枯草犹黄，隐隐疏柳数株，便知为三家村矣，风景与内地迥异。今余亦可谓苦中寻乐矣。廿里薛家圐圙，圙，俗浑字。是为大同府之山阴县界。十里郭家堡。十里桑乾村。过河，渐有耕牧。二里住岱岳，大镇。仆已渐愈。

　　初五日(5月23日)　晴。为生慈梁太淑人六十一冥寿，而陶也光裕无成，浪游未返，纵南望叩首，罪可逭耶？谨书之，以自儆。旋出车。早颇清朗，沙漠地每午后阴气潜发，必刮大风。十里高山台村，风乍起，官路骤迷，因此知李北平之失道，无足怪也。俄得间道。十里杭庄。十里官庄。四里北官庄，烟村殊寥落。候东望，数十里外，风起拕沙，初如黑雾，渐聚成山，离地隐隐作云行，不须臾而至。车止马伏，沙石两下，如舟在巨浪颠簸中，既过，而心犹惕惕然以惊。八里田家庄，隔邑城不过五里。初本河阴地，金改忠州，后以在复宿山北，又易名山阴。时牵骡奄奄欲毙，亟觅得板车，分载行李。沿途皆挖土成坡，因地咸卤，著如霜花，雨后尤生生不已，煎以为盐，民食其利。向闻塞地绝罕渠道，夏秋饮常流，冬春饮积冰，水利殊未易兴。其土又咸，不生五谷，故不毛者七八，可植者二三。若刮风数至，沙多土少，更有根株悉拔之患，此民之所以多瘠也。愚意分行植柳以御风，导雁门、桑乾之水以灌溉,试可乃已,是在父母斯民者之变通尽利耳。
三里到大营庄,尖,已入应州界。主人吴翁万镒引入一室,窗几整洁,
款待颇殷,诧问之,则其子湘以甲子孝廉,而官户曹者。为言来路马
贼,皆匿长城山,出没无常,凡行必当联帮,过此村落稍稠,可毋虑。
忆昨于水河铺,一人尾余车,形踪殊可疑,余斥而后去,不甚幸欤?因
谈风土,云边外地广民贫,食艰工贱,有数百金产者,业熬煎耕牧,不
数年可数马以对。然地极寒,夏尚卧火炕,五、六月乃多雨,故树艺特
迟,获麦必近重阳,不得以四月麦秋例之。梨、杏之属,三月始花云。
十里贾家集,雨数点,旷漠无人,又几迷路。复渡桑乾而东,十里吴家
集,陌上双雕,绕车三匝。念摩诘"暮云空碛时驱马,落日平原好射
雕",意气为之忽壮。因步其韵,得句云:"枯草岩边惊卧虎,夕阳马首
爱盘雕。"俄而遥望五色盘云,金光触空者,知为应州之释迦塔也。十
里抵州城,卸车于东关。案,州即汉之阴馆,唐曰金城。后唐明宗生
于此,及即位,升为兴唐军。未知何时以龙首、雁门二山相应,遂易名
应州。今天王祠前有金凤井,尚传为明宗遗迹云。于是进城,入佛宫
寺,初名宝宫。塔高三百六十尺,围半之,六层八角,胥以巨木构成,
雕棂洞敞,朱槛周环,为大契丹清宁二年田和尚奉敕营建。相传元至
正间地震,屹不少动,时有佛灯倒影之异,土人亦称曰雁塔。盖越今
八百二十余岁矣。仰瞻八面,有明成祖额曰"峻极神工",武宗额曰
"天下奇观",皆两朝幸临所赐。余榜莫可悉纪。僧导登,惊起春燕数
万,飞翔上下,俨展对李营丘所绘之《万鸦图》也。因层历旋梯,直至
绝顶。每供诸佛、菩萨木像,亦八面分向。四周画天神、罗汉,间以金
碧藻绘,辉煌夺目,亦妙入毫芒。虽五台之转轮藏未足比之,而况砖
石甃成者,夙称"天下第一浮图",非过也。于是徙倚长空,暮云千里,
眼界又为之一开。塔下壁嵌透玲碑,光可鉴物。相传移自唐晋王墓,
上为元季兵燹所毁余云。出城,道遇演剧,方诧沙漠地,何得有此?
行道者答曰:"多来自蒲州故。"

　　初六日(5月24日)　晴,寒可衣裘。七里城下庄。十里史庄。

十二里北胡台。十二里渡北楼口河。二里尖于罗庄,方知路北始为官站,或南傍边城,亦近且平。今误行中路,殊纡远也。沿望长城诸麓,凡茂林村落中,必通斜隘,是为小石、大石、北楼、呕咦、凌云诸口,广可骑而狭可攀,骡马负货,择便暗度,以幸脱税厘云。尖毕,复官道,溯浑河而东。河水颇浩瀚,发于浑源,西北经应州,历数十里北入大同,然后汇于桑乾。十里新圐圙,抵浑源州境,南长城而北竜首,竜音龙。诸山夹平陆。疾驰六里一字寨。六里西方城村,大站也。五里柘村。十里新庄子住是日,风不甚大。

初七日(5月25日)　晴。十五里郭家庄。五里东方城村。三里抵州,西关卸车。州北依山,南面岳背,万峰环锁,而旷宇中辟。午馈毕,令土人负襆被导。忽见岳顶黛鬖双峙,游人蚁队如线,皆援羊肠壁径升。询之,知逾岭背达庙,可近数里。然亦恰庙会,何所遇之适逢也。岳西有翠屏山,颇秀丽。金苏参政保衡、刘状元撝曾讲学于山中,今书院久废。约八里抵恒阴之麓,其右胁壁破为峡,神川之水,泙瀜泻出,峡口则杨柳成村,是为汤村。余欲朝岳之正面,须从此入。但觉两崖逼仄,策蹇溯溪者九折。仰视东崖,上有太白大书"壮观"二字。凤闻笔迹遒利,凤跌龙拏,信然。然李书世不多见,岂开宝间两游晋时所题?是为昔之磁窑口关无疑。盖辽天赞初,萧阿古只与王郁略地燕、赵,破磁窑镇,即此。此路可达灵丘县,固居然天险也。数转抵云阁虹桥地名,崖益隘。左右凿壁,孔若排蜂房,皆昔之架梁结寨以守口者。于是据鞍审视,始悟《兵法》所谓"绝山依谷,视生处高",其道在是矣。旋之折约四里,遥瞻西崖峭壁上有金碧殿宇挺然侧出者,悬空寺也,拟谒岳而后登。又四里有洞呀然,曰罗汉。复前数百步,于涧东高坡上,有西向红门三,榜曰"北岳恒山",是为登岳之首路矣。左麓有村,曰下版坡。越涧,登约数十级,历"屏藩燕晋"坊,乃入红门。门左、右夹以碑亭。又旁一碑,题曰"塞北第一山"。门内南建龙王庙,北建三元宫。庙中百货杂陈,士女骈沓,是为庙集,诸岳皆然。然至此尚未见顶,惟觉层岫缠拱,一掩一复,因识岳体螺旋,自外视之若无睹,然能不于太华、岱、嵩外,叹其又变一格耶?
少歇,面东登,虽冈阜盘折,无跻攀苦。由步云路坊名,五里而抵圣旨
岭,皆隐隐露煤矿迹。再登龙王庙,上则豆篱、茅屋、鸡犬,已入云中
矣。半里松风响答,有真武祠出于峰巅,即古之望仙楼云。右转,削
壁上镌"恒宗"二字,字阔二十尺,爽爽如有神力,名曰大字湾。又一
里始为沿壁盘道,道渐峭,石横理若层波,风过处有声飂然,曰虎风
口。有坊,是为登岳之半道。坊前则果老岭。沿路石版间露蹄迹,相
传张果骑驴之遗。案,《广记》:开元间上召张果于恒山,叶法善言其
为白蝙蝠精,未几辞还。好事者为之耶?抑通玄先生之幻术耶?徘
徊间,仆疾复作,憩松下。适家筱亭①刺史所备舆从、厨馔,亦跟踪
至。询其故,则得首令函,述中丞之意,恐路多马贼,属作樊川之卫
者,是宗人之礼固优,而大君子之爱良足感也。虽然,夷、惠之室,不
可以轮盖游,况名山乎?余力却不得已,许受蔬食,并挥令舆从亟返。
因仰瞻岳势,面南高障为中峰,如横展盖天之旗。峰腰削崖,为二层
负壁,上建朝殿,下建九天诸宫。嶂之东北,俨鹏翼乍张戢。而左抱
则上有寝殿,又称寝宫。并天巧飞石遗迹,靡不上冲霄汉,下临绝壑,
而中间苍崖回互,石栈钩连,备极画家钩斫皴擦之妙。所谓"师其人,
不若师造化",吾于此乃益信焉。时仆大吐甫愈,遂缓步登。第二层
崖止于九天宫之凌云亭,晤黄冠,相与俯瞰崖下,左指一抔青冢,曰:
"此仙人坟也。"余笑曰:"仙而有坟,是世无不死药矣。"窃以为学仙修
养,羽化灵存,不至与草木同腐而已。因询山中逸人故迹,谓有自燕
来者,得饵麻术,读书岩间,言事屡中,月前以庙会避嚣去。夜新魄初
生,清钟乍送,徙倚栏干,翛然意远。未几人声鼎沸,星火漫山,则明
日神会,如吾粤之赴安期岩者。三鼓就枕,山气颇寒。

---

① 〔清〕孔广培,字筱亭,浙江萧山人。监生。同治四年(1865)任浑源州
知州,光绪二年(1876)由平定州调署忻州。《(光绪)浑源州续志》《(光绪)忻州
志》有载。

初八日(5 月 26 日)　晴。本宫拈香,然后循壁。东过纯阳宫,访降乩诗碑,已毁。又东白虚观,俗呼十王殿。相去数步,为履一泉,游人喧聚,问之,言"自虎风口上,仅此泉,古称玄武。"三尺外复有一泉,而甘苦顿异,朝山不洁者毋近,近必涸云。乃祈,亦须十日乃复。稍前,就壁石刓级九十有八。由此以跻,上崖朝殿,然负崖无余步,仅辟门殿三楹,中榜曰"贞元之殿",古称中峰岳帝元灵宫,即此。弘治间刘察院宇所改创,我仁庙赐"化垂攸久"额。东、西立二十余石,多半国朝御碑。礼毕,历上崖诸胜,西过三茅洞云,是汉之茅盈与其弟曰固、曰衷,先后上升处。案,茅盈兄弟上升处,本在江南句容县,此恐附会矣。斜陟百步许,有空岩轩敞,列像为吹笙跨鹤之侣者,会仙府也。巅穴小牖不可梯,或以为即府之始基。又西登琴棋台,达通玄谷,以张果曾烧丹于此云。下返朝殿,东穿左掖门出,有壁径蜿蜒如修蛇。先过紫芝峪口,由此登,可访石脂图,去顶不远矣。时白云蓬蓬生穴中,迷不得上,遂东北趋寝宫。宫居穹窿岩中,两壁曲护,绝壑当门,飞桥跨之,令度者如度响屟廊。瓮然之声,与飕飕岩松互答,为岳顶最幽邃处也。案碑元魏时创之,以祀岳帝及中峰,庙成,遂改呼寝宫耳。宫左侧壁洞幽黯而森寒,明万历间黄巡抚应坤命工拽石重辟,为撰《复还天巧洞记》。扪读毕,道士引登梳妆楼进茗。因俯瞰夕阳岭,是夕阳返照前人所评本山一景。应在此间。顷过朝殿,左壁有镌题此四字者,知其不能无误。道士然之,因指岭东险径,可达得一庵,谓明魏道士清泉结茅于此坐化者。问飞石窟,曰宫之右,与天巧如夹辅状者是。须臾步至其中,可容三人。窟外碑识谓舜时阻雪望祀,飞石坠帝前,因封安王。后五载,石再飞曲阳,世遂祠祀至今,石与窟相传无铢黍差云云。噫! 误矣。《虞书》具在,舜之望祀山川,不闻遂有封号,而飞石之异说,究何惑世之深耶? 虽然,稽其所由来亦已久矣。案,《唐六典》:"立冬日,祭北岳于定州。"故有谓曲阳之祀实始于贞观。及河北既陷,继入契丹。迄宋人只界正定,辙迹不及恒者数百年,纵欲祀之,其可得哉? 元、明因之,弘治间始有马文升之请,又格于倪岳之覆议，益见世俗所沿，未易破其积习。苟非世祖圣裁独断，因粘给事本盛之请，厘正千有余年之误，则恒山柴望巨典，不几终湮乎？此我朝之礼明乐备，超越前古，即此一端已足概见。于是返九天宫。饭毕，下山。复望悬空寺，又为之神色飞越。盖其横粘千仞壁上，凌空妙凑，仰可见底。寺状则旁耸而中凹，乍合为三，乍离而成九，莫不架殿戴阁，傍阁撑台，面面风棂，仿佛浮图之鼎峙。中间飞桥交绾，雕槛斜穿，人行其间，只觉风飚云流，互相容与，为之伫立想象者久之。盖诧神工匪由人造矣。须臾因崖南一线，沿之以升。其中或如来、弥勒同龛，或老子、纯阳异室，虽方丈之地，而禅房蒲室，奥馆凉台，缭曲往复，幻化不测，只觉千门万户，俨入建章宫阙，奇矣哉！凭栏俯视，则恒、滚双流，奔汇峡麓而出神川。忆来时仰见飞鸟冲烟于悬崖古木之杪，不意此间遥遥相对，如坐平山堂上，是知悬空一寺，不独甲恒山胜，即谓奇观甲于天下，亦无不可。案，恒山一名大茂，避汉文讳亦曰常山，相传周三千里。去岁余经唐县，有宋、辽分界山亦曰大茂，大约以支连派衍言之。其实此山盘踞不过百里，高约十余里，因在北方所处已高，遂不觉其高。然已亘薄朔漠，巍奠冀方，四岳所不敢羞与为伍矣。昔人评嵩山如眠，泰山如坐，华山如立。钱唐桑弢甫调元补之，曰："衡如行，恒如蹲。"今予幸历其四，回溯山川之瑰伟，景物之奇丽，不得不首太华，而次岱、嵩，恒其殿焉。游者必须逾长城，历沙漠。且唐、宋留题，悉聚于曲阳，故高人之笻屐特稀。兹余不惮险远，毅然来游，斯游其亦何负？至于四岳之庙，皆以道人主香火，泰山有尼，华山无僧，此又其独异者也。午正回寓。家筱亭广培枉顾，一晤如平生欢。筱亭，浙之萧山人，以军功荐举，亦圣裔，自衢州分支，父兄皆以科甲起家，为越中望族云。随往拜，强留一饭。申刻出城。夜分书题名一通。同治辛未四月，南海孔广陶题名。[1] 适筱亭又过送，嘱镌于(石飞)〔飞石〕窟旁。并口占四十字赠之，有"嵩华探

----

① 此石刻今存，在恒山飞石窟北崖。

奇后,骑驴出雁门"句。余欲绘入《游迹图》,因记之。

初九日(5月27日) 晴。刮风。闻有小路至大同甫百二十里,而车不可行。遂仍西走来路,四十里尖于西方城村。筱亭为预设丰馔,因力辞其护行者。廿二里过罗庄,以后别途。十二里田家坟。八里郑子良。五里南马庄住。隔应州仅十里耳。闻明日官道有水,不可行。

初十日(5月28日) 晴。于此折而北,六里东辉耀。十里易井。七里三门城。十五里小村,尖,入大同县界。五里过桑乾河,经周家庄。五里郭庄。十里灰泉村,自渡河后已绕入怀仁县境,惟此仍属大同。十里南米庄住。是午风益烈,雷鸣,小雨。夜月色已佳。三更风又起。

十一日(5月29日) 晴。东北廿里毛家皂,始复官道。十里尖于肥村。十五里渡十里河,为小村,风又大作。三里过七里村。七里大同南关,即府治也。时黄尘障天,隐见雉堞。入南门抵四牌楼,毂击肩摩,百货云集,布帛店肆,辉煌尤甚。觅寓于鼓楼大街之东,土人诩其繁富,谓之小京师不愧也。案,今大同即汉雁门郡之平城,元魏之代都。其后石晋割山前七州,后九州,此又为山后之云州。辽、金因之,以为西京。相传西门外二土台,即宫阙旧基。洪武间徐中山重筑其城,约十三里,国初已废。顺治八年,督臣佟养量请复移镇,古迹所以不尽存。午尖毕。散步通衢,则屋宇修整,人物甚都,几忘其为九边之外,此明武宗所以一再幸之欤? 稍前,睹琉璃照墙,五彩飞龙,精巧如绘,广阔数十丈,亦奇观也。北过先圣庙,传为北魏孝文帝临宣文堂授策处。《北史》:太和十三年秋七月,立孔子庙于京师。未知遗址即此否耳? 溯孔庙,自宋庆历后始遍天下云。返店,拟访青冢,土人云在归化城南,黑河之侧。此去出得胜口,而西约八、九百里。若在雁门时,从朔平出杀虎口则较近。案之,宋、辽诸史与所说相合,然有辨其距漠北尚远者。惜行囊将竭,游兴遂阻。又言冢遥望之,一日而三变状,与向闻塞草皆黄,不复可辨。其说殊左,姑记之,以作异闻。时车夫因骡毙不能行,于此另雇,九站到京。夜好月,有风。

十二日(5月30日) 晴。出东门,风沙少定,始见府治,处平壤间。万峰遥卫,楼阁四耸,亦宏壮,亦奇丽。过沙河源,自得胜口来五里即平城故址。稍东有土山,高仅百尺,周十余里,所谓白登山也。旧有台,今废。《汉书》:高祖击韩王信,自晋阳追至平城,为匈奴所围七日,用陈平秘计得出。《通志》言即此地,而《史记正义》以为在定襄。然此与阳高接壤,亦有白登山娘子城,因阏氏以冒顿退兵得名,是有三白登山矣。就以此间而论,左川泽而右丘陵,与兵法正合。奈西雁门、东居庸,及南入诸隘口,皆隔千数百里,必当日未易骤退,举倦敝之罢卒,当匈奴之锐师三十万众,其足恃耶?今而知曲逆画图之献,殊为幸中耳。又三里唐段文昌墓在焉。前二里为十里铺。又十里为二十里铺。又十里为三十里铺。又十里为四十里铺。村外残碑,万历人大书"舆梁"二字,笔法殊妙,必古桥址也。越坡陀,约十里出山,为五十里铺。尖。十里为六十里铺,有城堡,原名聚乐镇。渐向东北,十五里曰十五里台村。又十里住于王官屯村,先三里亦有大村。夜二鼓,步月微吟,风又起。《胡笳十八拍》云:"杀气朝朝冲塞门,胡风夜夜吹边月",方叹身历者能道之。

十三日(5月31日) 晴。官道水涨,走杪路。七里艾家台。八里商家台。十五里八里台。入阳高界,邑治在西北不远。十里沙固台。五里姚家庄。五里尖于二十里铺。再前十里,交天镇县界之三十里铺。午后热风流沙,解衣挥汗,始信瀚海戈壁,所以昼伏夜行,然出关后今仅初见。十里曰二十里铺村。五里曰百一庄。八里曰七里泛。七里抵县城,即辽之天成,国初为卫,雍正间改县。穿城东出,余每见边外城郭阛阓,贸易浩穰,较内地转胜,殆以精华所聚,此外仍不免荒凉耳。经慈云寺,甚伟丽,乃前明所敕建。八里于白杨千树中为鲍家屯,因止焉。去岁此间多马贼,颇有戒心。夜黑云欲雨,因风而散。

十四日（6月1日） 晴。十里大桥庄，南近边墙行。五里戴家屯。五里张家河底村。五里细把沟村。皆在涧底，故名。五里度枳儿岭，已变耕壤。边外平土多沙，故数千里介然成路，惟沿山诸麓始能种植云。下岭有村镇，过之交直隶宣化府之怀安县西界矣。行山谷石坡上，五里抵陈家窑乃出谷，登高原，稍开旷。十五里尖于王虎屯，一名柳树屯。五里南多村。五里曰七里店。七里遂止于邑东门。京畿车轴悉用三号，凡晋入燕者，于此易之。又自秦、晋及边外多回教，虽鲜衣华服，亦白履素冠，其食皆牛、羊，余颇苦之。每得鸡子，以酸菜和恶面饱餐，即作大烹。忆前人诗云"捧来酥酪灰凝面，马粪炉头细煮茶"①，形容尽之矣。尤可异者，此间夏时妇衣半臂，而男子绝少袒裸，谓男子为罗汉身，不可亵露。纪之以发一笑。村镇行业惟驼店为一大宗，百十成群，络绎靡断，贩货者必操戈自随。然皆晓宿夜行，以山径逼仄，无别途可避行车云。夜好月，三更刮风。

十五日（6月2日） 晴。熏风微和，出东门，十八里牟尼湾村。二里旧怀安村，河水洋洋，溯自熊耳山出，过村后名曰托台水。东北抵万全入洋河。又东南汇桑乾，历土木、樊山两堡之交，始入边墙，亦永安之一源也。阔可一、二里。土人就河滩蓄水田莳稻，稆稏盈畴，舞翻翠浪，俨睹江乡风景。十五里登坡，为太平庄。既下，五里夏家屯，尖。时正午，烈日亦可畏。七里乔子沟。一里忽仰危崖百丈，笏石如盘，上构一寺，亦名悬空。山禽转响，时弄声于乔木上，此景差觉可爱。然恒岳之巀，非可效也。六里果园。十里胡家屯。此后又渐行黄沙白草、马矢驼尘中。须臾东南风迎面刮起，人马辟易，昼晦冥冥，且行且却。二十里始抵太平寨住。夜风沙障月。

十六日（6月3日） 骤雨一过，天宇如洗。群山北障，岚翠流润。须臾白云英英起岩壁间，弥漫似张素练，此景不寓目者久矣。五

---

① 〔清〕王我师《阿足诗》："尽日山中未有涯，更怜宿处野人家。捧来酥酪灰凝面，马粪炉头细煮茶。"

里入宣化县界,宣府之附郭邑也。十里铁庄。五里枯树营,浮沙没辙,不知所之,良久乃得导者。十五里喻家屯,洋河横过,阔可七里,就其浅者渡,登北岸抵府治。城为明洪武间展筑,昔设宣大总督镇此,周二十四里,分七门,而建文时塞其三。北倚山,东望、西望二山。南面河,左出常峪口,右出张家口,不过五、六十里则外边矣。此本秦、汉之上谷郡,元号上都,岁一驻跸,然今城非旧址也。前人谓都长安,则延、宁诸镇为重;都燕,则宣、大二府为重,以其为燕蔽耳。此王凤洲策,欲捐宣、大以封有才,使自为守,庶可省度支而捍边患,抑今则不然,古今所以异宜也。附城只南关,遂尖此。步进四牌楼,勿勿一观,觉人物居室略逊大同。东行十三里泥河,《水经注》谓之黑城川。七里半坡街,遥望东北,十里外壁垒云屯,时新设于此。自此入谷,出没于危坡石栈者约十里。悉盘曲逼仄,崖峪陡峻,其险几出韩岭右。土人谓之鹞儿岭,即药儿岭,北人读"药"如"鹞"音,故讹。唐僖宗广明初,李克用引兵击高文集、幽州帅李可举于药儿岭,邀破之,杀万七千人是已,但不意其险一至于此。遂止于响水铺之山居,有客自张家口来,因谈及彼处有城,约三里,即前明互市所,今设理事同知及副将,以总辖诸堡,商旅往来,百货骈凑,日益盛矣。口外为礼部太常寺牧厂及察哈尔官兵、阿霸哈纳尔等诸旗分地。向呼此曰北口,山海关曰东口,杀虎口曰西口,货贩分出于其途。而近日以张、杀二口为自北而西之要道,遂并称之西口耳。

十七日(6月4日) 晴。东南行,山径愈狭。傍麓响水奔激,其声溶溶,沿涧乱石层叠,车马益劳且困,因步行。五里至石尤湾,则千寻峭壁,下辟坦途,大书"夷平险侧"四字,旁有纪年,剥不可辨。隐隐得三小字,曰"卢铭荣",当是修路者名,特记之俾之不泯。二里路稍宽,三里奇峰四列,中展平畴,响水渊渟,致极幽邃。本辽萧后种花处,今名上花园。五里抵下花园村,倏而石崖高耸,鸟道盘旋,绝顶筑碧霞宫者,为磨笄山。昔赵襄子以铜斗击杀代王,其姊磨笄于山而自杀,每夜有野鸡鸣于祠屋,故今亦称鸡鸣山。再东有山,势极雄峻,土人曰燕然山。案,《后汉书》:窦宪出朔方鸡鹿塞,败单于于洛稽山,登燕然,刻石纪功。所称"去塞三千余里",当必非此,名偶同耳。而于奕正《天下金石志》、孙克弘《金石志》载《燕然铭》,俱指为今之宣府,殊不然矣。循麓渡神仙桥,十五里过山之西堡城,颇大,是为鸡鸣驿,有把总驻守,乃入京要道在。回店,尖毕。此后皆坦道,然一望沙碛。五里入怀来县界。又五里名西八里。十里新保安寨,明景泰间于保安州外,另移设保安卫于此,改筑新城,我朝并入怀来,故曰新寨。有沈青霞先生炼祠像,风度如生,题其官曰"太仆少卿",以长子刑部员外郎少霞襄配祀。堂中颇有碑志留题之作,守祠者乃先生遗裔也。云历十世,今存六人,皆尚读书。案,《明史》公本传:迁官锦衣经历,数忤严嵩父子,疏其十罪,谪佃保安。宣大总督杨顺等因白莲教陷其罪以媚嵩,冤斩宣市,复杖杀少子衮与褒,移檄逮襄,仅得免。而嵩败,隆庆间诏赠光禄少卿,谥忠愍,并荫襄官。今祠主题赠官与史小异。又公本会稽人,其裔或即少霞寄籍所遗未可知。然先生抗直之气,可与椒山并称。惜其反世蕃之酒虐,射严嵩以藥人,踔骑居庸,率保安子弟而痛哭漫骂,此祸未尝非激而成。所谓"内文明而外柔顺,以蒙大难",先生岂未达于《易》欤?十里名东八里。十里至沙城住,观乡人赛会演剧。

　　十八日(6月5日) 晴。五里二台子庄。三里太平沟村。十二里土木驿堡,城倚山麓,周仅二里,状半月。南当长安岭红站口之冲,恰作神京后卫。坡陀起伏,沙碛纵横,行者苦之。本唐统漠镇地,后讹称土木。明瓦剌入寇,王振挟帝亲征,由大同旋师至此蒙尘,兵士溃死者数十万。窃以土木逼近居庸,形势较平城少异,未能以游兵分扼外边要隘,也先卒至,故地无用武,当日将帅岂得无罪?而可尽咎英宗耶?马上得句,云:"谁知当日蒙尘意,特创他年复辟功。"十五里狼山堡。十五里抵怀来邑治南关,尖毕,入西门。遇赛神者,人持大旆数十竿,上书神衔,导之以鼓乐,舞于衢巷,填塞不能前。遂绕出南门,过妫河桥,仍东南行。十三里卞家铺,刮风,骤雨数过。十七里榆林堡,因元之旧驿而设。十里炮上村,交延庆州界。《水经注》言:秦时上谷王次仲改仓颉文为隶书,始皇三征不就,槛送过此,化大鸟,落翮而去。事恐不经。今州之西北有二山,尚呼为大、小翮,奇哉。因戏题一律,有"九霄先奋鲲鹏翮,两汉今沿蝌蚪文"句。自此正南行,迎面群峰排笋,山顶上百雉横互,烽墩分画者,八达岭也。山腰重岩,中辟怪石,环踞就其势。又筑城曰岔道,所谓"八达为居庸襟喉,岔道又为八达藩篱",信然。然未到岔道,其左麓尚存横岭城废址,殊足为倚犄势,古人设此,意虑深远矣。十里抵岔道西关止焉,关仅大店十数家,行客每于此易骡轿,盖由是越岭而下居庸,入南口,关沟数十里,如行蜀道云。饭毕,循城散步,忆仁庙过此,有"古塞烟云合,清时壁垒间"之句,风景宛然。既而登盘石上,恰夕阳隐薄林嶂,方思其雄桀苍莽之概,非荆、关老笔,谁与绘此?俄有客招手,曰:"子不见四壁大书'午后虎出,行者自慎'耶?"因笑而下,知不免为冯妇所哂也。夜小雨。挑灯,觉空山嗥啸之声,惨不成梦。正邮元所谓"晓禽暮兽,寒鸣相和,羁官游子,聆而伤思"者矣。

　　十九日(6月6日)　阴晴。乘轿入岔道,城中不百户,惟设守备一官。出东门,层折升。左、右峻壁削立,道狭仅容轨,而橐驼不绝。负而出者,土茶洋布;负而入者,狐皮氍毹。时又驼运西征军装,来往牵避,殊滞于行。约跻五里,见绝谷上垒石为关,榜曰"北门锁钥",恰当八达岭顶,元人呼为北口者也。既登,下舆,纵览长城,分翼大势不异雁门。惟崇墉夹辟,马道间筑空心敌台数十座,益觉雄壮。余案,长城始于燕、赵,为当时划疆自保计。秦一四海,始横连万里,实为后世利。而历代添修,若必指若者为(龙祖)〔祖龙〕之遗,似难缕晰矣。关内南临山沟,缭曲而下至半,始为上居庸,俯视直如窥井。昔人言,居庸奇险不在关而在岭。故辽、金入燕皆先攻拔此,而居庸乃可度。古推九塞之扼险,不其然欤?虽然,岂无冶铁锢关,蒺藜百里?而彻伯尔竟间道于黑树林以趋南口,始惊元兵之自天而下者,《兵法》所谓"攻而必取者,攻其所不守也。守而必固者,守其所不攻也",是又不可不知也。于是升舆下岭，循壁径旋折三里，抵长青村，仅山居廿余家。汉卢尚书植免官，归隐于上谷军都山中，不交人事，遗迹无可仿佛矣。再下行沟中，顽石如屋、如人、如兽、如拳、如豆，不可悉状。崎岖行者五里，历石佛寺，至三家村。忽而双崖倍耸，山骨豁露，石泉清溜，草木华滋，是为弹琴峡。崖上层构斗室二楹，上曰观音阁，下曰关帝庙。碑志创自元初，明万历间重修。近于左崖建文阁焉。崖壁勒"居庸古迹"碑，仰视不尽能读。旁石镌"弹琴峡五贵头"六大字，后题"邑人王福照书"，惟"五贵头"不解所谓。恭读纯庙诗，云："此峡曰弹琴，谁与标名字？"是可不必深究矣。半箭外壁上镌牟尼佛一尊，题曰"雄镇燕关"。一里峡尽，乍变土山。一里三铺村。五里又有关屹然。右依山而左跨涧，即顷间从岭顶俯视者，为徐中山旧筑之上居庸也。因蒙恬筑长城庸，息徒役处，故以为名。明武宗微行抵此，先为张钦闭关拒命，后命谷大用无出朝官，即指此也。又下六里，历四桥庄、三桥庄，路稍平。四里抵居庸下关。往岁与潘、苏二子游踪仅至此，然自八达而来，一路层崖叠石，积翠千寻，乃悟黄子久矾头皴定从此脱胎。八景中要当首屈一指，昔游殊未尽其胜也。十五里尖于南口，取道昌平之西。卅里沙屯。十里沙河，河水亦发源于关。渡朝宗桥，宿于村店。

　　二十日（6 月 7 日）　晴。未刻抵都门，卸车于南海馆。适春榜后，乡人咸集，得者贺而失者慰，周旋久之。交问游踪，约述梗概而已。

　　廿一日（6 月 8 日）　晴。

　　廿二日（6 月 9 日）　晴。

　　廿三日（6 月 10 日）　晴。

　　廿四日（6 月 11 日）　晴。

　　廿五日（6 月 12 日）　微雨。晨早出通州，与汤仁卿孝廉同舟。

筠庵①以札追送,云是日梁斗南②大撰琼林宴,他恰为本省值理,不及一面云。余即口占一绝,有"报道看花归第日,雨丝风片下通州"之句。

五 月

初五日(6月22日) 端阳节,观龙舟。

初六日(6月23日) 晴。下新南升轮船,即南浔易名改行天津者。中多同乡之下第南归者,因不寂寞。

初九日(6月26日) 晴。抵上海。连日暑甚,复访同乡陈氏,出观书画数种。其宋覆《兰亭》及《玄秘塔》皆宋拓,惟《华山碑》最为罕物。此碑向称"重如玄云,轻若风斤,腾掷蛟龙,神光离合"③者,今始目。闻旧为张叔未所藏,未知校华阴、长垣、四明三本何如?然昔见明翻两拓,已有霄壤之判矣。眼福!眼福!但帖中"郭香察书"四字,钱塘冯景已从《汉书》捡出郭香之名,竹垞以增入《曝书亭集》,定为中郎书,聚讼之患,或可息欤?故附记之。是日观碑自纪,有"不信四明三宝外世称长垣、华阴、四明三本为三宝。人间尚有蔡中郎"句。

十三日(6月30日) 晴。下英国公司轮船。连夕海月当空,澄波万里,乐非创获,当不久劳楮毫矣。

十六日(7月3日) 抵香港。

十七日(7月4日) 晴。由港轮船抵省,长兄以下俱安顺,欣慰殊甚。第别已经年,归犹故我,摩燕乌阙,有愧昔人。追溯少年意气,

① 〔清〕许应骙,字昌德,号筠庵,广东番禺人。道光三十年进士,咸丰二年补朝考改庶吉士,三年散馆授检讨,丁父忧。同治元年服阕,入都纂修文宗显皇帝实录。《(宣统)番禺县续志》有载。

② 〔清〕梁耀枢,字冠祺,号斗南,广东顺德人。同治十年状元,授翰林院修撰。《(民国)顺德续志》有载。

③ 〔清〕永瑆《题汉西岳华山碑》:"重如玄云垂下天,轻若风斤得其质。……黄河之水星宿来,蛟掷龙腾相逼仄。"见《晚晴簃诗汇》卷六。

自矜不可一世，无何，不竞于南，复奔于北，人云有命，不亦信然。然稍有足慰者，计终岁以来，泛溟渤，游帝都，以至于陟三盘，历五台，览九边而登四岳。复驱车汶泗，趋拜我先圣林庙下，得瞻车服、礼器、书策、琴瑟之遗。因识神农、少昊、尧、舜、禹、汤、汉、宋、元、明之故都，案周、鲁、齐、秦、燕、赵、韩、魏、虢、郑之封域。察险易，询风俗，考图籍，搜金石。笔而记之，聊备遗忘，非敢以之问世。盖援古证今，足资治理者，则有亭林先生之《郡国利病》在，鄙人固无能为役。然计所历，为府者二十，为州者十九，为县者八十，陆而车辙则九千一百余里，海而舟航则一万四千余里。归装载有古书九万五千余帙，使苟偬幸一时，则不才者又何以能得此也哉？夫出行万里，归读万卷，昔人每以自豪独是。既历西北，未遍东南，异日者将必渡沅湘、登祝融，寻先太史之游迹，而后泛舟五湖，徜徉于天台、雁宕，以便览黄山、白岳、匡庐诸胜，则将以此为左券焉。

附录一　孔广陶年谱简表

纪年	年岁	主要相关事迹	材料来源
道光十二年 1832	1岁	七月廿八日生于北京。	《(同治)南海罗格房孔氏家谱》
道光十三年 1833	2岁	父继勋中进士,入职翰林院。	《(同治)南海罗格房孔氏家谱》
道光十四年 1834	3岁	随父母返粤。 正月初一日,兄广猷去世。	《(同治)南海罗格房孔氏家谱》
道光二十二年 1842	11岁	二月初七日,父继勋在鸦片战争抗英任上逝世。 "不孝懵然无知,犹为瓜果是利,太淑人曰:'审汝所为余何望乎?'猷儿在当不若此。'语毕大恸,不孝始怵然心动,伏地哀号。"	《(同治)南海罗格房孔氏家谱》
道光二十四年 1844	13岁	除服。兄广镛中第十五名举人。	《(同治)南海罗格房孔氏家谱》
道光二十八年 1848	17岁	三月廿六日,母许太夫人去世。	《(同治)南海罗格房孔氏家谱》
道光二十九年 1849	18岁	十一月十日,题《明董文敏楷书多心经册》。	《岳雪楼书画录》
道光三十年 1850	19岁	此年成婚。"甫除服,欲为不孝草草毕婚。奈家道萧然,四徒壁立,亲戚资助,百计张罗。"	《(同治)南海罗格房孔氏家谱》
咸丰二年 1852	21岁	再次落第。"不孝南闱乡试又落孙山。" 十一月十六日,长子昭宗出生。	《(同治)南海罗格房孔氏家谱》
咸丰三年 1853	22岁	家族盐业经营受挫。"数月后而家事埠务始略就绪。" 除夕,题《元人竹雀双凫轴》。 二月,跋《明马湘兰水仙》《王伯谷补石长卷》。	《(同治)南海罗格房孔氏家谱》 《岳雪楼书画录》

(续表)

纪年	年岁	主要相关事迹	材料来源
		冬,题《北宋燕文贵仿王摩诘江干雪霁图卷》。 　　十二月十日,题《元吴仲圭墨竹真迹卷》于紫藤花馆。	
咸丰四年 1854	23岁	二月初一日,题《元杜源夫水墨葡萄轴》于岳雪楼。 　　五月,避地归乡,途次汾江。	《岳雪楼书画录》《(同治)南海罗格房孔氏家谱》
咸丰五年 1855	24岁	因广东发生内乱而辗转逃难。"逾年而土匪披猖,全城震动,奉太淑人乡旋两次遇贼而返,不得已寄居番禺之岳溪乡。逾月乡北贼起,啸聚万余,击柝相闻,几以不免。又逾月,弃其辎重,奉太淑人与眷口四十余人,窜避小龙。又逾月而此乡蠕动,又仅逃免。"	《(同治)南海罗格房孔氏家谱》
咸丰六年 1856	25岁	因广东遇外敌而继续逃难。"又逾年丙辰(1856),夷蠢动,攻陷新城,奉太淑人之邓岗乡。" 　　九月初九日,题《元倪云林竹溪清隐图卷》。 　　十月六日,题《明王雅宜小楷南华真经卷》。 八日,题《元黄公望王叔明合作琴鹤轩图轴》。 　　冬,题《宋元翰墨精册》于岳雪楼。 　　十二月七日,题《明祝京兆楷书前后出师表真迹卷》。	《(同治)南海罗格房孔氏家谱》《岳雪楼书画录》
咸丰七年 1857	26岁	因英、法侵略而辗转逃难,寄居汾江。"丁巳正月复迁回省城。十一月英、法诸国合兵环攻,眷属避居城西,不至震惊过甚。攻城急,不孝始从万炮声中冒险渡河,转折数次,乃奉太淑人迁避汾江,寄居两载。中间酋来镇,缴销兵器,群情汹汹,小为逃避者又两次。" 　　花朝节,携《北宋李公麟竹梨梅合卷》春游。 　　九月初九节,校并题《明王文成倪文正尺牍真迹卷》。 　　得《唐阎右相秋岭归云图卷》。	《(同治)南海罗格房孔氏家谱》《岳雪楼书画录》

纪年	年岁	主要相关事迹	材料来源
咸丰八年 1858	27岁	二月,题《名人妙绘英华二册》。 春,题《元王叔明泉声松韵图轴》《元管仲姬云山千里图卷》 四月,寄寓汾江西园,购《明文待诏铁干寒香图卷》。携《唐阎右相秋岭归云图》归广州重装并题。 五月,于汾江西园借《唐吴道子送子天王图卷》,十日后题跋以归。 中伏日,题《明仇实父白描人物八段卷》。 秋,题《宋元名流集藻团扇册》。 八月,重装《明倪文正黄石斋书画合卷》 九月,题《北宋王晋卿万壑秋云图卷》。六日,重装《明董文敏书画册》。初九日,题《明董文敏行书陈心抑尚书神道碑墨迹册》于岳雪楼。十二日,题《南宋俞待诏黄鹤楼图轴》。廿六日,题《北宋李咸熙江山密雪图轴》。 十月廿七日,题《北宋巨然晚岫寒林图轴》。 十一月,题《元黄公望秋山招隐图轴》《元王叔明松山书屋图轴》。 十二月冬至,题《明娄子柔书四十二章经墨迹册》。 得《元曹云西林亭远岫图轴》,于汾江旅寓重装。	《岳雪楼书画录》
咸丰九年 1859	28岁	正月,题《元赵仲穆八骏图册》。 二月,题《元倪云林优昙花图轴》《元王叔明松山书屋图轴》。 三月,得《赵伯驹云栈图》于汾江,携归广州并题;题《明戴文进老节秋香图轴》《明沈石田白云泉图长卷》《明文待诏临摩诘辋川图卷》《明唐解元桃花庵图卷》。 四月,检阅书画,题《宋元七家名画大观册》《明仇实父回纥游猎图卷》。 五月,题《宋元翰墨精册》。 六月六日,坐云山得意楼评书读画,题《宋元七家名画大观册》。十六日,捐输团练经费案内保奏。六月,与孔广镛等同观《明沈石田仿梅道人山水长卷》,后入藏岳雪楼。	《(同治)南海罗格房孔氏家谱》《岳雪楼书画录》南开大学图书馆

(续表)

纪年	年岁	主要相关事迹	材料来源
		夏,题《元赵文敏三朝君臣故实书画册》。 初秋,题《元倪云林树石远岫图轴》《元倪云林古木幽篁图轴》。 八月十五日,题《元方壶道士云林钟秀图卷》。 九月,闭户临《元俞紫芝临黄庭经真迹卷》。 十一月,题《五代宋元名绘萃珍册》于袖海楼。 十二月,题《明名人尺牍精品二册》。冬至,题《明王西室行书千文真迹卷》。 冬,题《南宋思陵书子美题刘少府新画山水障歌卷》《南宋贾师古白描十八尊者册》。 本年,与孔广铺重刻叔父孔继骧道光十三年(1833)所校刻之《皇极经世易知》八卷、首一卷。	
咸丰十年 1860	29岁	结束逃难,终得归乡。"己未返省,适旧居祖宅被炮倾覆,借寓袖海楼。……前后六年,播迁十次,腊月始得复我故居。" 正月,题《元高彦敬仿海岳庵云山轴》《南宋樗寮楷书佛遗教经真迹卷》。 二月,题《元鲜于伯机书石鼓歌真迹卷》《明许灵长小楷琴赋卷》。 春,题《元黄公望华顶天池图轴》《明唐解元桃花庵图卷》《元赵文敏按图索骥轴》。 闰三月十五日,题《明文待诏墨兰卷》。廿七日,题《明文待诏唐解元群卉图卷》。 初夏,题《南宋陈居中白玛图卷》《元赵文敏游行士女图轴》。 四月初八,题《明唐解元吟香草亭图卷》《名人妙绘英华二册》。初十日,题《明文待诏书画赤壁图赋卷》。 五月,题《元倪云林澹室诗图卷》。初五日,题《明文待诏葵阳图卷》。 六月十六日,奉旨赏戴花翎。 夏,得父孔继勋《北游日记》,是书记道光壬辰(1832)至丁酉(1837)六年事,内容涉及记廷试召对者、记师友缔交者、记论文作字者、记舟车风雪者等。题《五代贯休降龙罗汉像轴》、题	《(同治)南海罗格房孔氏家谱》《岳雪楼书画录》北京大学图书馆

（续表）

纪年	年岁	主要相关事迹	材料来源
		《北宋文与可倒垂竹轴》于三秋图室。 　九月，题《北宋李公麟老子授经图赵松雪书道德经》。初二日，四子昭瀛出生。 　十月，题《明董文敏秋兴八景画册》。 　十二月十日，与友人评书读画，题《元赵文敏溪山幽邃图卷》。十二月，题《宋元六家名绘册》于云山得意楼。 　刻《知不足斋诗草十卷》。	
咸丰十一年 1861	30岁	正月十四日，生母梁太淑人去世。 　与兄广镛等人议修家谱。"咸丰辛酉（1861）春，陶丁生母艰，营葬之暇，伯兄镛特出先大夫手编未成之稿，命与续修。" 　九月十七日，五子昭澧出生。 　十月初十日，四子昭瀛去世。	《（同治）南海罗格房孔氏家谱》
同治元年 1862	31岁	春，再题《南宋贾师古白描十八尊者册》。 　三月三十日，舟至三水，登三十六江楼。题《北宋王晋卿万壑秋云图卷》。 　四月，罗廷琛过岳雪楼。 　五月，出《北宋范中立寒江钓雪图黄山谷诗迹合卷》，请象州郑献甫跋。初九日，跋《北宋苏文忠公书陶靖节归园田居诗真迹卷》。 　七月十六日，题《明沈石田保儒堂图卷》于守文宗礼堂。 　九月十六日，题《元王孟端隐居图轴》于云山得意楼。 　十月，题《宋元名流集藻团扇册》于翠山房。 　十二月，《南海罗格房孔氏家谱》开雕。 　冬，题《南宋岳忠武公尺牍真迹卷》。	《（同治）南海罗格房孔氏家谱》 《岳雪楼书画录》
同治二年 1863	32岁	正月廿二日，题《宋元七家名画大观册》。 　二月，游鼎湖山龙湫，于磨崖题"喷云"二字于瀑右。归题《名人妙绘英华二册》中。 　三月，再题《北宋巨然晚岫寒林图轴》《五代贯休罗汉像轴》。	《岳雪楼书画录》

纪年	年岁	主要相关事迹	材料来源
		四月，题《北宋翟院深夏山图轴》《南宋米元晖江南烟雨图轴》《南宋马远四皓弈棋图轴》。与友人同游鼎湖，归题《明文待诏游天池诗迹卷》。再题《唐吴道子送子天王图卷》于三秋图室。 　五月，题《五代张戬人马轴》。十三日，题《北宋苏文忠公墨竹卷》。 　六月初一日，七子昭祖出生。十六日，题《宋元七家名画大观册》于罨翠山房。廿二日，病起再题《元王叔明泉声松韵图轴》。 　大暑，题《宋元名流集藻团扇册》。 　七月十日，又题《元倪云林优昙花图轴》于三秋图室。 　十月初一，题《宋元名流集藻团扇册》。 　十二月八日，再题《南宋岳忠武公尺牍真迹卷》。十日，题《明倪文正黄石斋书画合卷》。	
同治三年 1864	33 岁	秋，题《宋元翰墨精册》于云山得意楼中。 　十二月初十日，与兄广铺共拟《本族赈饥并禁赌小启》。	《岳雪楼书画录》 《（同治）南海罗格房孔氏家谱》
同治四年 1865	34 岁	二月花朝节，再题《宋元翰墨精册》。 　《南海罗格房孔氏家谱》于诗礼堂刻成，十四卷，首一卷。	《岳雪楼书画录》 《（同治）南海罗格房孔氏家谱》
同治五年 1866	35 岁	七月廿八日，岐山周浚霖过岳雪楼，题《宋元翰墨精册》。	《岳雪楼书画录》
同治六年 1867	36 岁	刻朱墨套印本《诗经绎参》四卷。	北京大学图书馆
同治九年 1870	39 岁	五月廿六日，叶衍桂约同赴京兆试。廿八日，与孔昭浃商谈重刻《阙里广志》。 　六月初四日，启程赴京，因天津教案不果，旋由沪抵粤。廿八日，再次启程北上。 　七月十九日，抵京。 　八月，参加顺天乡试，未中。 　九月，在京访古迹，游法源寺、陶然亭等地。 　十月十八日，往五台游，十一月返京。 　十二月，往游明陵、盘山。	《鸿爪前游记》

纪年	年岁	主要相关事迹	材料来源
同治十年 1871	40 岁	正月初九日，将所收书籍寄粤。十三日，出京。登泰山。 二月，游曲阜、邹城，登嵩山，游洛阳。 三月，登华山。 四月，登恒山。二十日，抵京。 五月，乘轮船南归。十七日，抵广州。	《鸿爪前游记》
同治十三年 1874	43 岁	再次到京，以《鸿爪前游记》出示叶衍兰："复抵京，出《鸿爪前游记》六卷示余，读之觉四方险阻沿革，郡国利病，洞然于胸中。"	《鸿爪前游记·序》
光绪二年 1876	45 岁	得宋拓颜真卿《争座位帖》，题跋："鲁公论坐帖摹本不足取，而安刻旧拓曾见十余本，吴文定跋藏者为最，较家藏本亦仅胜一二筹耳。惟冼云樵观察本，群推海内第一。曩岁解组归田，过岳雪楼，快谈书画。谓居长安不易，质以易米，慨许贻赠。纸墨如新，惊心骇目，虽坡公手拓，不过尔耳。因漫成计二韵纪之，并题后。光绪二年岁在丙子立秋后三日，南海孔广陶未定稿。"	永乐 2021 秋季拍卖会
光绪四年 1878	47 岁	跋《六艺之一录》："南还后，四易寒暑，客忽寓书，言太守耄矣，志在得金，又欲是书得所，邮商半载，竟以四十万钱购归。"	《上海图书馆善本题跋辑录》
光绪六年 1880	49 岁	辑《岳雪楼鉴真法帖》。	中国书店 1997 年出版
光绪七年 1881	50 岁	开雕《古香斋鉴赏袖珍史记》《古香斋鉴赏袖珍春明梦余录》《古香斋新刻袖珍资治通鉴纲目三编》。 检阅明万历间刻本《汇刻三代遗书》二十八卷。	北京大学图书馆国家图书馆
光绪八年 1882	51 岁	刻成《古香斋鉴赏袖珍史记》一百三十卷、《古香斋鉴赏袖珍春明梦余录》七十卷、《古香斋新刻袖珍资治通鉴纲目三编》二十卷。 开雕《古香斋鉴赏袖珍施注苏诗》。	北京大学图书馆

纪年	年岁	主要相关事迹	材料来源
光绪九年 1883	52岁	刻《东坡先生年谱》一册。 刻成《古香斋鉴赏袖珍施注苏诗》四十卷、《目录》二卷、《补遗》二卷,共十八册。 秋,题唐写本《善见律毗婆沙》。	北京大学图书馆 《上海图书馆善本题跋辑录》
光绪十年 1884	53岁	开雕《古香斋新刻袖珍御制古文渊鉴》。	北京大学图书馆
光绪十一年 1885	54岁	修葺云泉山馆。 刻成《古香斋新刻袖珍御制古文渊鉴》六十四卷。	《番禺县续志》
光绪十四年 1888	57岁	刻成《北堂书钞》一百六十卷、首一卷。	北京大学图书馆
光绪十五年 1889	58岁	刻《岳雪楼书画录》五卷。	北京大学图书馆
光绪十六年 1890	59岁	卒。	《鸿爪前游记·序》

附录二　孔广陶主要亲属关系图及情况介绍

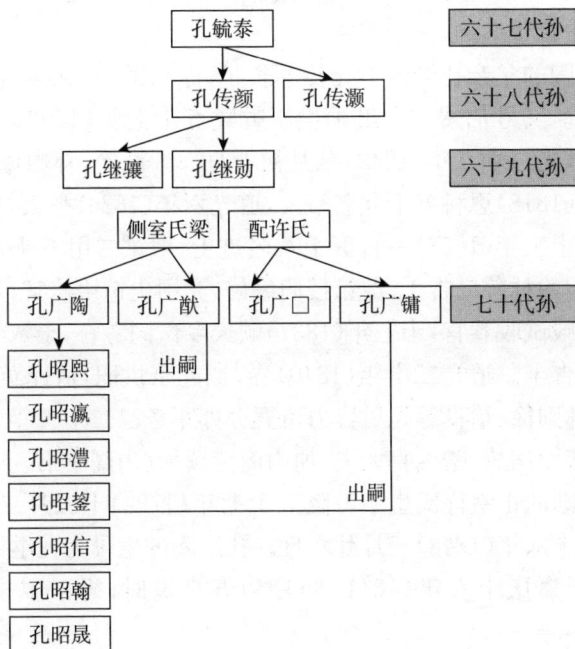

孔毓泰	六十七代孙
孔传颜　孔传灏	六十八代孙
孔继襄　孔继勋	六十九代孙
侧室氏梁　配许氏	
孔广陶　孔广猷　孔广□　孔广铺	七十代孙

孔昭熙　　出嗣

孔昭瀛

孔昭澧

孔昭銎　　　　　　　　出嗣

孔昭信

孔昭翰

孔昭晟

以下参考家谱、县志[①]，对孔广陶家庭情况做具体介绍。

孔广陶的高祖父孔毓泰，字来建，号履亭。生乾隆八年（1743）五月初二日，终嘉庆六年（1801）正月廿二日。以孙继勋赠庶吉士，以曾孙广铺赠荣禄大夫、布政使衔即选道。夫人陈氏，本邑龙庆乡人，生长子传灏。侧室颜氏，福建泉州人，生次子传颜。

孔广陶的祖父孔传颜为孔毓泰次子，字振材，号复之，附贡生。以子继勋赠庶吉士，以孙广铺赠荣禄大夫、布政使衔即选道。生乾隆三十七年（1772）八月十六日，终嘉庆十四年（1809）七月廿六日。夫人罗氏，生长子继勋，三子继骧。

孔广陶的父亲孔继勋为孔传颜长子，原名继昌，又名继光，字开文，号炽庭，又号伯煜。孔继勋生于乾隆五十七年（1792）八月廿五日，终于道光二十二年（1842）二月初七日。入邑庠，补廪膳生，嘉庆二十三年（1818）恩科五十九名举人，道光六年（1826）举人，授化州学正。道光十三年（1833）一百五十八名进士，殿试二甲三十八名。朝考入选，改翰林院庶吉士，散馆授职编修，充国史馆协修官，道光十六年（1836）殿试收卷官，十七年（1837）顺天乡试同考官，十八年（1838）科教习庶吉士。道光二十年（1840）春，拟赴京供职，适逢英军侵略，邓廷桢、林则徐、怡良等先后皆力留襄办办军务。二十二年（1842）二月，因积劳而病故，赠奉直大夫，加内阁侍读衔、内阁中书。

孔继勋的正室许氏生于乾隆五十七年（1792）十二月二十日，终于道光二十八年（1848）三月廿六日。孔广陶的生母为孔继勋的侧室梁氏，生于嘉庆十六年（1811）四月初五日寅时，终于咸丰十一年

---

① 〔清〕孔广铺等修，《南海罗格房孔氏家谱》，同治四年（1865）诗礼堂刻本；孔昭度等修，《南海罗格孔氏家谱》，民国十八年（1929）铅印本。
〔清〕郑梦玉等修，〔清〕梁绍献等纂，《南海县志》，同治十一年（1872）刻本；广东省南海市南庄镇地方志编纂委员会编《南海市南庄镇志》，广东人民出版社，2009年。

（1861年）正月十四日寅时。

许氏生二子广镛，三子广□早殇。梁氏生八子广陶，七子广猷早殇。也即孔广陶的兄长有孔广镛、孔广□、孔广猷，但广□和广猷都早逝。孔广陶与孔广镛虽非同出一母，但二人关系亦十分融洽、和睦。

孔广镛，字厚昌，一字少庭，号怀民，又号韶初。生于嘉庆二十一年（1816）六月初五日，行二。邑庠生。道光二十一年（1841），参与抗英。廿二年（1842）五月十六日奉上谕，着赏给副贡生，遵豫工例，报捐内阁中书。十一月初三日奉上谕，着赏加内阁侍读衔以内阁中书，遇缺即选。廿四年甲辰（1844）恩科，中式第十五名举人。咸丰七年（1857）报捐郎中，先分部学习行走。

孔广猷，号孝谋。行七，早殇，无嗣，以弟广陶长子昭熙继。敕赠儒林郎、詹事府主二级。生于道光九年（1829）四月廿一日，终于道光十四年（1834）正月初一日。

孔广陶，字鸿昌，一字季子，号少唐。生于道光十二年（1832）七月廿八日，行八。由佾生捐国学生，候选郎中，分部学习行走。咸丰九年（1859）捐输团练经费案内保奏，十年（1860）六月十六日奉旨赏戴花翎。

孔广陶有一妻七妾。其妻李氏为河南鹿邑县知县应昌公之四女。孔广陶之妾有陈氏、卢氏、杨氏、杨氏、梅氏、范氏和张氏。

孔广陶共有七个儿子。

长子孔昭熙（1852—1908），本名孔昭宗，榜名昭仁，改名昭熙，字理和，号静航。为孔广陶之妻李氏所生，出嗣于孔广陶之兄孔广猷。清国子监生，同治癸酉科（1873）举人，初授儒林郎、詹事府主簿、内阁中书，后官至奉政大夫、户部山西司郎中。

行四子孔昭瀛（1860—1861），早殇，为孔广陶之妾杨氏所生。

行五子孔昭澧（1861—1912），又名昭杰，号叔沅，为孔广陶之妾卢氏所生。

行六子孔昭祖(1863—1921),榜名昭鋆,字允和,号季修,光绪己丑(1889)恩科中式第六名举人,为孔广陶之妾杨氏所生,出嗣于孔广陶之兄孔广镛。

行八子孔昭信(1868—?),字贵和,号任甫,曾任庸常善社董事、仲凯农业学校庶务兼教职员等职,为孔广陶之妾范氏所生。

行十四子孔昭翰(1879—1928),字兆和,号屏甫,为孔广陶之妾杨氏所生。

行十五子孔昭晟(1880—1969),字幼和,号自明,为孔广陶之妾范氏所生。曾加入同盟会,民国二年(1913)当选候补国会众议院议员,后补缺为众议院议员。解放后,为广东文史馆撰写文史资料。

关于家庭情况,孔广陶在日记中提到:"饭后出城接家报,妾得第九女。(同治九年八月十七日)""仁儿闰十月得子,老夫于今已抱孙焉。(同治九年十一月十三日)"也即在同治九年(1870)时,孔广陶已经有了九个孩子,长子孔昭熙亦生子。

附录三 《南海罗格房孔氏家谱》卷之十四《艺文·炽庭公书目·北游日记》

《北游日记》二十卷

昔贤称命世之士,沉心毅力,孳孳焉日取古今治乱,郡国利病,原始要终,若视诸掌,履大位,展所学,措天下于泰山磐石之安而声色不动。使位不究其才,复处危疑震撼之会,地方大吏谨奉指画,则出其经国远猷,虽极万难,事事皆足以信民心而尊国体。编修炽庭孔君,甡数十年性命、道义之交,群推经世才者。今春甡自河南引年返里,其哲嗣广铺观察、广陶郎中肃过从,修缔世好。予视其昆弟孝谨友恭,种学积文,常多所撰述,永其先德,甡欣快无尽,喜良友之有子也。日持其尊人《北游日记》请为之序,自道光壬辰(1832)至丁酉(1837),凡六年,由计偕及馆选,其中荷天恩、承帝问,敬谨书之。父师渊源,经史问学,朋侪衔杯酒,赋诗读画,日临名刻数百字。及辇毂阴晴,舟车风雪,缕缕书之,无片刻虚掷者。甡读之终卷,觉三十年前与炽庭聚京邸,数晨夕,商榷经世之务,窈然而深怀,翛然而远志,如闻其声,如接其容,虽年近八十,老而健忘,手此卷犹前日事也,可多得哉,可多得哉?甡闻炽庭少入塾称奇童,卒为劳臣以殁于王事,中间历十年,皆按日记事无作辍。惜夷氛迁徙,遗迹尽亡矣。庚申(1860)夏月,二子于书籍散失之余,惊获复存此卷,谓鬼神呵护,得遵守于先人也。念旧交知其先人之深,惟甡尚健在,乞弁言其首。甡思皇朝通儒,称坐言起行之学者曰顾炎武,常谓"饱食终日,无所用心",为北方之学者。"群居终日,言不及义",为南方之学者。平生以"博学于文,行己有耻"为宗旨,特著《日知录》一书。炽庭志学,可企亭林,则此日记之传,安知其不媲美于前哲耶? 是为序。同治元年壬戌(1862)清和月七十五叟廖甡谨识。

昔李义府有《宦游记》,陆务观有《入蜀记》,不过记其政事,记其遨游,而凡处己接物之端,仍未寓省察观感之意。我先大夫自乡荐至通籍,劳车马者十六年。由供职至南归,勤王事者又九载,事无巨细,悉笔而识之。于古人日有记,月有效,岁有得之规,窃体是也。岁月既深,卷帙益夥,夷氛初起,遗迹尽亡。其后长兄广镛搜得末卷,授陶敬藏,不料往岁破城,又被劫去。今夏忽于败簏中捡得数卷,自道光壬辰(1832)至丁酉(1837)六年无阙。其中记廷试召对者,纪君恩也;记师友缔交者,重古谊也;记论文作字者,律课程也;记舟车风雪者,志行路也;恭读之下,如对音容,遗范之存,知所遵守。嗟夫! 昔骤然而失之,今偶然而获之,昭昭先灵,其示我也。彼所谓禹穴奇书,石渠秘篆,得之亦何足语此耶? 咸丰庚申(1860)秋九月男广陶恭识。

附录四 《续修四库全书总目提要 (稿本)》之《鸿爪前游日记》

《鸿爪前游日记》六卷 光绪十八年(1892)刻本

清孔广陶撰。广陶字少唐,南海人,编修继勋之子,官刑部福建司郎中,性好游览。同治九年(1870)赴京兆试,报罢,遂襆被裹书,一车两仆,遍涉周、鲁、齐、秦、燕、赵、韩、魏、虢、郑之境,历览其名山大川,古迹胜地,察险易,询风俗,考图籍,搜金石,笔而记之,成书六卷。以游踪未及东南,故以"前游"名书,而俟后游于异日,未竟其愿而卒。其子静航付之剞劂。卷一海道、京师,起同治九年(1870)五月二十六日,迄九月末;其行程,海道由省而港、而沪、而津,水道由津而通,陆道由通而京。卷二直隶、山西,起十月朔,迄除夕,其行程,由京过保定、完、唐、阜平,出龙泉关,逾长城岭,登五台山,于风雪中扫雪凿冰,跻其巅,还从阜平、唐、完、满城、易州、涞水抵京。在京时又作明陵、盘山之游。卷三至五,起同治十年(1871)正月,月各一卷。卷六起四月朔,迄五月十七日,其筇屐所经,则出京经畿南鲁北,至于济南会城,揽大明千佛之胜。复南造岱顶,涉洙泗,谒孔林,越尼山,瞻孟庙。折而西经济宁、单、曹,至于大梁会城,验汴宋之遗迹。复西造嵩岳,历成皋虎牢,而访汉唐废址于伊洛滙涧之间。复西逾崤函,登华岳。折而北渡河过太原,登恒岳,至于大同。北循边墙,经宣化,进居庸,还抵京师,仍取海道返羊城。其书援古证今,载述称详。每历一境,凡古迹形胜,风俗掌故,一一志其概要。而于名山巨岭,尤不惮险阻,必缒幽凿险,穷其止极而后已。沿途收买古书,积至九万五千余卷。

行万里路，读万卷书，其豪情壮志可见。惜买书未记其书名、书价耳。
谒林时载林庙之规制、沿革、圣裔之派系近状至详，足补《阙里志》
之阙。

人名索引

H

孔文仲（文仲）1871.3.21
孔宪彝（叙仲）1870.10.3
孔宪誉（家春原）1871.3.23
孔庆波（庆波）1871.3.5
孔庆错（伊子）1871.3.23
孔颖达（孔氏颖达、颖达、孔氏）1871.
　3.21,5.19
孔鲋（九世祖鲋）1871.3.22
邝露（邝海雪）1871.4.29
廓尔喀 1870.11.22

L

刘邦（汉高祖、汉高、汉王、帝、高祖、
　高帝、沛公）1870.11.14,1871.
　4.14,4.27,5.11,5.19,5.30
吕雉（吕后）1871.5.11
刘盈（汉孝惠帝）1871.5.20
刘恒（汉文帝、汉文）1871.3.8,5.26
刘启（汉景帝、景帝）1871.3.7,4.11
刘彻（汉武、汉武帝）1870.8.6,1871.
　3.16,3.17,3.18,4.10,5.1,5.6
刘贺（昌邑）1871.5.8
刘秀（光武、光武帝、萧王）1870.
　11.29,1871.3.7,3.20
刘庄（汉明帝）1870.11.19,1871.
　3.22,4.18
刘炟（汉章帝）1871.3.22
刘祜（汉安帝）1871.4.12
刘备（汉昭烈、汉昭烈帝、先主）1870.
　11.11,11.25,12.3
刘裕（宋高祖）1871.4.14

李渊（唐高祖、唐神尧）1871.5.15,
　5.16
李世民（唐太宗、太宗、世民、秦王、唐
　文皇）1870.8.3,10.14,1871.
　2.13,4.11,4.17,4.29,5.16
李治（唐高宗）1871.4.11
李隆基（唐玄宗、明皇、唐明皇）1871.
　3.17,4.11,4.20,4.27,5.1,5.12
李豫（唐代宗）1871.4.11
李儇（唐僖宗）1871.6.3
李泰（魏王泰）1871.4.19
李嗣源（明宗）1871.5.23
李氏（明慈圣李太后、明慈圣太后）
　1870.11.22,1871.4.30
梁氏（生慈梁太淑人）1871.3.4,5.23
雷礼 1870.11.11
老子（青牛老子）1871.4.19,4.27,
　4.29,5.1,5.26
楼烦王 1871.5.20
黎兆棠（黎召民、兆民）1870.7.6,
　9.14
黎民表（黎瑶石）1870.10.18
李白（李青莲、李太白、太白、太白先
　生、李）1871.3.14,3.19,3.20,
　3.26,4.2,5.1,5.25
李攀龙（李于鳞、李沧溟、沧溟）1870.
　10.2,1871.3.13
李暮 1871.4.20
李梦阳（李空同）1871.4.9
李密 1871.4.17
李牧 1871.5.21

S

祖无择 1871.3.21,4.11

祖逖（士稚、祖士稚）1870.11.12,
　12.2

左丘明（左氏）1871.4.26

宗炳 1871.3.16

宗稷辰（滌甫）1870.10.3

张、李二姓（守宫旗员）

张、李二姓（守宫旗员）

张伯雨 1871.4.2

张本志（张道人）1871.4.8,4.10

张凤翼 1871.4.2

张怀瓘 1870.10.21

张天瑞 1870.10.16

张通儒 1871.5.7

张良（子房）1871.4.1

张令 1871.3.25

张杲 1871.4.11

张果（张果老、通玄先生）1871.5.4,
　5.25,5.26

张楷（公超）1871.4.30

张汉 1871.4.17,4.20

张华（张茂先）1871.3.4,4.21

张弘范 1870.11.12

张其法（钦差御马监太监张其法）
　1870.11.22

张即之（张温夫）1870.10.8

张籍 1871.4.21

张瑾 1871.5.18

张清华 1870.9.1

张祥河（张诗舲）1871.3.13

张巡（张睢阳）1871.4.18

张照（张文敏）1870.10.21

张澢 1871.3.16

张弨（淮安张力臣弨）1871.4.29

张超（张子并）1871.4.30

张敞（子高）1871.5.8

张拭（南轩）1871.4.20

张商英（宋相张商英）1870.11.22,
　1871.5.10

张叔夜 1871.3.5

张叔味 1870.10.22,1871.6.26

张若澄 1870.11.15

张柔（元大帅张柔）1870.11.13

张松珠（道士张松珠）1871.3.16

张松孙（河南守张松孙）1871.4.19

张易之 1871.4.9

张鼎华（张延秋）1870.12.31

张岳崧（张翰山方伯）1871.2.1

张云昌 1870.11.21

张浑 1871.4.19

张纲 1871.4.21

张维屏（南山世史）1870.12.31

张载（张子横渠）1871.3.22,4.20

张钦 1871.3.12,6.6

张飞（桓侯，张显王张桓侯，张、黄、
　赵、马四将）1870.11.11,11.25,
　12.3,1871.4.19

泽生 1871.4.1

诸葛亮（诸葛忠武侯）1870.12.3,
　1871.3.17

赞宁（寺僧赞宁）1871.4.1

赵秉文 1871.5.18

其他

孔广陶诗作索引

"昔经久别今仍别,我为山游君宦
游"句。1871.2.21

因题祠壁一律,有"神武有君奇亦数,
天人如子过堪悲"句。1871.3.9

醉吟题壁,有"且把轻裘换新酿,醉拖
春色过平原"句。1871.3.10

余题壁句云:"工缘古帝羞淫巧,酒为
奸雄雅擅名。"1871.3.13

树下口占一截,有"元封六叟两连理,
鹤骨龙姿御笔图"句。1871.3.16

又占一截,有"旧梦千年初睡是,新阴
数尺半空心"句。1871.3.16

余题壁,有"两翻御笔磨崖后,藓蚀苔
封半姓名"句。1871.3.17

余题观壁,有"七十二君遗迹处,至今
人说古登封"句。1871.3.17

余题没字碑,云:"只为去天几尺五,
丰碑究未敢文辞"句。1871.3.17

余恭纪一律,有"即今断井颓垣里,想
见升堂入室时。"1871.3.20

余谒庙廷,恭纪一律,有"幸窥美富趋
庭日,转愧飘零合仕年"句。1871.
3.22

夜,赋谢一截,有"得非岭海怜微裔,
许试蒙山顶上茶"句。1871.3.22

[陶]赋一诗,末有"且拭尘容陵下拜,
五千年外旧苍生"句,题壁间而出。
1871.3.23

余题句云:"二十二贤提举遍,至今人
道德星堂。"1871.4.11

余得句云:"放笔有人题素壁,拙诗如

我玷名山。"1871.4.11

余道中得句,云:"漫溯都城过百雉,
竟教洪水割三山。"1871.4.14

复得登眺句,云:"六年京索膏原野,
草木犹悲古战场。"1871.4.14

夜,喜雨,有"今宵满慰三农望,翻念
桑林祷雨时"句。1871.4.14

马上得句,云:"画意诗情驴背上,鞭
丝笠影虎牢西。"1871.4.16

余题宋陵诗,有"一自河山甘半壁,白
杨衰草至今悲"句。1871.4.17

然余题墓一律,亦有"东洛尚闻留碧
血,北邙那得掩丹心"句。1871.
4.17

复题一律,有"先生再作嵇中散,后世
应无陆士龙"句。1871.4.17

是日洛阳怀古诗,有"离离芳草双龙
巷,寂寂斜阳夹马营"句。1871.
4.18

海师出《龙门图》索题,率笔应之。有
"倩谁催起香山月,照我诗心清似
秋"句。1871.4.19

余题窝壁一律,有"心才安乐天将复,
身到无求世岂遗"句。1871.4.20

余得句,有"借问春风旧相识,桃花可
似坠楼人"云云。1871.4.21

因慨题一律,有"七十二坟今在否?
有人端护晋宣陵"句。1871.4.21

余题壁,云:"一双三百年天子,陶穴
依然太古风。"1871.4.21

爰题一律,有"贞珉荟萃推元敬,古墨

摩挲有辨才"句。1871.4.21

因以一律吊之,有"地无用武知天数,
人自难明束手坑"句。1871.4.22

是日硖石驿题壁,有"万里黄流支底
柱,一天风雨过肴陵"句。1871.
4.25

马上口占,有"山色别分秦晋界,河声
淘尽古今才"句。1871.4.28

因得句,云:"岳惟太华方朝北,河自
潼关始折东"。1871.4.29

而余亦有句,云:"游仙好梦无忧树,
招隐还镌避诏崖"。1871.4.30

余因朗吟"到此尚能真进步,半关人
力半关天"句。1871.4.30

遂成一律,有"遥看行旅河阳画,俯瞰
儿孙子美诗"句。1871.4.30

复得句云"仙人掌上露初洗,玉女盘
中星乍明。"1871.4.30

余复题三峰诗,有"金天直敞七千仞,

银汉遥通廿八潭"句。1871.5.1

因得句云:"从今眼界无空阔,太华峰
头独立来"。1871.5.1

因题一律,有"九边锁钥横天堑,两戒
河山表地灵"句。1871.5.21

因步其韵,得句云:"枯草岩边惊卧
虎,夕阳马首爱盘雕。"1871.5.23

并口占四十字赠之,有"嵩华探奇后,
骑驴出雁门"句。余欲绘入《游迹
图》,因记之。1871.5.26

马上得句,云:"谁知当日蒙尘意,特
创他年复辟功。"1871.6.5

因戏题一律,有"九霄先奋鲲鹏翮,两
汉今沿蝌蚪文"句。1871.6.5

余即口占一绝,有"报道看花归第日,
雨丝风片下通州"之句。1871.6.12

是日观碑自纪,有"不信四明三宝外,
人间尚行蔡中郎"句。1871.6.26

孔广陶题字与题名索引

《中国近现代稀见史料丛刊》已出书目